身代わり花嫁は
俺様御曹司の抱き枕

沖田弥子

Yako Okita

EB
エタニティ文庫

目次

身代わり花嫁は俺様御曹司の抱き枕

くちゅくちゅと淫《みだ》らな水音が寝室に響く。

肉厚の舌で舐めしゃぶられた花芽は、まるで誘うように濡れ光っていた。

「あぁ……ん、もうだめぇ……」

「さっきから、駄目ばかりだな。瑞希《みずき》」

唇から漏れるのは艶《つや》めいた嬌声《きょうせい》ばかり。

たまらない悦楽から逃げるように腰をずり上がらせれば、逞《たくま》しい腕に掴《つか》まれて引き戻されてしまう。

自《みずか》らの濡れた唇を舌で辿《たど》る瑛司《えいじ》は、獰猛《どうもう》な雄の顔を晒《さら》した。

「ぐちゃぐちゃに濡れてるな。もう挿《い》れてほしいのか？」

意地悪な男の挑発に、私はぎゅっと目を瞑《つむ》って首を振る。

愛撫に蕩《とろ》かされた体は熱を帯びていたけれど、彼の思惑通りに陥落したくはなかった。

「濡れてなんかない……」

「そんなことを言うのは、どの口だ。ん？」

激しいキスで唇を塞《ふさ》がれながら、濡れた蜜壺に指を挿《さ》し入れられる。

中を掻き回されるたび、ヌチュ、ジュプと淫猥《いんわい》な音色が鳴り響いた。

「んんぅ、ふ、んくぅ……っ」

逃げ惑う舌を搦《から》め捕《と》られて、じゅるりと啜《すす》り上げられる。

じん、と頭の奥が甘く痺《しび》れた。

淫《みだ》らな肉襞は呼応するかのように、擦り上げる指をきゅうっと食い締める。

「あっ……はぁ……っ」

ずるりと指を引き抜かれ、塞《ふさ》がれていた唇も解放された。私は口端から唾液を滴《したた》らせながら、浅く息をする。

「挿《い》れるぞ」

掠《かす》れた低い声音が耳朶《じだ》をなぞり、甘い喜悦が体を駆け抜ける。

ぐっと熱い先端が濡れた蜜口に押し当てられた。散々愛撫されたそこは極太の楔《くさび》を呑み込もうと、みだりがましく口を開ける。

「あ、あっ、あぁ……」

ズチュンッと濡れた音が鳴り、熱い衝撃が身を貫《つらぬ》く。

熱杭は媚肉を舐め上げながら、ずぶずぶと奥まで挿入されていった。

「あ、あ、あっ……おっきい……」

「きゅうきゅうに締めつけてくる。気持ちいいか？」

「あぁん……だめぇ……」

ズンッ、ズンッと力強く抽挿されて、意識が飛びそうなほどの快感に囚われる。

瑛司のものを出し挿《い》れされるたびに、痺《しび》れるような愉悦が生まれた。

「あぁっ、やぁ、そんな、奥まで……あぁん、あっん」

雄芯は深く奥を穿《うが》ち、ずるりと引き抜いてはまた媚肉を抉《えぐ》る。

じゅぷじゅぷと卑猥《ひわい》な音を立てながら、淫《みだ》らに塗り替えられた膣内は硬い楔《くさび》を受け入れ続けた。

「あぁ、あっ、あっ……もうっ……」

絶頂の予感が掠《かす》め、私はきつく背を反らせる。すると、自《みずか》ら雄芯を受け入れるように大きく脚が開く。

体が熱くてたまらない。激しい腰使いに合わせて、私は淫《みだ》らに腰をくねらせた。

「奥で出してやる。好きだろう？」

両手で腰を持ち上げられ、深々と男根を突き入れられる。太い雁首が敏感な最奥を、ぐりゅっと抉《えぐ》った。

「ひぁっ、あぁっ、やぁ……あっ、はぁ、あん、あっ……あぁあぁんっ……」

どちゅどちゅと剛直で穿《うが》たれ、やがて欲望は最奥で弾《はじ》けた。

濃厚な白濁が、子宮へどんどん注ぎ込まれていく。

体の奥深くで熱い精を受け止めながら達した私は、ひくんと腰を揺らめかせた。

「あぁ……ん、はぁ……ぁ……」

出し切るように腰を押しつけ小刻みに揺らした瑛司は、私の体をきつく抱きしめる。

「おまえの体をすべて俺で満たしたいんだ。いいだろう。おまえは、俺の花嫁なのだから」

逞《たくま》しい腕に包まれた私は、瑛司の精悍《せいかん》な顔をぼんやりと眺めた。

……まさか、こんなことになるとは思っていなかった。

こめかみにくちづけられながら、私はこれまでのことを思い返した。

◆◆◆◆◆

豪奢《ごうしゃ》な調度品の置かれた室内は、一般庶民には居心地の悪いものだ。

小花柄のワンピースを纏《まと》った私は、革張りのソファにかしこまって座っていた。

隣の父は落ち着きのない様子で視線を彷徨《さまよ》わせている。

「いいか、瑞希。くれぐれも失礼のないようにな。十和子《とわこ》様には逆らうなよ。なにしろ大島《おおしま》家の大奥様だ。瑛司さんにもだぞ。彼はもう、おまえの幼なじみという立場じゃないんだ。大島グループの御曹司なんだからな」

「わかってるから。お父さん、落ち着いてよ。私ももう二十五歳なんだから、それくらいわきまえてるって」

焦りが滲《にじ》んで口数の多い父の肩を、私はぽんと叩く。

父が挙動不審なのは無理もないことだ。

ここは、大島家のお屋敷。

かつて華族であった大島家は、戦後に興《おこ》した会社を急成長させた。今では不動産業や建設業、インテリア家具販売業など幅広く事業を手がける、大島グループの創業家である。

現在は大島義信《よしのぶ》氏が会長を務めている。義信氏は大企業の会長なので、業界以外でも発言が注目される有名人だ。

そして義信氏の母親である十和子おばあさまに、今から私たちは叱責される。

事の起こりは二十七年前に遡《さかのぼ》る。

二歳年上の姉の葉月《はづき》は、生まれたときに大島家の許嫁《いいなずけ》に指名された。

江戸時代の頃、大島家は格式ある藩主の家柄で、うちの守谷《もりや》家はその家来だったらしい。両家は親戚でもなんでもないのだけれど、主人と家来という昔の名残《なごり》で少々の付き合いがあった。

といっても、うちはふつうの家庭で、父は一般的なサラリーマンだ。

それなのに葉月をぜひ許嫁《いいなずけ》にと指名されて、父も母もそれは驚いたらしい。

相手は大島家の嫡男である、大島瑛司。

姉とは同い年だ。

同級生のふたりは物心ついたときから許嫁《いいなずけ》という関係なわけで、私から見ても仲が良かったように思う。よく私も交えて三人で遊びに出かけていた。

けれど、それも学生のときまで。

姉は高校を卒業した途端、ふらりと海外へ行ってしまった。なんでも発展途上国の子どもたちのために学校を建設するのだとか。

その志《こころざし》は立派だと思うのだけれど、結婚はどうするのだろう？

父と母は葉月がすぐに帰ってくるものだと思っていたが、最近になって急に焦りだした。

大島家から、葉月はどうしているのかとお伺いがあったからである。

許嫁《いいなずけ》である葉月が海外から戻ってこないという噂が、十和子おばあさまの耳に入ったらしい。

元々許嫁《いいなずけ》の件は十和子おばあさまからの提案だ。大島家に全く顔を見せない葉月に、おばあさまがやきもきするのも無理はない。

ちなみに姉が海外に行ってから、すでに十年近い歳月が経過していた。

初めは時々帰国して、今はアフリカで活動しているなどと報告してきた姉だったけれど、近頃は音信不通の状態である。

でも、姉は母にだけは生存報告を行っているそうなので、とりあえず元気でやっているらしい。

「どうする、瑞希……。十和子様に怒られるだろうな。許嫁《いいなずけ》の件はなかったことになんて言われたら……」

大島家を訪れて事情を説明してほしいという連絡があってからずっと、父はこの調子だ。

まさか葉月は海外から帰ってこないつもりです、とは言えない。

というより姉が今後どうするつもりなのか、全くわからないのだ。

「大丈夫よ。……たぶん」

「たぶん⁉　たぶんとはなんだ⁉」

「だから落ち着いてってば。ちゃんと話せば、十和子おばあさまもわかってくれるよ」

大島家の嫁になれるなんて僥倖《ぎょうこう》だと、両親は昔からとても喜んでいた。

それが破談になるかもしれない……という事態になり、母は寝込んでしまった。

頼りない父を放っておけず、私も一緒に大島家を訪れたのだけれど。

室内を見回せば、あまりのお金持ちぶりに気が遠くなる。

高い天井から吊り下げられた煌《きら》めくシャンデリア。数十人が腰かけられそうな、いくつもの革張りのソファ。その中央に鎮座する大理石造りのテーブル。足元を包み込む緋色の絨毯《じゅうたん》はふかふかだ。

子どもの頃は瑛司とよく遊んでいたから大島家を訪れたことはあるのだけれど、あの頃は遊園地のようなおうちとしか思っていなかった。大人になった今、上流階級との格の違いを嫌でも意識してしまう。

こんなにもお金持ちの大島家から婚約破棄を言い渡されれば、葉月は何か問題でもあるのかと悪い噂が立ってしまい、もう嫁に行けないかもしれない。それに慰謝料はいかほどになるだろうか。

父はそれらを心配して蒼白になっている。

やがて、ガチャリ、と扉が開かれた。

私と父は即座にソファから立ち上がり、姿勢を正す。

「十和子様、お久しぶりでございます。このたびはお招きいただきまして、光栄にございます」

お父さん、声が震えてるよ……

きっちり九十度に腰を曲げた父に、入室した十和子おばあさまは穏やかな声をかけた。

「まあ、誠一郎《せいいちろう》さん。そんなにかしこまらなくてもよろしいのよ。お久しぶりね。それに瑞希さんも、ようこそいらっしゃいました」

「お久しぶりです、十和子おばあさま」

久しぶりに会った十和子おばあさまは、相変わらず気品に満ち溢《あふ》れた美しい人だ。

聞くところによると、十和子おばあさまは元々大島家に生まれたひとり娘で、婿を取ったらしい。

ということは本物のお姫様なんだな。

婿の旦那様はすでに亡くなっているので、私は会ったことはない。

そういう面もあるので、大島家の舵取《かじと》りは十和子おばあさまが行《おこな》っているらしい。

そんな十和子おばあさまの後ろから、背の高い男の人が入室してきた。

意思の強そうな眉に、切れ長の双眸《そうぼう》。鼻梁《びりょう》はまっすぐで、唇の形は綺麗に整っている。

さらに百八十センチを超える長身で体格が良く、手足も長い。

絵に描いたような美丈夫《びじょうふ》だ。

一瞬、誰だろうと思ってしまう。

「瑛司さん、お久しぶりでございます。いやぁ、実に精悍《せいかん》な青年になられましたな。海外事業部に在籍されていらっしゃるとか。さすがの貫禄ですな」

それを聞いて、彼が幼なじみの瑛司だということがわかった。会うのは十年ぶりくらいだ。

わかりやすい褒め言葉を並べる父に、瑛司は口端を上げて苦笑を零《こぼ》す。

「お久しぶりです」

サマースーツをさらりと着こなし、悠々とした足取りを見せる彼の姿は、この豪奢《ごうしゃ》な部屋によく似合っている。

けれど、嫌味な笑い方にもさらに拍車がかかった気がする。

彼は昔から、威風堂々《いふうどうどう》としていた。お金持ちで、頭も良くて、スポーツ万能というタイプの瑛司に敵《かな》う人はいなかったから、周りはそれを許容していた気がする。

そうなれば女子が放っておくはずがなく、授業が終われば瑛司のクラスには女子が詰めかけていた。告白も数え切れないほど受けたんじゃないだろうか。

でも、私は知っている。

このイケメンが吐く毒を……

席に着いた一同の前に、メイドさんが紅茶を出す。

立ち上る湯気、芳《かぐわ》しい香り。

緊張している私と父は、とてもじゃないが紅茶のカップに手をつけられない。

十和子おばあさまは優雅な所作で紅茶をひとくち含むと、ふいに訊ねた。

「それで、葉月さんはどうしているのかしら？　海外に行っているそうだけれど」

直球来ました。

ごくりと唾を呑んだ父は、暑くもないのに汗を掻いている。

「ええ、そうなんです。葉月は途上国の子どもたちのために、学校を建設するという事業を行《おこな》っております」

「まあ、それは素晴らしいことね。それで、葉月さんはいつ、大島家の嫁になってくださるのかしら？」

「……いつ、でございますか？　十和子様」

「そうですよ。瑛司はもう二十七歳。葉月さんも同い年です。ふたりは生まれたときから許嫁《いいなずけ》なんですから、そろそろ結婚しても良い頃ではなくて？」

場に痛々しいほどの沈黙が落ちる。

姉がいつ頃日本に戻り、いつ結婚するかなんてことは、全く把握していない。

険しい表情を見せる十和子おばあさまを、父はおそるおそる見上げては目を伏せる。

そこへ瑛司が柔らかな声音で、隣に座る十和子おばあさまに話しかけた。

「おばあさま、葉月はすぐには帰ってこられないのでは？　俺も海外赴任中に、今すぐに日本に戻って来いと命じられて困り果てたときは何度もありましたよ」

「そう、そうなのです、瑛司さんの仰《おっしゃ》る通りです、十和子様！」

瑛司の助け船に、父は縋《すが》りつく。

けれど十和子おばあさまが、それだけで納得するはずもない。彼女の眉間には深い憂慮《ゆうりょ》が刻まれていた。

十和子おばあさまは、なんとしても姉と瑛司を結婚させたいらしい。

正直、どうして十和子おばあさまが姉の葉月にこだわるのか、私にはわからない。いくら昔の家来とはいっても、大島家と比べたら、うちは単なる一般家庭なのだ。

「もう待てません。何十年も、私はふたりの結婚を待ち望んでいたのですからね」

「何十年も……？」

瑛司と姉が許嫁《いいなずけ》になってから二十七年経つけれど、何十年とまで言うほどだろうか。

首を傾げた私の呟《つぶや》きに、十和子おばあさまは軽く咳払いをして、話を進める。

「とにかく、今日はなんらかの結論を出さない限り、誠一郎さんと瑞希さんを帰しませんよ」

「そんな……十和子様……」

泣きそうな父を前に、瑛司は柔和《にゅうわ》な笑みを浮かべてまた十和子おばあさまに語りかけた。

「では、おばあさま。葉月が戻ってくるまでの間、瑞希を花嫁代理として、花嫁修業させればよろしいのではありませんか？」

「ええっ？」

突然名指しされた私は頓狂《とんきょう》な声を上げてしまう。

花嫁代理って、どういうこと？

十和子おばあさまも戸惑っているようで、困惑した眼差しを私に向けた。

「瑞希さんを？　けれど瑞希さんと瑛司は、年がふたつ違うでしょう」

二歳の年齢差があると、何か重要な問題が生じるとでもいうのだろうか。

職場の人たちとは年齢差があっても会話は弾むし、楽しくコミュニケーションをとっている。二歳差くらいなら同じ年代と言えるので、年齢差として困ることはないように思えた。

「おや。おばあさまは年齢が気になりますか？　亡くなったおじいさまとおばあさまは二歳の年の差でしたね。とても仲睦《なかむつ》まじかった」

瑛司が楽しげに口端を吊り上げて言う。

すると、なぜか十和子おばあさまは視線を彷徨《さまよ》わせた。けれどそれもわずかのことで、すぐに瑛司にぴしゃりと言い放つ。

「亡くなった旦那様のことを持ち出すのは、おやめなさい。わたくしのことはよいのです。瑞希さんでは心許《こころもと》ないというのも、同い年であるほうがよろしいということを、わたくしが身をもって知っているからなのです」

「なるほど。おばあさまの考えはわかりました。しかし、あくまでも代理ですから、必ずしも年齢を一致させる必要はないのではありませんか？　それよりも大島家の花嫁として、見過ごすことのできない重要な任務があるでしょう」

瑛司の言葉に、十和子おばあさまは思慮深げに双眸《そうぼう》を眇《すが》めた。わけのわからない私と父は、ふたりの会話を茫然として見守ることしかできない。

「あのことですね。確かに、あの問題を解消するには、ある程度の時間が必要だわ」

「そうでしょうとも。ですから瑞希に花嫁代理を務めさせて、解決法を見出しておかなければなりません。今から始めれば、葉月が戻ってきたときに引き継ぎできるので、葉月自身も戸惑いなく花嫁修業に取り組めるでしょう。わからないことがあれば妹に聞けば良いのですからね」

何やら、大島家の花嫁に課せられた重要な任務というものが存在するらしい。

それはいったい、なんだろう。解決法を見出さなければいけない難しい問題のようだけれど、全く想像がつかない。

「そうね。結婚してから、あの問題で頓挫《とんざ》したのでは大変だわ。妹である瑞希さんが大島家の嫁になるためにもっとも重要なことを身につけていてくれれば、そのあとも事が運びやすいでしょう。わかりました。瑞希さんに花嫁代理を務めさせることを、認めます」

「ありがとうございます。おばあさま」

瑛司は口元を綻《ほころ》ばせて、十和子おばあさまに頭を下げた。

ついに私は立ち上がり、声を上げる。

「ちょっと待ってください！　どうして私が姉さんの代理を務めなくちゃいけないんですか？」

慌てた隣の父に腕を引かれたけれど、勝手に話を進められても困る。

姉の代理になるということは、常に瑛司の傍《そば》にいて、花嫁修業を行《おこな》わなければならない。

誰にも話したことはないけれど、私は……子どもの頃は密かに瑛司に憧《あこが》れを抱いていた。

でも、姉の婚約者なのだから、こんな気持ちを抱いてはいけないと封印した。

微《かす》かな恋心は、もう私の胸に残っていないに等しい。

それでも好きになりかけた人の傍《そば》にいれば、想いが再燃してしまうのではないかという懸念がある。今日は父の付き添いとして行くだけだと思ったから大島家を訪ねたというのに、花嫁代理に指名されるなんて完全な想定外だ。

瑛司は私の反論に対して、鋭い双眸《そうぼう》で返してきた。

「理由は今ここで話した通りだ。復唱するか？」

「え……はい」

十和子おばあさまに向けていた穏やかな印象とは違い、有無を言わせない力強さが滲《にじ》んでいる。瑛司は凛《りん》とした声音で、朗々と述べた。

「大島家の花嫁として果たすべき重要な花嫁修業のため、葉月が戻るまでの間、妹の瑞希を花嫁代理とする。それが両家の繁栄のためだ」

瑛司はもはや当主としての風格を漂《ただよ》わせている。

さすが、お殿様の血を受け継ぐ大島家の御曹司だと賞賛したいところだけれど、まだ私は納得できていない。

「その重要な花嫁修業というのは、何？　解決するのに時間が必要だそうだけれど……」

「それについては、のちほど俺から説明しよう。些《いささ》か内輪の話も入るからな。――ところで瑞希を花嫁代理とすること、誠一郎さんはどのようにお考えですか。守谷家は江戸時代から脈々と続く大島家を陰ながら支えてきてくれた、もっとも忠実な家臣。誠一郎さんご自身も、大変誠実で忠義の厚い方だと存じています」

瑛司の鋭い眼光を受け、威圧を察した父は首がもげそうなほど頭を縦に振る。

「もちろん、瑛司さんと十和子様のご意見に賛同いたします。仰《おっしゃ》ること、ごもっともです。姉が不在の間、妹が代理を務めるのは当然のことでございます。何卒、よろしくお願いいたします！」

「ちょっと、お父さん⁉」

驚く私の背を、父はぐいと前へ押し出した。

お父さんってば、本当に気が弱いんだから！

長いものには巻かれろと常日頃から説いている父が、大島家に反論を唱えるなんてできるわけがない。

十和子おばあさまは上品な微笑を浮かべて私に問いかけた。

「瑞希さんはよろしいのかしら？　瑞希さんが手助けしてくだされば、とても助かるわ。わたくしと瑛司も、そしてもちろん、誠一郎さんと葉月さんもね」

みんなが一斉に私に注目する。視線を集めた私は、頬を引《ひ》き攣《つ》らせた。

よろしいのかしらと言われましても……外堀を埋められてしまったこの状況で、断れるわけがない。

期間限定なわけだし、あくまでも代理ならばどうにかなるだろう。その間、瑛司への想いが再燃しないように気をつけないと。

「はい……ぜひ、花嫁代理として花嫁修業をさせていただきたいです……」

瑛司はにやりと口端を吊り上げる。そうするとまるで悪い男みたいだ。

彼は傲然《ごうぜん》として、ひとこと言い放った。

「身代わり花嫁、よろしくな。瑞希」

あとは若い者ふたりで、なんてお見合いのような台詞《セリフ》を揚々と吐いた父に追い立てられ、私は瑛司と共に大島家の庭園を散策した。

手入れの行き届いた庭園は、松や欅《けやき》の大木が見事な枝振りを見せている。庭園内には錦鯉《にしきごい》の泳ぐ池があり、朱色の橋が架けられていた。

私はワンピースの裾を翻《ひるがえ》して、瑛司を振り返る。

「さっきの提案、冗談よね？　身代わり花嫁だなんて」

瑛司と会話するのは十年ぶりだけれど、つい、昔と同じ口調で話しかけてしまった。敬語のほうが良かっただろうか。

すると男らしい眉をひそめた瑛司は、不遜《ふそん》に口を開く。

「俺は冗談など言わない主義だ。初めから瑞希に身代わり花嫁をやらせるつもりで呼び出した。おまえも承諾しただろう。今さらやめるなよ。もっとも、おまえに拒否権はないが」

うわぁ……久しぶりに聞いたなぁ、瑛司の俺様節。

お金持ちのイケメンというクオリティを粉砕する、この尊大な口調。

強引で俺様な彼の性格は、十年経っても変わらないようだ。なんでも自分の思い通りにしないと気が済まないというか、自分の思い通りに世界が動いて然《しか》るべきと思っているみたい。

「相変わらず俺様だね……」

「おまえの評価は不要だ」

十和子おばあさまの前では、優しい穏やかな孫を装《よそお》っているんだよね。あざとい……とはいえ、婚約者の葉月が帰ってこないと、大島家が困るのは事実だ。その穴を埋めるために、妹の私が花嫁代理を務めるのは理に適《かな》っている。まさか他の家のお嬢さんに頼むわけにはいかない。

それに、大島家の花嫁として果たすべき重要な花嫁修業とやらがあるそうだけれど。

「さっき十和子おばあさまと話してたことだけど、大島家の花嫁になるには、何か問題を解決しないといけないの？」

「そうだ。極めて重要な問題だからこそ、おまえの力が必要なんだ」

「私にできることなら協力するけど……でもそれって、どんなこと？」

「ついてこい」

踵《きびす》を返した瑛司は、庭園を抜けて離れの棟へ移動した。

大島家のお屋敷は母屋《おもや》と離れに分かれている。とても広大な敷地だ。他にもいくつもの別宅を所有しているという。

「子どもの頃、よく離れで遊んだね。瑛司の部屋はここにあったんだよね」

姉と一緒にお泊まりに来たことを思い出す。広い子ども部屋にはたくさんの玩具があって、三人で遊んだ。眠るときは大きなベッドに寝転んで枕投げをしたりして、はしゃいだものだ。

姉は枕投げを始めた張本人なのに、うるさくて眠れないと言って、メイドさんに他の部屋を用意させていたっけ。

「今でもそうだ。少しでも物音がすると眠れないから、食事以外は完全にこちらで生活している。風呂とトイレを増築して、おまえたちが泊まりに来たときよりもさらに広くなっている」

数寄屋《すきや》造りの壮麗な門をくぐれば、玄関まで御影石《みかげいし》が連なっている。現れた離れの屋敷は由緒《ゆいしょ》正しい日本建築を結晶化した造りで、まるで武家屋敷のような威厳が保たれていた。

「お邪魔します。わあ……懐かしい。子どもの頃はここが忍者屋敷だと思ってたよ」

「そうだったな。忍者ごっこをして床の間の掛け軸を破った葉月を庇《かば》って、俺と瑞希が怒られたんだ」

忘れたい思い出が脳裏によみがえる。

姉が瑛司のせいだと言って罪を着せようとしたので、私がやりましたと名乗り出たら、なぜか瑛司が「俺がやった！」と大声を上げたのだ。

結局ふたりで大人たちに怒られてしまった。姉の、してやったりという得意気な表情は今も忘れられない。

「そんなこともあったね……。私の黒歴史のひとつだよ」

当時から私は姉の身代わりを務めていたんだな。

自由奔放な姉は勝手な振る舞いばかりしているから、くれぐれも大島家に迷惑をかけることのないようにと、私が両親から言い含められていた。尻ぬぐいさせられるのは昔からだし、今回の身代わり花嫁の件も、姉の代わりに私がやるしかないんだな……

姉と瑛司が、結婚するまで。

そのことを思い、私の胸は、つきりとした痛みを覚えた。

意識して考えないようにする。ずっと昔から、そういうふうにしてきたのだから。

磨き上げられた廊下を通り、書斎らしき部屋に案内される。

その部屋は壁の全面に書架が設置されて、難しそうな書籍で埋め尽くされていた。他に置かれている家具は重厚な机と椅子のみ。

私は天井まで届いた書架を見上げた。

この本、全部読んだのかな。眺めるだけで目眩《めまい》がしそう。

なにしろ瑛司は有名国立大学を首席で卒業した秀才だ。

卒業すると大島グループの海外事業部に在籍して世界中を飛び回り、数々の事業を成功させた。五カ国語を操《あやつ》るというから、英語も満足にできなかった私とは頭の作りが違いすぎる。

「ここだ。入れ」

瑛司は書斎を横切り、隣室に続く扉を開ける。

室内を覗《のぞ》いてみると、そこは寝室だった。

広い寝室に大きなベッドが鎮座している、それだけの簡素すぎる部屋だった。ベッドは寝起きのままにしているのか、布団が乱れている。

どうして寝室に案内するのだろう。

まさか……。

時間のかかる重要な花嫁修業って、子作りするということ⁉

皺《しわ》の刻まれた純白のシーツを目にした私は臆した。

数歩下がると、瑛司の厚い胸板に背が付き、びくりとして肩を跳ねさせる。

まだ昼だし、さっき十年ぶりに再会したばかりだというのに、いくらなんでも性急すぎる。

「ちょっと瑛司、そんなことできないよ！」

慌てて抗議する私に、瑛司は傲然《ごうぜん》として言い放った。

「できないわけないだろう。子どもの頃、していたことだ」

「子どもの頃したのは添い寝だけでしょ。いやらしいことなんて一切していないじゃない」

「いやらしいこと？　おまえは何を思い違いしているんだ」

「え？」

慌てて距離を取ろうとした私は目を瞬《またた》かせる。

「俺はもう待てない。寝不足が限界だ」

「寝不足……？」

「俺は重度の不眠症でな。子どもの頃から寝付きが悪かったんだが、成長するにつれて重症になった。どうやら大島家は不眠症の家系らしい。父も不眠症なので、結婚したとき母はとても苦労したようだ。そこで大島家の嫁となるためには、俺を安眠させられることが絶対的条件になるわけだ」

大島家の花嫁として果たすべき重要な花嫁修業とは、不眠症の瑛司を安眠に導《みちび》くという内容だったのだ。

確かに、不眠症を解消するというのは、ある程度の時間が必要な問題だ。

私は瑛司が使用したベッドへ目を向けた。

皺《しわ》の刻まれたシーツは、何度も寝返りを打ったことを示している。枕は頭を擦りつけたためか、ぺちゃんこに潰れていた。眠れなくて、一晩中寝返りを打ち続けた跡のようだ。

どうやら瑛司は、自分が不眠症であるということを、私に見せたかったらしい。

「そういうことだったのね……。うん、眠れないのは困るよね……」

恥ずかしい勘違いに気づいた私の頬が朱に染まる。

腕組みをした瑛司は、身を縮めた私を傲岸不遜《ごうがんふそん》な眼差しで見下す。

「襲われるとでも思ったのか？　まだ昼だぞ。いくらなんでも性急すぎるだろう」

「……」

その通りですね。別に期待してたとか、そういうわけじゃないから。

「瑛司のお父さんも不眠症だったんだね」

「そうだ。母も花嫁修業を行《おこな》って、父の不眠症を克服させた。だが母の使用した方法は反則技だ。あれを使われては困る」

「一応聞くけど、どんな方法なの？」

「睡眠薬を仕込んだうえに、殴って気絶させるというやり方だった。その様子をこっそり窺《うかが》っていた俺は、ああいう強引な女を嫁にしたくないと溜息を吐いたものだ」

「それって不眠症を克服したというより、力業《ちからわざ》でねじ伏せた形だよね……」

瑛司はお母さんに似たんじゃないかな。

言われてみれば、瑛司は子どもの頃から寝付きが悪かった。お泊まりに来たときだけしか一緒に寝たことはなかったけれど、夜中にトイレに起きたあと、彼は何度も寝返りを打っていたことを覚えている。ベッドから落ちたら危ないので、私のほうから、ぎゅっとしがみついていた。

そうすると瑛司はいつのまにか、すうすうと寝息を立てていたのだ。

「子どもの頃、添い寝してくれただろう。瑞希が一緒に寝てくれたときは眠れたんだ」

「添い寝すれば眠れるの？　それじゃあ、ぬいぐるみとか……」

「いや。生身の人間でなくては駄目だ」

「じゃあ、瑛司の乳母《うば》さんとか……気心の知れた人に添い寝してもらえば落ち着いて眠れるんじゃない？」

当時は子どもだったから同じベッドで寝ていたわけで、今はそういうわけにもいかない。

一応若い男女なのだから、間違いがあったら困る。あくまでも私は花嫁代理なのだから。

私の提案に、瑛司は首を横に振った。

「とんでもない。他の人間と同じベッドで眠るなんて逆効果だ。俺はツインルームで他人が隣のベッドにいても、鬱陶《うっとう》しくて眠れないんだぞ」

「……私も他人だけど」

「おまえは別だ。だからこそ俺を快眠に導《みちび》くという花嫁修業は、おまえ以外に務まらない」

瑛司には、私に添い寝してもらえれば不眠症を克服できるという確固たる考えがあるようだ。

けれど……子どもの頃ならともかく、大人になった瑛司と同じベッドでぴったりくっつくなんて、私の封印した恋心が解き放たれてしまいかねない。

それだけは避けたい。

私は慌てて他の方法を模索することにした。

「とりあえず不眠の程度を把握したいんだけど、一日の睡眠時間はどのくらい？」

「ゼロだ。一睡もできない」

よく見れば、瑛司の目元には青黒いクマが浮かび上がっている。

だが、さすがにゼロはないだろう。一睡もできないという不眠症の人の申告は、思い違いであることが多い。実際は数時間眠っているのに、眠れていないと思い込んでいるのだ。その緊張がまた不眠を呼ぶという悪循環に陥《おちい》らせる。

「実際は少し眠れてるんじゃない？　自分が気づいてないだけだよ。本当は二時間くらい寝てるんだと思う」

「そう言うなら、確かめてみろ」

「えっ？」

「一晩中、俺を観察して、本当に眠れているのかどうか、その目で確かめろと言っている」

この部屋で、瑛司と一晩中ふたりきり。

何かあるわけじゃないとわかっているけれど、私の胸は不安と期待のようなものが綯《な》い交《ま》ぜになる。

うろうろと視線を彷徨《さまよ》わせる私に、瑛司は口端を上げて悪い男の顔を見せる。

「何かあるかと期待でもしてるのか？」

「そんなわけないでしょ！」

「だったら問題ないだろう。身代わり花嫁として、まずは俺を安眠に導《みちび》いてくれ。期待してるぞ」

瑛司の挑発にまんまと乗せられてしまった私は、渋々頷いた。

◆◆◆◆◆

大島家を訪問した翌日、私はいつも通り職場へ出勤した。都内の企業に勤めるＯＬなのだ。

昨日はあのまま瑛司の部屋に泊まるわけにもいかなかったので、早々に父と一緒に帰宅した。父は私を花嫁代理にすることで当面の目処《めど》が付いたので、安堵していた。寝込んでいた母も、その報告を聞いて具合が良くなったようだ。ひとまず両親のことは安心だろう。

けれどその代わり、瑛司の不眠症を改善するという任務を与えられてしまった。

なんの対策も施《ほどこ》さないまま瑛司が結婚したら、ますます不眠症に陥《おちい》ってしまうかもしれない。それに瑛司のお母さんのように、姉が強引な手法で寝かしつけたりしたら大変だ。

ふたりの結婚のため……そう思うと、胸にちくりと痛みを覚える。だけど、私はそれを振り払うように頭を振った。

瑛司の健康のためなんだ。余計なことは考えないようにしないと。

まずは瑛司の不眠がどの程度なのか確かめなければならない。いずれまた大島家を訪れて、約束通り瑛司が眠れるかを見守る必要があるだろう。

気を取り直して、私は商品企画部のフロアに入室し、笑顔で挨拶《あいさつ》する。

「おはようございまーす」

「おはよう、みずちゃん」

涼しげなブルーのアイラインを描いた眦《まなじり》をちらりと見せて挨拶《あいさつ》してくれたのは、先輩の叶《かのう》さんだ。

私は仕事モードに頭を切り換える。

「おはようございます、叶さん」

叶さんは私が入社したときからの教育担当者で、しっかり者の綺麗なお姉さんといった雰囲気を纏《まと》っている。彼女は男性社員の憧《あこが》れの的だ。

「昨日、どうだった？　お姉さんの代わりに専務とお見合いしたんでしょ？」

さらりと剛速球を投げてくる叶さんに、私は頬を引《ひ》き攣《つ》らせる。

「お見合いじゃありませんから！　誤解です、誤解！」

「うちの会社にかかわることなんだから、詳しく聞かせてよ。みずちゃんの報告、楽しみにしてたのよ」

叶さんは優美に微笑んで、長い足を組み替える。

私の勤務する大島寝具《おおしましんぐ》は、大島グループの会社だ。私は商品企画部に在籍している。

ちなみにコネではなく、きちんと入社試験を受けました。

そして瑛司は、この会社の専務なのだ。

幼なじみの瑛司が大島寝具の専務だったことは、入社してから気づいた。

それを知ったときは気まずいことになるかもという懸念があったけれど、全くの杞憂《きゆう》だった。

瑛司と会社で顔を合わせる機会はほとんどない。一般社員の私と御曹司の瑛司とでは、同じ会社にいるとはいえ何も接点がなかった。瑛司は海外の支店や現場に顔を出す機会も多いようなので、本社にはあまりいないらしい。

初恋……じゃなくて、幼なじみの相手と大人になってから会社で顔を合わせるのは、なんとなく気恥ずかしいものだ。それが姉の婚約者となればなおさら。

私は『専務の婚約者の妹』という、なんとも遠い筋の人物なので、これまでは特に話題にされることもなく平凡な会社員生活を送ってきた。

ちなみに、叶さんを始めとしたすべての社員は瑛司を見知っている。もちろんあの俺様ぶりも有名だ。

さらに我が家が大島家の昔の家来で、姉と瑛司が許嫁《いいなずけ》であるという事実は、社員全員の知るところとなっていた。

私がうっかりして、叶さんにすべて話してしまったのだ。

というより、叶さんの巧みな話術によって次々と引き出されてしまったという方が正しい。だって天上の音楽のような声音で「あら、みずちゃん。それはどういうことなのかしら。詳しく知りたいわ……」なんて耳元で囁《ささや》かれたら、口がひとりでに開いてしまう。そして、誰にも言わないでくださいと私が念を押さなかったばかりに、麗《うるわ》しい声音ですべての情報は流出してしまった。姉の代わりに大島家を訪ねるという予定についても、すでに叶さんに話していた。魔性の力には逆らえません。

でも、花嫁代理のことまで話すわけにはいかない。その先の寝室のことに話が及べば、叶さんにあらぬ疑いをかけられてしまうかもしれないからだ。

私は平静を装《よそお》って、さらりと報告した。

「姉が海外から戻ってこないので、謝りに行っただけですよ」

「それだけ？」

「はい、それだけです」

「みずちゃん、嘘が下手ね。辣腕《らつわん》で知られる大島専務がそれだけで済ませるわけがないわ」

にっこり微笑む叶さん。なぜか彼女には、誤魔化しは通用しない。狼狽《うろた》えた私は目を泳がせる。

助けを求めるように視線を斜めにやると、出勤してきた主任の東堂《とうどう》さんに爽《さわ》やかな微笑を向けられた。

「僕もその話は詳しく聞きたいなぁ。なにしろ、守谷さんはいずれ専務の義理の妹になるんだからね。そうなったら僕の上司になっちゃうかも」

物腰の柔らかい東堂さんは、スーツの似合う、すらりとした好青年だ。

女子社員の絶大な人気を誇るけれど、彼女はいない。

仕事が恋人だから、と彼は常に言っているが、私は東堂さんの趣味が原因ではないかと密かに思っている。

東堂さんの趣味は、昼寝。休日は自社製品に包まれて至福の時間を過ごしているのだそう。

「そんなわけないですよ！　義理の妹だなんて、気が早いです」

「そうかなぁ。だって、守谷さんのお姉さんと専務は生まれたときから婚約者なんでしょ？」

「……よくご存じですね」

「守谷さんが教えてくれたんじゃない。子どもの頃はお姉さんと一緒に大島家にお泊まりしたとかね」

「私、そんなことまで言いましたか⁉」

「掛け軸を壊したお姉さんの代わりに謝ったところまで聞いたね。専務が庇《かば》ってくれたんだよね。ねえ、叶さん？」

私の黒歴史が、だだ漏れである。教えてあげたというか、叶さんの魔力により広まったというほうが正しい。

東堂さんに話を振られた叶さんは、流行色の口紅を引いた唇に弧を描く。

「その通りですわ、東堂主任。でも、昨日はさらなる進展があったようですよ」

「というと?」

「みずちゃんの頬が薄《うっす》らと染まっていますから、なんらかの艶《つや》めいた展開があったんじゃないかしら。ねえ、みずちゃん?」

叶さんの指摘が鋭すぎる。

でも、とても艶《つや》めいた展開と言えるようなできごとではないのだけれど。

叶さんと東堂さんという、ふたりの猛獣……ではなく、美形に視線を注がれ、私は小動物のごとく硬直した。

さすが商品企画部の双璧《そうへき》と謳《うた》われるふたりだけあって、目力も強いことこの上ない。

「いえ、あの、それがですね……」

どうにか上手く説明しようと焦るけれど、狼狽《うろた》えるばかりで言葉が出てこない。

そのとき、フロアにいた社員たちが、一斉に同じ方向に目を向けた。

「瑞希。いるか」

圧倒的な存在感を放つ人物の登場に、みんなは手を止めて、素早く起立する。

出遅れてしまい、茫然としている私のデスクに、堂々とした足取りで瑛司はやってきた。

「昨日はなぜ逃げ帰った。俺と一晩過ごすことに同意しただろう」

朗々とした声が朝のフロアに響き渡る。

静寂が、痛い。

今の台詞《セリフ》……絶対誤解されたよね？

朝から会社で何言ってんの、この人？

くらりと目眩《めまい》を起こした私に構わず、瑛司は言葉を重ねた。

「今夜は逃がさないぞ。終業時間まで待ってやる。車を回すから勝手に帰るなよ。それまで心構えでもしていろ」

「あのっ！　誤解のないよう専務に申し上げておきますが！」

もう我慢できない。

私はフロア全体に響き渡る大声をお腹から出した。

「専務の不眠症を克服するために！　私が睡眠の様子を見守るというお約束ですね！心得ました！」

私の声がフロアに反響する。そしてまた静寂。

誰も身じろぎすらしない。

瑛司は不機嫌そうに眉をひそめた。

「そんなに大声を出さなくても聞こえている。初めから、そう言っているだろう」

「……」

そうかな？

瑛司の誤解を招く言い方は故意としか思えないんですけど。

ここで、柔和《にゅうわ》な笑みを浮かべた東堂さんが、ようやく救いの手を差し伸べてくれた。

「それじゃあ、守谷さんは今日は残業なしね」

「え……はい。ありがとうございます」

隣の叶さんも美麗な笑みを見せながら応援してくれる。

「専務との一晩、楽しく過ごしてね。明日の報告も楽しみにしているわ」

「はあ……」

ふたりとも、なぜか楽しそう。

それを聞き、瑛司はおおらかに両腕を広げた。

「優秀な人材に囲まれて最高だ。それでは諸君、業務に入ってくれ」

「はい、専務！」

綺麗に揃った返答をした社員たちは、私から気まずそうに視線を逸らしながら着席した。

釈然としないまま、一日の業務が終了した。

瑛司が商品企画部のフロアを訪れて以降、他の社員が私に触れないように気を使っていたのは言うまでもない。東堂さんと叶さんは、いつも通り悠々としていたけれど。

東堂さんに、残業なしで早々にフロアから追い出された私はエレベーターに乗り込む。

昨日は逃げ帰るように父と一緒に帰宅してしまったので、瑛司はそれが不満だったようだ。

「不眠症を一日も早く治したいという気持ちもわかるけどね……」

とにかく、これ以上瑛司に日常を掻き回されないためにも、一刻も早く彼の不眠症を改善しよう。それが私に与えられた花嫁修業なのだから。

けれど、迷惑なそぶりをしながらも、本当は少し喜んでいる私がいた。

子どもの頃から密かに憧《あこが》れていた瑛司と、こうしてまた会って、気兼ねなく話すことができるから。

やっぱり遠い世界の人だから、もうこんな機会は訪れないと思っていた。

私は胸の奥底から湧き上がりそうになる喜びを、そっと押し込める。

瑛司は姉との結婚のために、代理として私に花嫁修業を申しつけているのだ。勘違いしてはいけない。私は、姉の身代わりなのだから。

エレベーターが到着したので、私は手荷物を抱え直してホールへ出る。

それにしても、寝具メーカーなのに専務が不眠症だなんて皮肉なことだ。瑛司の健康のためにも、会社のためにも、ぜひとも安眠させてあげたい。

決意も新たに、軽い足取りで会社を出る。すると、並木道の街路に仁王立ちになっている人物を発見して、思わず足を止めた。

「何してるの、瑛司……」

「愚問だな」

そうでした。車を回すから待っていろとかなんとか言ってましたね。

黒塗りの高級車と白手袋を着用した運転手を傍《そば》に待機させ、こちらを睨《にら》みつけている瑛司からは貫禄が溢《あふ》れすぎている。

道行く人々は私たちにかかわらないように、距離を取って足早に去って行く。

「逃がさないぞ。さあ、俺と来い」

大股で歩み寄った瑛司は私の手を、すいと掬《すく》い上げると、胸の辺りにやや高く掲げながら車まで付き添ってくれた。

まるで紳士が淑女をエスコートするような仕草に、どきんと胸が弾《はず》んでしまう。

言葉はきつい瑛司だけれど、所作は丁寧で優しいものだから、そのギャップに戸惑うのだ。

車の傍《そば》まで来ると、専属の運転手さんが慇懃《いんぎん》にドアを開けてくれた。

「お荷物は後ろに入れましょうか？　瑞希様」

「あ、はい。お願いします」

今日はいつもの鞄の他に、不織布《ふしょくふ》の大きなバッグを持っていた。

家出でもするのかと思われるような大きさだけれど、中身は軽いので持ち歩くのにさほど苦はない。

瑛司が私の手を放さないので、仕方なく空いたほうの手で運転手さんにバッグを預けた。運転手さんはトランクを開けて、受け取ったバッグを積んでくれる。

「なんの荷物だ。大事なものなのか？」

車に乗り込もうとすると、瑛司はなぜか私の頭の上に掌《てのひら》を翳《かざ》した。

なんだろうと思えば、上部の車の枠に頭をぶつけないよう、カバーしてくれたらしい。

そそっかしいせいか、よくここに頭をぶつけちゃうんだよね。

瑛司のおかげで無事に座席に座ることができた。瑛司は私の隣に腰を下ろす。

「快眠のために必要なものが入ってるの」

「道具など使っても無駄だと思うがな」

「ええ？　だって不眠症を克服したいんだよね？」

「俺の不眠症を甘く見るな」

まるで眠ったら負けとでも言いたげな瑛司の不遜《ふそん》な発言に、苦笑いが零《こぼ》れる。

やがて運転手さんがドアを閉めると、私と瑛司を乗せた車は、大島家のお屋敷へ向かってゆっくりと滑り出した。

「絶対に、瑛司を眠らせてあげるから」

それはまるで何事かを企《たくら》んでいるような悪い男の顔で、私はつい見惚れてしまっていた。

瑛司は、にやりと口端を上げた。

「ほう……。期待している」


しばらくして、私たちを乗せた高級車は閑静な住宅街に辿《たど》り着いた。

壮麗な門をくぐれば、広大な大島家の敷地が広がる。屋敷前にある車寄せに停車すると、玄関前にはお仕着せを纏《まと》う使用人が控えていた。

「お帰りなさいませ、瑛司様」

「ああ、今帰った」

車のドアを開けた老齢の男性は、執事の藤田《ふじた》さんだ。子どもの頃、お屋敷に遊びに来たときから藤田さんは大島家に仕えていたので見知っている。

反対側のドアを開けようとして、私は慌てて手を引いた。自分で車のドアを開けるのは、ここではマナー違反なんだよね。父と訪問したときもこんな歓待を受けたけれど、未だに慣れない。

瑛司は毎日のことらしく、平然として車を降りている。そして彼は車外から私に向けて、掌《てのひら》を広げてみせた。犬に『お手』しなさいと求める飼い主のポーズのようだ。

私はどうしたのかと首を傾げる。

「瑞希。手を」

「はい」

私は素直に『お手』をしてしまったけれど、瑛司に繋《つな》いだ手を掲げられて気がついた。

またエスコートしてくれるんだ。

勘違いしてしまった自分が恥ずかしくて、頬が朱に染まる。

大島家のお屋敷はまるで大使館と見紛《みまが》うばかりの立派な邸宅だ。先回りした藤田さんが開けてくれた重厚な玄関扉をくぐれば、ホールには豪華なシャンデリアが煌《きら》めいている。

「あ、そうだ。私のバッグ」

トランクに入れたバッグを忘れてきてしまった。振り返ると、すでに運転手さんは私のバッグを取り出している。

「荷物は使用人に任せろ。彼らの仕事だ」

「でも、自分の荷物なのに……」

会社では自分の物はもちろん、率先してプレゼンテーション用の資料などの荷物を運んでいる。私よりもずっと年配の人に荷物を持たせるだなんて申し訳なく思ってしまう。

けれど瑛司は私の手を放そうとしないので、取りに戻ることもできない。

バッグを抱えてきてくれた藤田さんは、にこやかな笑みを浮かべた。

「瑞希様。どうぞわたくしにお任せください。これでもまだまだ力はあるのです。年寄り扱いしないでくださいよ」

優しい言葉をかけられて、私の口元に笑みが零《こぼ》れる。

「ありがとうございます、藤田さん。では、お願いします」

そう言うと、瑛司は眉間に皺《しわ》を寄せる。

「礼を言う必要はない。彼らは使用人で、おまえはその主人だ。立場を弁《わきま》えろ」

「藤田さんの主人は瑛司でしょ？」

「おまえは俺の嫁……代理だぞ。主人と同等の地位だ。主《あるじ》らしく堂々としていろ」

ここでは私も瑛司と同じ立場として扱われるんだ。

花嫁代理として、相応《ふさわ》しい振る舞いをしなければならない。

でも上流階級の作法なんて、庶民の私がすぐに身につけられるわけがない。

「わかりました。だんなさま」

皮肉を込めて『だんなさま』を強調する。

すると、ぴくりと瑛司の眉が跳ね上がった。彼はなぜか咳払いを零《こぼ》している。

いずれ瑛司は大島家の家督を継いで、みんなから『旦那様』と呼ばれる立場になる。

そんなに驚くことではないと思うのだけれど。

「……食事の用意ができている。今夜はおばあさまと両親は不在だから、ふたりだけの夕食会だ」

夕食会という響きに、上流階級の華やかさを感じてしまう。

そうして案内された食堂は、お城かと錯覚するほどの広大な部屋だった。

深緑の壁紙に彩《いろど》られた室内には暖炉があり、大きな窓からは庭園が一望できた。大理石と思《おぼ》しき長いテーブルには、精緻《せいち》な細工が施《ほどこ》された椅子が整然と並べられている。椅子は全部で三十脚もあった。実家にある四人掛けのダイニングテーブルしか知らない私は、目を瞬《またた》かせる。

「どうしてこんなに椅子があるの？　大島家の家族は十和子おばあさま、瑛司のご両親、あと瑛司の四人じゃない？　あ、もしかして藤田さんたちを入れると三十人なのかな」

そう言うと、瑛司に呆れた視線を投げられる。

「使用人は使用人専用の食堂で食事を摂る。ここは来客を迎えたときの晩餐会《ばんさんかい》にも使われるから、椅子の数を揃えてあるんだ」

「そうなんだ……お客様用なのね」

使用人専用の食堂だとか、晩餐会《ばんさんかい》だとか、またしても庶民とはかけ離れた単語の羅列に目眩《めまい》を起こしそうになる。

瑛司はテーブルセッティングが施《ほどこ》された席に私を連れて行くと、そこでようやく繋《つな》いでいた手を解放した。

テーブルには、精緻《せいち》な模様の皿の上に、王冠型に折られたテーブルナプキンが置かれていた。その周囲には、銀色に輝くカトラリーがずらりと並べられている。こんなに食器を使ったら、洗うのが大変じゃないかなと思ってしまう。

瑛司は椅子を引いて、そこに座るよう促《うなが》してきた。

「さあ、座れ。俺の花嫁」

彼の口調には全く茶化した部分が見当たらない。大真面目にそんな台詞《セリフ》を吐かれたら、こちらが赤面してしまう。花嫁に、代理と付けるのを忘れているけれど。

私が腰を下ろそうとすると、瑛司は絶妙なタイミングで椅子を押してくれた。

そして瑛司も向かいのセッティングされた席に着く。彼の椅子は藤田さんが引いてくれていた。

えっと……テーブルマナーとしては、外側のフォークとナイフから使うんだよね。

膨大な量の食器を前にした私は、必死にマナーを思い返す。

「アペリティフはキールロワイヤルだ。酒は飲めるか？」

「少しなら」

アペリティフは食前酒の意味だったかな。

給仕さんの手から、小さなクリスタルグラスに入ったお酒を提供される。ピンク色のキールロワイヤルは、カシスで色付けしたシャンパンだ。

お酒はあまり飲めないけれど、グラスは私の掌《てのひら》に収まるくらいの小さなものなので、この量なら平気だろう。

瑛司はグラスを掲げた。私もそれに倣《なら》う。

「俺の快眠に、乾杯」

「かんぱーい……」

さりげなく花嫁修業を示唆《しさ》されて、私は頬を引き攣《ひつ》らせながらグラスを口元に運ぶ。

まろやかな食前酒はとても飲みやすい。

その後、豪華な料理が運ばれてきた。

大島家の専属シェフが腕によりをかけたという、フランス料理のフルコースは絶品だった。

貝のジュレとクリームにキャビアをのせて。温かいスープ・ドゥ・ポワソン。フォアグラのテリーヌに果物を添えて。メインは牛肉の赤ワイン煮込み。

高級食材が惜しげもなく使用された手の込んだメニューは、どれも初めて食べる味だ。

忙しいときはカップラーメンで済ませている私の舌は、感嘆の連続である。

ゆるりとワイングラスを回している瑛司は、感動に身を震わせている私に問いかけた。

「料理はどうだ？　有名レストランから引き抜いたシェフだから、味は確かなはずだ」

「すごい……美味《おい》しい……すごい」

あまりの美味《おい》しさに語彙《ごい》が消失してしまう。

美味《おい》しいとか、まずいとか、もはやそういうレベルではない。

私の五感が天上の世界を感じる。

「瑛司は毎日こんなに美味《おい》しいものを食べてるんだね。いつも感激できちゃうんじゃない？」

「これが日常だから、感激するということはないな。家ではひとりで食事を摂ることがほとんどだ。仕事のことを考えながら食べているときなどは、何を口にしたのか覚えていない」

いつも、ひとりなんだ。

どんなに豪華な食事でも、ひとりで食べるのは寂しいんじゃないかな。

私は手にしていたカトラリーを置いて、瑛司に笑顔を向けた。

「でも今日は私がいるから、仕事のことは考えていられないでしょ？」

瑛司は笑みを零《こぼ》した。それは嫌味のない、澄んだ微笑だった。

「そうだな。おまえがいてくれるせいか、今日の夕食は美味《おい》しく感じられる。なにしろ食べるたびに、『美味《おい》しい、すごい』と喜んでくれるんだからな。夕食会に招いた甲斐があったというものだ」

無邪気にはしゃいでしまった私は顔を赤らめる。

「だって本当に美味《おい》しいんだもの……。私の得意料理と比べたら天地の差だよ」

「ほう。一応聞いておいてやるが、おまえの得意料理とはなんだ？」

表情を改めた瑛司は、真摯《しんし》な眼差しをして問いかけた。彼がテーブルに置いたワイングラスの液体が揺れる。

一応というわりには、なぜか真剣だ。そんなに注目するようなことだろうか。

シェフの素晴らしい料理を前にして、「私の得意料理は煮崩れした肉じゃがです」とは言いづらい。

私は目線を泳がせた。

「えっと……内緒」

「……なんだと」

瑛司は驚愕《きょうがく》の表情を浮かべる。秘密にされたことが相当ショックだったらしい。私の得意料理が何かなんて、取るに足りないことだと思うけれど。

「ヒントをくれ。家庭料理か？」

瑛司は、なぜか焦ったように食い下がってきた。問いは的を射ているので、私は頷いた。

瑛司は悩ましげに首を捻《ひね》っている。

「もっともわからない分野だな……。カレーとシチューしか思い当たらない」

「残念。どっちも違うよ」

「俺が食べたことのある料理か？　いや、ないんだろうな。離乳食からシェフが作ったものを食べているからな。瑞希の作る手料理か……気になるな」

ふわりとしたデザートのスフレを掬《すく》い上げていた私は、手を止めた。

彼は、お母さんが作る家庭料理というものを食べたことがないんだ。

生まれたときからお金持ちの御曹司で、何不自由なく育てられた。才能や容姿にも恵まれた瑛司は、これまで手に入らないものなどなかったろう。

けれど、グループ会社を経営する多忙な両親は瑛司の世話を使用人に任せていたようなので、彼は家庭の愛情に飢《う》えているのではないだろうか。

瑛司のことだから、それも環境を考えれば当然だと受け止めていそうだけれど……

「いつか、瑛司に作ってあげるよ。私の得意料理」

「本当か⁉」

目を見開いた瑛司は期待を込めた瞳で私を見つめる。

私は微苦笑を零《こぼ》しながら頷いた。

なんだか、すごく期待されちゃってるみたい。

「そうか……楽しみだな。そのとき俺は、今日の瑞希のように感動するだろう」

「感激できるような味じゃないと思うよ。別の意味で驚くかもしれないけど」

その日が訪れるかどうかはわからないけれど、いつか、瑛司に食べてもらいたいな。崩れた料理なんて瑛司は見たことがないだろうから、せめてそうならないよう、練習しておこう。

私はひっそりと心に誓った。


ふたりきりの豪華な夕食会を終えたあと、メイドさんに「お風呂のご用意ができております」と伝えられた。

今晩はお屋敷に泊まることになる。おそらく瑛司の寝室に。

といっても、私は不眠症の改善のために訪れたわけなので、瑛司の就寝の様子を見学するだけだ。他に何事もあるわけがない。過剰に意識していれば、また鼻で嗤《わら》われそう。

ありがたくお風呂を頂戴した私は、用意してもらった着心地の好《よ》いバスローブに身を包んだ。メイドさんが丁寧な所作で、足元にスリッパを差し出してくれる。

「それでは瑞希様を離れにご案内いたします」

「は、はい。お願いします」

ここは母屋《おもや》なので、瑛司がいる離れまで連れて行ってくれるらしい。ひとりで行けますけど……

メイドさんは恭《うやうや》しく私の手を取り、やや掲げる。そして腰を低くしながら私を導《みちび》くように歩いた。転ばないよう気をつけてくれるんだ。

まるで、お姫様になったみたい……

「瑛司様より、お支度は必要ないと承《うけたまわ》っております」

「あの、支度は必要ないっていうのは、どういうことですか？」

もうお風呂に入って髪も乾かしたので、支度は終わっていると思うのだけれど。

メイドさんは私を直視しないよう、廊下に視線を落としながら答える。

「花嫁様としての初夜のお支度のことでございます。今日のところは不要であるという、瑛司様よりのお達しです」

「……そ、そうですか」

メイドさんのプロフェッショナルぶりに、くらくらしてしまう。

お金持ちの家に勤めるお手伝いさんというと、近所のおばさんのような人柄を想像してしまうけれど、大島家の使用人は私のイメージを遙かに超越しているようだ。まるで江戸時代の藩主に仕える女中さんみたい。もっとも大島家は、昔は藩主の家柄だったのだけれど。

御影石《みかげいし》を踏みながら、明かりの中に浮かび上がる離れに向かう。到着すると、メイドさんは膝をついて書斎の扉をノックした。

「失礼します、瑛司様。瑞希様をお連れいたしました」

「入れ」

室内から瑛司の短い返答が届いた。音もなく扉を開いたメイドさんは土下座する勢いで顔を伏せている。

「あのう……顔を上げていいと思います」

「とんでもございません。どうぞ、瑞希様、お入りくださいませ」

そうか、私が入室しないと、彼女は顔を上げられないんだ。

そろりと部屋へ足を踏み入れると、背後の扉が、すうっと閉められた。

机に向かって読書していた瑛司は、本を閉じて立ち上がった。彼もお風呂に入ったらしく、私と同じバスローブ姿だ。

「体は冷えなかったか？　離れにも風呂はあるんだが、こちらには掃除以外でメイドを立ち入らせないことにしているからな」

戸口に立つ私の傍《そば》までやってきた瑛司に、顔を覗《のぞ》き込まれる。お風呂上がりなので、私の体はまだ充分に温まっていた。

「大丈夫。そういえば、メイドさんに、お背中をお流ししますって言われたから必死で断ったよ」

「なぜ断る？」

瑛司は体温を確かめるように、指の背でそっと私の頬をなぞった。

熱い指先に、鼓動がどきりと跳ねる。顔を近づけた瑛司の髪は少し濡れていた。その濡れた毛先が、私のこめかみを辿《たど》ると、少しくすぐったい。

「入浴中に服を着たままのメイドさんに入ってこられたらびっくりするよ」

「ほう……そういう感覚なのか。俺も今は自分で洗うが、女性は大人になってもメイドにやってもらうものだと思っていた」

そういえば泊まりに来た子どもの頃、広大な母屋《おもや》のお風呂場で私と姉はメイドさんに体を洗ってもらったことがある。あのときは母が洗ってくれるのと同じようなものと思い、受け入れられたけれど、どうしてメイドさんは一緒にお風呂に入らないのかなと不思議に思っていた。

瑛司も子どものときはそうしてもらっていたから、それが常識だと思っているのだ。

「そんなのお金持ちの家だけのことだよ……。ほとんどの人は自分の体は自分で洗うよ」

「世間一般の常識は置いておけ。いい機会だから命じておく。おまえは俺の花嫁だ。俺の花嫁が自分で体を洗うことは許さない」

瑛司の言い分に、私は目を瞬《またた》かせる。

なんだか独自の俺様ルールができ上がっているようなのだけれど。

「花嫁代理でしょ？」

一応その部分を訂正すると、瑛司は自分の間違いに気づいたのか、はっとして視線を逸らした。

「そうだったな。とにかく次回からは、離れの風呂を使え。母屋《おもや》から移動して風邪でも引かれたら困る」

次回もあるという前提らしい。確かに不眠症の解消には時間がかかるものだろうけれど。

「いいけど。ここのお風呂でメイドさんに体を洗ってもらえということ？」

「いや。おまえもメイドに洗われるのは抵抗があるようだし、さっきも言ったが俺はプライベートな場所に掃除以外でメイドを入れないことにしている」

「ということは？」

自分で体を洗ってはいけない。メイドさんには洗ってもらわなくていい。

そうすると、どうすればいいのだろうか。瑛司が何を言いたいのかわからない。

すると、頬をなぞる瑛司の指が、するりと首筋を辿《たど》り落ちていく。

「俺が洗う。当然だろう」

「……当然じゃないよ」

不遜《ふそん》に告げられ、驚きを通り越して呆れてしまう。

メイドさんでも抵抗があるのに、瑛司に洗ってもらうなんて、想像しただけで恥ずかしい。

「何を恥ずかしがることがある。俺の花嫁を体の隅々まで愛《め》でるのは当たり前だ」

「花嫁代理ね」

堂々と吐かれる羞恥《しゅうち》を煽《あお》る台詞《セリフ》は、聞いているこちらが恥ずかしくなる。

間違いに気づいたのだろう、瑛司は睫毛《まつげ》を瞬《またた》かせた。

「ああ……まあ、細かいことはいい。俺は花嫁の体を洗うことを、決して譲らない」

もはや訂正する気も失せた私は溜息を零《こぼ》す。

その固い決意の源《みなもと》はなんだろう……

傲岸不遜《ごうがんふそん》で俺様で、そのうえ強情。本当に困った旦那様だ。

「強情だね。世の中の旦那様は奥さんの体を洗うと決まってるわけじゃないんだよ？」

「世間の統計なぞ関係ない。諦めて俺に身を委《ゆだ》ねろ」

「瑛司に体を洗ってもらうのは、ちょっと……。誤解のないよう聞いておくけど、洗うのは背中だよね？」

背中だけなら譲歩しようかなと、ちらりと思い描いた私を獰猛《どうもう》な双眸《そうぼう》が見下ろす。

「背中も洗う部位に入っているな」

「えっ？　入ってるってことは、他のところも洗うの？」

「そうだ。全身、くまなくだ。おまえの秘められたところもすべて」

ぐい、と腰を引き寄せられて、瑛司の強靱《きょうじん》な胸に抱き込まれてしまう。

淫蕩《いんとう》な台詞《セリフ》と熱い体温に、どくりと鼓動が大きく跳ね上がった。

私は慌てて瑛司の胸に手をついて、逃れようとする。

「ちょっと待って！　今日はもうお風呂に入ったわけだから、そのことは今すぐに決めなくてもいいでしょ？　花嫁代理として一番大事なのは、瑛司の不眠症を克服することだよ。そのために今夜は泊まりに来たんだから」

そうだ。まずは、瑛司の不眠症がどの程度なのか見学することが先決だ。

瑛司は不満げな顔を見せていたけれど、腕の力を緩《ゆる》めた。その隙に彼の腕の中から抜け出した私は、藤田さんが室内に置いてくれたバッグを手にする。

会社から持参してきた大型のバッグには、快眠を促《うなが》すためのグッズが入っている。

瑛司から体中を洗われてしまうことを、ひとまず先延ばしにできた私は喜び勇んでバッグを開けた。

「今日はとっておきのグッズを用意してきたの。快眠は間違いないよ！」

「枕を変えれば眠れるとか言うんじゃないだろうな。自社製品はおろか、安眠を謳《うた》う世界中の枕を取り寄せて試したが、一睡もできなかった」

ぴたりと私の手が止まる。

瑛司の想像通り、私が取り出したのは大島寝具が誇るヒット商品の枕だ。

適度な反発と通気性に優れた、爽《さわ》やかな寝心地。もちろん、洗濯機で洗えます――

私のかかわったチームがプレゼンで採用され、商品化した枕である。だが、それを紹介する前から否定されたのでは立ち場がない。

でも、めげない。

私はとびきりの笑顔で枕を掲げた。

「そう言わないで試してみてよ。これは大島寝具のヒット商品なんだよ。名前は『ねむれるくん』っていうの」

「おまえのネーミングだろう。プレゼン資料を読んだ。俺はくだらないネーミングだと重役会議で反対したんだが、女性票多数のため採用された。女性客には好評のようだな」

「……そう。お客様には好評だから、きっと瑛司の不眠症もこれで解消できるよ」

くだらないネーミングと評された私の声が怒りに震える。

ヒットしている自社製品の名前をくだらない呼ばわりはないと思うんですけど。

「とっくに試した。自社製品を持ち込むとは、浅はかだな。俺が大島寝具の商品を試さないとでも思っているのか？」

浅はかだとかいう遠慮のない罵倒が飛び出したけれど、気にしないことにする。

枕が駄目なら、他のグッズを提案してみよう。私はアロマポットとオイルを取り出した。

「じゃあ、寝る前にアロマ……」

「アロマオイルは俺には効かない。どれも不快な匂いだ。就寝前に牛乳や酒を飲むのも全く効果がない。ヒーリング音楽とやらも気が散る。他に何かアイデアはあるか？」

提案する前に、ことごとく却下されてしまう。これは手強そうだ。

もしかして瑛司は快眠グッズを使用することに抵抗があるのかな？

瑛司のお父さんは睡眠薬を盛られたそうだし……ひどい手を使われるんじゃないかと警戒しているのかもしれない。

「あのね、熟睡するのはとっても体に良いことなんだよ。快眠グッズに頼るのは何も恥ずかしいことじゃないんだよ？」

私は懸命に説得した。本日から熟睡してくれても全く問題ない。

むしろ今不眠症を克服できれば、次回のお風呂論争もなくなってくれるので私としては助かる。

「おまえが添い寝してくれれば眠れると言ったはずだが？」

「それは子どもの頃の話でしょ。大人になった今は違うよ」

「ならば、どれだけ俺が眠れないか、実際にその目で確かめろ」

話していても埒《らち》が明かない。とにかく瑛司の就寝する様子を見てみないことには、対策も打ち出せないということか。

仕方なく、私は隣の寝室へ向かう瑛司に付いていった。

「ひゃあっ⁉」

寝室に入った途端、目にした光景に頓狂《とんきょう》な声を上げてしまった。

瑛司がバスローブを脱ぎ捨てたからだ。筋肉質の広い背中が露《あら》わになっている。

「俺は寝るときは裸だ。まさかパジャマを着ないから眠れないだとか言うんじゃないだろうな」

私は顔を赤らめて視線を泳がせる。

寝るときの格好は人それぞれだ。裸のほうが落ち着くという人はそうしたほうが良いだろう。

平然として全裸になった瑛司はベッドに潜《もぐ》り込んだ。布団を引き上げて裸の体が隠れたので、ほっとする。

「見ていろ。一睡もできないからな」

「そういう暗示かけないでよ。リラックスして」

傍《そば》に置いてあるチェアに、私は腰を下ろした。

一睡もできないなんてことはないはず。実際は、不眠症の人でも数時間は眠っているのだ。

私は周囲の様子をチェックした。

間接照明の淡い光が優しく室内を包み込んでいる。部屋は静寂に満ち、屋外の音は何も届かない。この環境なら、ぐっすり眠れそうだ。

時折、瑛司の立てる衣擦《きぬず》れの音がやたらと部屋に響く。

やはり眠れないのか、瑛司は瞼《まぶた》を閉じようとしない。

「瑛司、目を閉じてよ」

「うるさい。指図するな」

なんだか、昼のときより神経質になっている感じだ。

眠れないという緊張感がそうさせているのかもしれない。

それからは沈黙が続いた。

……なんだか、私のほうが眠くなってきちゃった……

この部屋は静かで落ち着くし、仕事の疲れもあって体が重い。自慢だけど、私はいつでも三分で眠れる体質だ。

でも今夜は、瑛司がどれほどの不眠症なのか見ていないと……

「あ……いけない」

ふっと意識が戻る。

瑛司に目を向けると、先程と同じように目を開けて天井を見つめていた。一瞬意識を失っただけで、そんなに時間は経っていないようだ。

「おまえが寝てどうする」

「……えっ？　寝てないよ？」

「ぐっすり寝ていたぞ。一時間ほどな」

「ええっ⁉」

壁の時計を見遣れば、確かに一時間ほど時計の針が進んでいた。

そういえばなんだか首筋が痛い。

「いたた……もしかして、私が船漕いでるところを瑛司はずっと眺めてたの？」

「船を漕ぐという表現は適切ではないな。寝ているおまえは処刑人に首を差し出す罪人のようだった」

要するに、がっくりと首が垂れていたということか。

なんという、たとえ方するんですか。

瑛司の不眠症を解消する花嫁修業なのに、これじゃあ、花嫁代理失格かも。

そんなことを考えていると、体が、ぶるりと震えた。

「う……さむい……」

「眠ったから体温が下がったんだ。風邪を引くから、こっちに来い」

腕を伸ばした瑛司に、布団に引きずり込まれる。

すると強張《こわば》っていた私の体は易々《やすやす》とベッドに入ってしまい、逞《たくま》しい腕に抱き込まれた。

「ひあああぁ⁉　瑛司、裸……！」

熱い裸の胸が押しつけられて、私は狼狽《ろうばい》する。

もがくけれど、しっかりと抱え込まれて逃げられない。

「おまえは脱がさないから安心しろ」

「当たり前でしょ！」

「このままでも観察する分には困らないだろう。抱かれながら、俺の顔を見ていろ」

最高の口説き文句を浴びて、私の冷えた体は急速に熱を帯びた。

きつく抱きしめられた私の動揺する鼓動が、瑛司に伝わってしまわないだろうか。

どきどきしながら、彼の胸に顔を埋《うず》める。

「俺が目を閉じているか観察しなくていいのか？」

「あ……」

顔を上げようとするけれど、額《ひたい》に瑛司の呼気が当たるほど、すごく近い。このまま上向いたら……キスしちゃうかも。

そんなことになったら心臓が壊れてしまう。

私は瑛司の胸に顔を伏せて、ぎゅっと抱きついた。

瑛司の腕の中は暖かくて、まるで大地に包まれているかのような安堵感を覚える。

「ん……ねむい……」

猛烈な眠気に襲われる。でも仕事をすべく顔を上げたら、唇が触れ合ってしまう。

「眠っていいぞ」

「だめだよ……だって、瑛司の……」

「構わない。俺の腕の中で眠れ」

低い声音が甘く耳元に響く。

夢うつつでの戦いもむなしく、私は瑛司の腕の中で深い眠りに落ちた。


あったかい……

きもちいいー……

まるで雲の上を歩いているような、ふわふわした心地好《よ》さ。

この感覚……夢だよね。

ずっとこのまま、微睡《まどろ》んでいたい。

今日、会社休みだったかなぁ……

「……はっ」

不意に会社に行かなきゃという義務感が湧き起こり、私は極上の微睡《まどろ》みから覚醒した。

今日は平日だ！　今、何時なの⁉

いつも枕元に置いている目覚まし時計を見ようと体を捻《ひね》る。……けれど、熱い何かにしっかりと抱きしめられていて身動きが取れない。

「えっ⁉　な、何？」

慌てて手足をばたつかせながら、状況を把握しようと脳を働かせる。

そうだ。昨夜は、瑛司の不眠症を克服するために大島家を訪れて、瑛司の寝室に一緒に入って、彼の寝ている様子を観察しようとして……

ふと気づけば、目の前には精悍《せいかん》な瑛司の寝顔がある。

鼓動がどきりと跳ねた。

昨日は瑛司のベッドに引きずり込まれて、そのまま寝てしまったんだ。

「……朝か」

掠《かす》れた声が艶《つや》めいた響きを帯びていて、私の胸はまたどきんと跳ねる。

寝起きの瑛司はどこか無防備で、眠たげな瞼《まぶた》が色気を醸《かも》し出している。

彼は腕の中に抱きしめた私に頬ずりした。寝ぼけているようだ。

その様子は、一睡もできていない人のものではない。

「もしかして瑛司、寝てたんじゃない？」

瑛司は身を起こすと、ようやく私の体を解放して大きく伸びをする。

熱い体温が離れると、どこか寂しく感じられた。

「ああ。ぐっすり眠っていた。この抱き枕は最高の寝心地だな」

「え？　抱き枕って……」

瑛司の使用した枕は、彼が常に使っているものだ。私のチームが開発した『ねむれるくん』は、試したけれど効かなかったと言われたので、昨夜は使用していない。抱き枕なんてベッドに持ち込んだだろうか。周囲を見回したけれど、それらしきものはない。

ふと顔を上げれば、私の目に入ったのは壁掛け時計の告げる無情な時刻。

「えっ、もう八時⁉　遅刻する！」

始業時刻は八時半なのに、こんな時間まで寝坊してしまうなんて信じられない。

猛然と飛び起きた私は転げるようにベッドを下りた。

「わ、私のスーツ、スーツ！」

自分の部屋じゃないので、どこにスーツがあるのかわからない。

狼狽《ろうばい》する私に、背後からのんびりとした声がかけられる。

「そんなに慌てなくてもいいだろう。ゆっくり朝食を食べていけ」

私はくるりと振り向いた。裸のままで未だベッドにいる瑛司に、ひとこと言い放つ。

「重役出勤とは違うの！」

その後、私はメイドさんにスーツを出してもらい、どうにか支度を調《ととの》えたのだった。

「……おはようございまーす……」

髪を手櫛《てぐし》で撫でつけながら、商品企画部のフロアに忍び足で入る。

時刻はぎりぎり始業前で、奇跡的に遅刻せずに済んだようだ。

といっても当然電車に乗るような時間はなかったので、瑛司の車で送ってもらったのだけれど。朝食は丁重にお断りしました。

私は自分のデスクに到着して、ほっとひと息吐く――暇なんて、あるわけもなく。

「おはよう、みずちゃん。昨夜は専務とセックスしたの？」

「ぐっ……げほっ、げほっ……！」

空きっ腹に叶さんの強烈な語句が効きました。

盛大にむせる私の背を優しく撫でさすりながら、叶さんは優美な微笑を浮かべる。

「大丈夫かしら？　つわりはまだ……早いわよね？」

「……叶さん。冗談はやめてください。昨夜は瑛司……じゃなくて専務の不眠症を克服するために大島家に行っただけなので、それ以上のことは一切何もありませんから」

言いながら、ふと昨夜のことを思い返す。

一切何もなかったと言えるだろうか。

確かに私は瑛司のベッドで一緒に寝ていた。彼の腕に抱かれながら。

でもあれは不可抗力だった。叶さんが期待するような展開にはなっていないわけだし、瑛司もぐっすり眠れたと言っていた。

最高の寝心地の、抱き枕によって。

そういえば瑛司が快眠できた枕って、どの枕のことなんだろう？

そんなことを考える私を、叶さんは猫のように双眸《そうぼう》を細めて眺める。

「昨日と同じスーツ……寝乱れたままの髪……ほのかに漂《ただよ》う男の匂い……でも、寝ていないのね」

「いいえ、ちゃんと寝ましたよ。ぐっすり快眠でした」

私がそう答えると、くすりと、叶さんは上品に微笑んだ。

「睡眠の意味じゃないわ。セックスはしていないのね、と言いたかったの」

叶さんが言うと、卑猥《ひわい》な単語でもさまになっているから不思議である。

『今日は私の好きなデザートじゃないのね』と語るのと、まるで一緒だ。

「してませんから。抱き枕のおかげで専務も快眠でした。不眠症は解消できたようです」

叶さんに報告しながら、私はデスクのパソコンを立ち上げてメールチェックする。

一晩の結果だけでは断言できないかもしれないけれど、昨夜の瑛司はよく眠れていたようだから、不眠症は解消したと言っても差し支えないと思う。

「抱き枕ですって？　それは、どんな？」

「ええと……それはですね……」

しまった、それについては、まだ判明していない。

そのとき、フロアの端にいた社員が直立不動の姿勢を取って「おはようございます、専務」と声を上げた。その挨拶《あいさつ》により、他の社員も一斉に起立する。

何これ、デジャブ？

またもや私だけ出遅れてしまい、キーボードに手を置きながら茫然として座っている。

鋭い眦《まなじり》、引き結ばれた唇、一分《いちぶ》の隙もない完璧なスーツ姿——大股で歩み寄ってくる瑛司は、圧倒的なオーラを迸《ほとばし》らせている。

まっすぐに私のもとにやってきた瑛司は、口を開くと、こう言った。

「おまえを、俺の抱き枕に任命する」

「……はい？」

急に何を言い出すんだろう。

私はわけがわからず、目を瞬《また》かせる。

「今夜から毎晩、俺のベッドで抱かれろ。おまえは最高の寝心地だ」

情熱的な口説き文句にフロアの一部から、「おおー」という感嘆の声が上がる。

だけど、瑛司がひと睨《にら》みすると、声を上げた社員は慌てて目を伏せた。

もしかして、最高の寝心地でぐっすり快眠できた抱き枕の正体は……私？

瑛司は傲岸《ごうがん》な態度で問いかける。

「返事は？」

「あ……いえ、あの……」

「はい、もしくはイエスで答えろ」

断る選択肢が与えられていません。

昨夜は不可抗力だったけれど、これから毎晩瑛司と同じベッドで、彼に抱きつかれながら眠るだなんて、平静を保っていられるだろうか。一緒に寝ていたら情が移って、好きという想いがよみがえってしまうかもしれない。瑛司は、私を喋《しゃべ》る枕くらいにしか思っていないのだろうけれど、少しは私の気持ちも考えてほしい。

けれど社員が固唾《かたず》を呑んで見守っているこの状況で、ごねるなんてできるわけもない。

仕方なく私は後者を選んだ。

「……イエス、専務」

「よろしい。これは朝食だ。シェフが持たせてくれた」

デスクに大きめの白い紙袋が置かれる。

中身を確認すれば、野菜や肉が挟まれたサンドイッチと、容器に入ったスープだった。

食欲を刺激するミネストローネの香りが立ち上る。サンドイッチも、コンビニで売っているような薄いものではなく、厚いパンに鴨《かも》のような肉が挟まれていた。

「わあ、美味《おい》しそう。いただきます」

「これを食べて体力をつけて、夜に備えろ。俺とベッドに入るために。いいな？」

「あの……ええ、はい……」

私は紙袋を手にしながら、曖昧《あいまい》な頷きを返した。

フロアを見渡した瑛司は手を打つ。

「以上だ。諸君、業務に戻ってくれ」

「承知しました、専務！」

私以外の社員の声が響き渡った商品企画部のフロアは、いつもと変わらない業務風景に戻る。

瑛司が去って行く背中を茫然として見送る私に、東堂さんから爽《さわ》やかな声がかけられた。

「それじゃあ、守谷さんはその朝ごはんを食べてね。夜に専務とベッドに入るために」

「あの……専務が言ったことはですね……」

部内のみんなに誤解されているのではないだろうか。

見苦しいけれど言い訳しようとする私の肩に、叶さんは、するりと手を置いた。

「今夜もがんばってね、みずちゃん。専務の抱き枕」

「……はい」

どうやら私は、社内公認の瑛司専属の抱き枕になってしまったらしい。

寝具メーカーの社員として、これほどの栄誉はない……かもしれない。

そう思い直した私は、大島家のシェフ特製のサンドイッチを頬張った。

「わかりました。がんばって抱き枕やります。でも本当に、専務とは何もないんですからね！」

私の宣言に、フロアの社員一同が微妙な苦笑いを零《こぼ》したのは言うまでもない。


今日も傲慢《ごうまん》な瑛司に掻き回されてしまった一日だった。瑛司が商品企画部に踏み込んだ話は会社全体に行き渡ってしまったようで、どこを歩いても周囲の視線が痛い。

ようやく退勤の時刻を迎え、ぐったりしてエレベーターに乗り込む。すると、背後の女子社員がひそひそと声をひそめて話していた。

「ほら、商品企画部の……」

「あれが？　へえー」

華やかな化粧とストールから察するに、彼女たちは秘書課だろう。秘書課は重役室と同じフロアにある。社内でも特に秘書課は綺麗な女性ばかりで、お嬢様が多いのだそう。

「こんにちは、守谷さん」

「は、はいっ⁉」

背後の一団の中から突然声をかけられた。

びくりと身を竦《すく》ませた私は振り返る。

そこに堂々と佇《たたず》んでいたのは、一際《ひときわ》見目麗《みめうるわ》しい女性。

濃厚な化粧、何重にも巻かれた縦ロールの髪、すらりとしたバランスの良いスタイル。

美しい容貌には自信が満ち溢《あふ》れている。

自分は美人だと知っている人が醸《かも》し出す優越感を、彼女は惜しみなく撒き散らしていた。

秘書課に赴《おもむ》いた際に顔を見たことがある。彼女の名前は、確か……

「こんにちは。蝶子《ちょうし》さん」

蝶子は、無論名字である。

彼女の名前は知らない。まさか蝶子《ちょうこ》ではないと願いたい。

初めて会話したけれど、こんなに綺麗な人と話すなんて、なんだか緊張してしまう。

しかも蝶子さんのほうから挨拶《あいさつ》してくれるなんて。

もしかして、秘書課の人たちが噂話してたのを遮《さえぎ》ってくれたのかな？

笑みを浮かべた私に、蝶子さんはさらりと言い放つ。

「お姉さんの婚約者を寝取る計画、進捗はいかがかしら？」

「……え」

突然投げかけられた台詞《セリフ》は、仕事の進捗を訊ねるかのように自然に紡がれた。

私は咄嗟《とっさ》に意味を呑み込めず、茫然としてしまう。

寝取る計画って……そんなことじゃないのに。

「いえ、あの……」

「そんな顔なのに、とても度胸がおありなのね。婚約者の妹という立場を利用できるなんて、いい身分だわ」

蝶子さんの取り巻きらしい秘書課の面々が、くすくすと笑いを零《こぼ》す。

蝶子さんを含めた秘書課の人たちは、私が姉の婚約者である瑛司を寝取ったと思っているんだ。

こんな顔なのに。ただの平社員なのに。

専務であり、御曹司でもあるイケメンの瑛司に相応《ふさわ》しくないと思われている。

抱き枕をするのは、私の意思じゃないのに……

でも、そう言ってもきっと、わかってもらえない。

だって、美しい蝶子さんにとっては、平凡な私が瑛司の傍《そば》にいるというだけで許せないから、事情なんてどうでもいいんだ。

言い返しても、瑛司と釣り合っていないことを自覚させられるだけ。

「何か弁解することはないのかしら？」

「……」

唇を噛んで俯《うつむ》いた私の眦《まなじり》に、涙が溜まる。

だめだ、泣いちゃ。

まだ会社の中なのに。

そのとき到着音がエレベーターの狭い箱の中に鳴り響く。

ドアが開いたら、走って会社の外に出よう。そこで泣こう。

ドアが開き、爪先《つまさき》に力を入れて駆け出そうとした私は、目に飛び込んだ光景に息を呑んだ。

「ひあ……っ、ひゃあああああ⁉」

思わず仰け反ってしまい、背後に立っていた蝶子さんにぶつかってしまう。秘書課の集団は悲鳴を上げながら箱の奥に追いやられた。

「待っていたぞ」

エレベーターの正面には、腰に手を当てた瑛司が仁王立ちになって待ち構えていた。

完全に不意打ちを食らって座り込んでしまった私の体を、瑛司は容易《たやす》く掬《すく》い上げる。

立たせてくれるだけでいいのに、なぜかお姫様抱っこされてしまった。

「おまえら、降りろ」

呆気に取られている秘書課の面々に、瑛司は低い声で命令した。

女性たちは神妙な面持《おもも》ちで、素早くエレベーターから降りる。

ホールにいた男性社員は、逃げるように足早に階段のほうへ向かっていった。

お姫様抱っこされている私と専務の瑛司。その傍《かたわ》らには秘書課の人たちが強張《こわば》った表情で並んでいる。まさに異様な光景だ。

「あの……瑛司、下ろして……」

そう言うと、瑛司にきつい眦《まなじり》で、じろりと睨《にら》まれる。

「目の縁《ふち》を赤くしたおまえに発言権はない。俺が認めたときのみ、発言を許可する」

「……はい」

泣きそうになっていたことが、瑛司にバレてしまっていた。

俯《うつむ》いた私は大人しく瑛司の腕の中に収まる。

「さて。エレベーター内で何があったか、俺の第一秘書に詳細を聞かせてもらおうか」

蝶子さんは一歩前へ進み出た。

瑛司の第一秘書とは、蝶子さんのことだ。

さすが瑛司の傲慢《ごうまん》ぶりには慣れているのか、蝶子さんは微塵《みじん》も臆さずに瑛司の双眸《そうぼう》を見返す。

「専務に申し上げます。わたくしは守谷さんに挨拶《あいさつ》をいたしました。けれどそれだけですわ。彼女はナイーブになっているのです」

流麗な口調はまるで音楽のような響きをもたらす。

なるほどそうですね、と私は言いそうになった。

けれど瑛司は眉を跳ね上げる。

「その報告は具体性がないな。挨拶《あいさつ》とはどういった文言《もんごん》だ。一言一句そのままに、俺の前で再現しろ」

いつも重役室でこういったやり取りが繰り広げられているのだろうか。聞いているだけで気疲れしそうだ。

蝶子さんは考えるそぶりをすると、苦笑しながら小首を傾げた。

「こんにちは、守谷さん。……そのあとは、なんでしたかしら。世間話なのでたいしたことではありませんわ」

「たいしたことかどうかは、俺がジャッジする。第一秘書が決定することではない」

「かしこまりました」

「蝶子の記憶に残らないほどのくだらない世間話とやらは、今回は見逃してやる。次はないと思え」

「……かしこまりました」

蝶子さんは深く腰を折った。彼女の唇は引き締められていて、どこか悔しさが滲《にじ》んでいる。

他の秘書課の面々も蝶子さんと同じように、整然と礼をした。

くるりと瑛司が踵《きびす》を返したので、彼女たちの姿は見えなくなる。

私はお姫様抱っこされたまま会社の玄関をくぐり、外に連れ出された。

「あの、瑛司。そろそろ下ろしてよ」

「誰が発言していいと言った？」

上目で見ると、瑛司は深い溜息を漏らす。

「車に乗ったら、発言を許可する」

彼にとっては最大限の譲歩だったらしい。

そのまま運転手さんの待機する車に運ばれた私は、座席に下ろされてようやく瑛司の腕から解放される。

隣に腰を下ろした瑛司はなぜか、膝上で握りしめた私の手の甲に掌《てのひら》を重ねた。

重なる体温から、とくりとくりと甘い鼓動が刻まれていく。

どうして瑛司は手を重ねるのだろう。肘掛け代わりなのかな。それとも……泣きそうになっていた私を、慰《なぐさ》めてくれているのだろうか。

高級車は夕暮れの街を走行し続ける。車内の沈黙に耐えきれなくなった私は、隣の座席でムッとしている瑛司に切り出す。

「さっき、何もなかったから。ああいうふうに、エレベーターホールで女子社員を並べて叱りつけるっていうのは、どうかと思う」

瑛司が傲慢《ごうまん》な御曹司だということを秘書課は周知しているかもしれないけれど、専務としての資質を問われたりしたら困る。

それに蝶子さんの言う通り、単なる世間話だったのだから。

「俺は叱りつけてなどいない。おまえが目を腫《は》らしている事情を聞いただけだ」

「瑛司の話し方は怒ってるように聞こえるの。みんな萎縮《いしゅく》しちゃうじゃない」

「あの程度で萎縮《いしゅく》していては秘書など務まらない。それに、上司に適切な報告をするのは部下の義務だ」

「でもさ……仕事の話じゃないんだよ。本当に、世間話だったんだよ」

今頃になって、蝶子さんから投げられた『そんな顔』『婚約者の妹という立場を利用できるなんて、いい身分』という台詞《セリフ》が耳によみがえり、いやなふうに心を揺さぶった。

あ……だめ、また泣きそう。

思い出しちゃ、いけない。

ぴくりと動いた私の手を、瑛司は上から包み込むようにきつく握りしめた。

その熱い体温と力強い掌《てのひら》のおかげで、次第に哀《かな》しい気持ちは霧散《むさん》していく。

「あ……」

すい、と私の眦《まなじり》に浮かんだ涙が拭《ぬぐ》われた。

瑛司が空いたほうの手を伸ばし、指先で雫《しずく》を掬《すく》ったのだ。

「社内で口にする言葉は世間話だろうがなんだろうが、俺はすべて把握する。あいつらが上司に立ち入られたくないというなら、会社を出てから話すべきだ。そうだろう」

「……うん、そうだね」

「どうせ女どもの嫉妬だろう。蝶子のことだから、『あなたのような不細工に専務の抱き枕なんて務まらない』なんて言われたんだろう。察しはつく」

「方向性は合ってるけど……瑛司のほうがもっとひどいよ。蝶子さんは不細工とまでは言ってないから」

そう言うと、瑛司はなぜか面白そうに口端を吊り上げる。

「あくまでも蝶子の視点に基づいた見解だ。外見の美しさは、他の材料と比較しなければ判定できないからな。だが天秤にかけて初めて得られる美とは、すなわち虚飾《きょしょく》であると俺は認識している」

瑛司の言うことは時々難しくて理解できない。

これって、まわりくどい慰《なぐさ》めだったりするのかな？

私は首を捻《ひね》った。

「……つまり？」

「つまり、おまえはおまえで可愛いから、周りと比較しなくていいということだ」

『可愛い』と評されて、私は目を見開く。

私が……？　私の顔が……？

容姿も才能も十人並みの私は、誰にも褒めてもらったことなんてない。

信じられなくて、私は口をぽかんと開けてしまう。瑛司はというと、冗談を言ったわけではないようで、至って真顔で私を見ていた。

「俺は冗談は言わない。おまえは可愛い」

「……そっか」

瑛司はすごく真剣に、私のことを考えてくれるんだ。

花嫁代理という身代わりの人形としてではなく、ひとりの人間としての私の心に寄り添おうとしてくれる。

その真摯《しんし》さが、私にはとても眩《まぶ》しい。

瑛司のこういうところに、幼い頃から憧《あこが》れていた。私なんて姉のおまけのはずなのに、彼はいつでも細やかな気配りで私に接してくれる。

大島家のお屋敷で瑛司に初めて出会ったとき、姉に背を向けて私の手を握ってくれたことを覚えている。

きっとあのときから、惹かれていた。

成長するに従って、こんな想いを抱いてはいけないと、恋心を押し込めるようになってしまったけれど。

時を経て大人になった今も、瑛司は変わらない優しさで接してくれている。私には、それがとても嬉しかった。

瑛司はずっと、私の憧《あこが》れの人なんだ。

「可愛いというのは顔立ちのバランスが均等だとか、流行に合っているだとか、そういうことじゃないぞ。存在そのものが可愛らしいという意味だ」

「……よくわからないいんだけど、生きているだけで偉いとか、そういうのと同じ感覚かな……？」

「そうだ。俺が可愛いと断言しているのだから、おまえはもっと自信を持っていい」

私は笑ってしまった。

だって、瑛司があまりにも真面目に言うから。

「何がおかしい」

「ううん……なんでもない。ありがとう、瑛司」

瑛司が私を可愛いと言ってくれるのはきっと、妹としてという意味なんだろうな。

それでも瑛司の低い声音で『可愛い』と何度も言ってもらえて、そのたびに私の心は桜の花が綻《ほころ》ぶように浮き立つ。

私は朱に染まった頬を見られたくなくて、瑛司から目を逸らし車窓を眺めた。

瑛司の熱い体温が、握られた手を通して伝わる。私はそれを、心地好《よ》く感じた。

昨日と同じように大島家のお屋敷へ行くものとばかり思ったけれど、瑛司は街中で停めるよう、運転手さんに指示を出した。

「どこへ行くの？」

そう訊ねると、車を降りた瑛司は商業ビルを眺めながら、さらりと告げる。

「映画を観るぞ」

「……えっ？」

「デートだ。向こうに映画館があったな」

突然の提案に驚かされる。しかもデートだなんて、まるで恋人同士みたい。

姉との結婚を前提とした身代わり花嫁の私と、どうしてデートする必要があるのだろう。

もしかして、さっき泣きそうになっていたから、慰《なぐさ》めようとしているとか……？

それとも瑛司が映画を観たくなっただけなのかな。どちらにしろ、私も気分転換をしたいと思っていたところだったので、瑛司の提案に乗ることにした。

商業ビルに入った私たちは映画館のあるフロアへ向かう。このビルには寝具店が店舗を出しているので、市場調査に訪れたことがあった。

家族や恋人、友人たちが楽しげに行き交うフロアは賑《にぎ》わっている。

映画館に辿《たど》り着くと、窓口の上部に掲げられたモニターには、本日上映される作品名と時間などが表記されていた。

映画を観に来ること自体が久しぶりだ。だから、現在どういった作品が上映されているかは全くチェックしていない。

私は作品名を眺めながら、同じようにモニターを見上げている瑛司に訊ねる。

「何か観たいもの、あるの？」

「いや、特にない。おまえは何がいい？」

「えっ？　映画が観たいから映画館に来たんじゃないの？」

映画を提案したのは、注目している作品があったからではないのか。

すると瑛司はまるで会議で発言するかのように、重々しく説明した。

「俺は映画を観るという行為を促《うなが》したまでだ。観たいという願望はそこにない」

「はあ……そうなの」

「昔からそうだが、俺は映画の内容はなんでもいい。ただ映画館にいるという雰囲気を満喫するために行く。料金は支払っているから問題ないだろう。その楽しみ方に対しての異議はあるか？」

「異議はありません」

「では聞くが、どれが観たい」

「じゃあ……これ、かな」

私は恋愛映画のタイトルを指差した。

まっすぐ窓口に向かった瑛司は、座席のチケットをふたり分購入する。

昔から、と言われて思い出した。

姉がいた学生の頃は、三人でよく映画を観に行っていた。

私は誘われてふたりに付いていくのだけれど、デートの邪魔していいのかなと思いながら映画を観ていたっけ。

あの頃から、瑛司は映画の内容はどうでもよかったんだな。

恋愛映画が多かったような気がするけれど、あれは姉が選んでいたんだ。

三人並んだ座席のシート。いつも私が真ん中の席に座っていた。

ポップコーンは、私の右と左にそれぞれ置かれている。両脇に座った瑛司と姉の分だ。手を伸ばせば食べられる位置にあるけれど、どちらを取っていいのかわからなくて、結局ひとつも食べなかった。

食べたかったな、ポップコーン。

そんな小さな後悔ばかりが鮮明で、肝心の映画の内容はまるで覚えていない。確かに観たはずなのに。

でも今度は、ちゃんと覚えていよう。

瑛司とふたりで観る、初めての映画だから。

そんなことを考えていると、瑛司はスクリーンに直行せず、ロビーの隣にある売店に寄った。

「ポップコーン、買うの？」

「ああ。俺は塩味だ。おまえはどれがいい」

ポップコーンの味は様々な種類があり、塩・キャラメル・バター等がメニューに記載されていた。

そういえば、瑛司と姉は別々の味をそれぞれ購入していた。きっと味の好みが違うので、ふたつのポップコーンが必要だったのだろう。

「じゃあ……私も塩」

なんとなく瑛司と同じものを食べたくて、私は塩味を希望する。

ポップコーンとコーラを店員に注文して財布を取り出した瑛司を見て、慌てて私も倣《なら》う。

自分の分は自分で払わないと。

すると、まだ何も言っていないのに、瑛司は軽く手を挙げて私を制した。

「いい。俺が誘ったんだからな」

「でも、仕事じゃないし、チケット代も出してないのに悪いよ」

「その分、夜に体で返……」

「ごちそうさま。今日は奢《おご》っていただきます。嬉しいな」

問題発言が飛び出す気配を素早く察知した私は、棒読みの早口で遮《さえぎ》る。

結局瑛司に奢《おご》られてしまった。

ふたり分のトレーを携《たずさ》えた瑛司は、指先で私に二枚のチケットを差し出す。

「持ってくれ。もう入場できるな」

モニターを見上げると、該当のスクリーンの欄には、すでに開場のランプが点灯していた。

私は瑛司と並んでポディアムを通り、劇場のスタッフにチケットをもぎってもらう。

「えっと、三番スクリーン……こっちだね」

瑛司とこうして、ふたりで映画館を訪れるなんて不思議な感じだ。

しかもお揃いのメニューが載ったトレーを彼に持ってもらうなんて、なんだか本物の恋人同士みたい。

意識した途端、私の顔が熱くなる。

それを隠すかのようにチケットを見つめて席を確認した私は、慌ててしまった。

「えっ。カップルシート？」

指定された座席は、カップルシートというふたり掛けの席だった。

バルコニー席に設置された、ゆったりとしたソファタイプの座席には、間に肘掛けがない。通常は座席ごとに肘掛けで区切ってあるけれど、このソファだとふたりで座ったら密着してしまうだろう。

「カップルだからな。当然、カップルシートだ」

「……そうだね」

おそらく瑛司は、どんな関係であってもすべてのふたり組はカップルと称するのだと思っていそう。

カップルシートに座るなんて、ますます恋人同士みたい。

私は胸を躍らせながら、瑛司と共にソファに腰を下ろした。

ポップコーンとコーラの載せられたトレーが、私の右側に置かれる。

「ポップコーン、食べたかったんだ。私の分も頼んでくれて、ありがとう」

瑛司はもうひとつのトレーを傍《かたわ》らに置きながら、ふと首を捻《ひね》る。

「昔もこうしてオーダーしていただろう。ああ……いや、あのときは、葉月もいたからな」

瑛司の口から姉の名前が出て、私の心はなぜか針で刺されたようにちくりと痛む。

「……あのとき私、ポップコーン食べなかったんだ」

「おまえの分の注文を聞いたら、毎回葉月からもらうからいらないと言っていたな。だが結局、一粒も食べなかったことは知っている」

「知ってたの？」

「それはそうだろう。隣で見ているんだからな」

事も無げに語る瑛司に、私は目を瞬《またた》かせる。

まさかそこまで私の様子に気を配っているとは思わなかった。

「葉月の情報によれば、ポップコーンを嫌いなわけではないんだよな。当時は聞けなかったが、食べられない理由でもあったのか？」

「それは……なんとなく、かな」

嘘だ。

本当は、食べたくて仕方なかった。

でも、私がふたりのお邪魔虫だっていうことをわかっていたから、気を使っていた。

私はいつでも、姉の葉月に遠慮しなければならなかった。

姉は私と違って、華やかな美人で、勉強の成績もとても良かった。それに社交的で明るくて、誰とでも仲良くなれた。男の人はみんな姉に憧《あこが》れていた。

そんな優秀な姉と比べられる私は、完全におまけだった。

姉をきらきらした瞳で見つめてから、私に視線を移したときの、彼らの残念そうな目つきがすべてを物語っている。

姉はこんなに美人なのに、妹はこれか。

その無言の刃《やいば》は私の心の深部に、消えない傷を付ける。

私はどうして、姉のように美しく生まれなかったのだろう。

そのコンプレックスは根深いものだったけれど、社会人になってからはだいぶ解消された。

叶さんや東堂さんという、姉とはまた違ったタイプの美しい人たちと知り合い、懸命に仕事をこなしているうちに、外見なんて些細《ささい》なことだと思うようになったからだ。姉が傍《そば》にいないので比較されることがなくなったせいもある。

でも、本当はわかっている。

コンプレックスは小さくなっても、消えてなくならないということを……

そんなことを考えていると、シアター内の照明が落とされる。

私は気を取り直して、スクリーンに顔を向けた。

映画は、ヨーロッパが舞台の恋愛物だ。ひとりの女性の生涯を描いた作品らしい。欧州の田舎町《いなかまち》の、平和な街並みが映し出される。

主人公の女性は、幼なじみらしき男性と道を歩いていた。気心の知れた仲なのか、親しげな会話が交わされる。

瑛司と姉も、こんなふうだったな。

ふたりは、よく似ていた。成績優秀で、見目麗《みめうるわ》しい自信家。同じタイプだから、わかり合える部分も多いのだろう。

威風堂々《いふうどうどう》としたオーラを持つふたりが並んで歩けば、誰もが道を譲る。

なんてお似合いな美男美女。生まれたときからの許嫁《いいなずけ》ですって。運命ですね。

そんな賛辞を当然のこととして受け止めながら、ふたりは堂々と闊歩《かっぽ》する。私はふたりの後ろから、小さくなって付いていく。

ふたりとも頭が良いので、会話も弾《はず》んでいた。

私を挟んで喫茶店の席へ座れば、株価の銘柄がどうこうとか、そんな話題で盛り上がっていた。全く理解できない私は、俯《うつむ》きながらジュースをストローで啜《すす》っていた。

『どうして、ふたりのデートに付いていかなきゃいけないのかなぁ?』

ある日、私は姉にそう訊ねた。

誘うのは、いつも姉だったからだ。『日曜日に瑛司と出かけるから、瑞希も来てね』と。

一度や二度ならわかるけれど、どうして許嫁《いいなずけ》同士のデートにいつもいつも妹が同行しなければならないのだろうか。両親はふたりの仲を応援しているし、瑛司は折り目正しくうちの両親に挨拶《あいさつ》しているので信頼も得ていた。ふたりきりで出かけることに、なんの障害もないはずだ。

『私、姉さんと瑛司のお邪魔虫だよね？』

楽しそうなふたりを見るのは、心が軋《きし》む。それに綺麗なふたりと比べられるのも哀《かな》しかった。

姉は私の問いに、少し考えてから返答した。

『そういうことじゃないんだよね。私には瑛司と約束した計画があるのよ。それは瑞希なしじゃ、遂行できないの』

『約束した計画？　計画って、何？』

『それは私たちだけの秘密よ。それに概要を説明できるほど進行していないもの。話しても仕方ないでしょ』

姉の言い方に疎外感を覚えた私は、それ以上聞けず目を伏せた。

ふたりが約束した計画とは、もしかして私を引き立て役にして楽しむというものだろうか。

瑛司も姉もどこか意地悪で強引だから、そんなことかもしれない。

ふたりが愚鈍な私を笑っている姿を想像してしまい、哀《かな》しくなってしまう。

滲《にじ》んだ涙を指先で拭《ぬぐ》う私に、姉は明るく言う。

『瑞希は何も心配しないで、私たちに任せてればいいの！』

『……そう』

姉の計画とやらがなんだったのかは、未だに不明だ。

そもそも彼女が何を考えているのか、昔からわからなかった。

海外へ渡航して、学校を建設するという計画も、私は姉の口からひとことも聞いたことはない。瑞希に話しても、どうせ理解できない……そう思っていたのだろう。

私は、話してほしかったのに。

そんな奇妙な三人でのデートも、姉の海外渡航で、あっさり終わりを告げる。

その後、瑛司も海外へ赴任したと噂で聞いた。

ふたりが遠い世界へ行ってしまったことに寂しさを覚えたけれど、これで良かったんだと、自分を納得させた。

私が過去を思い返している間にも映画は進み、中盤に差しかかる。

平和だった街を戦火が襲い、主人公は幼なじみの男性と離ればなれになってしまう。

疎開した主人公は貧しい暮らしの中で、兵士として戦争に駆り出された男性を待ち続けた。

幾度《いくど》も彼に宛てた手紙を書くけれど、返事は届かない。

厳しい生活と死の恐怖で、人々の心は荒《すさ》んでいく。

私は、ここで初めてポップコーンを一粒口にした。

あんなに食べたかった憧《あこが》れのポップコーンは、塩辛い味がした。

「……ん？」

ふと肩に重い物が伸《の》しかかる。肩口に目を遣れば、瑛司の頭が乗っていた。

どきりと私の鼓動が跳ねる。

彼の顔が、すごく近い。

しかも瑛司は私の体を抱きしめるように長い腕を回しながら、安らかな寝息を立てていた。

なんと、寝ている。

ここで抱き枕になるなんて、思いもしなかった。瑛司は寝ぼけているのか、ぎゅうと私を抱く腕に力を込めて頬を寄せてくる。

周りに目を配ったけれど、観客はスクリーンに夢中で、誰も私たちの様子を気にしていないようだ。

どきどきと早鐘のように、私の鼓動は鳴り響く。

逞《たくま》しい瑛司の腕に包まれながら、私はスクリーンに目を戻す。胸の鼓動が彼に聞こえませんようにと、祈りながら。

やがてエンドロールを終え、シアター内に照明が点けられた。観客は次々に立ち上がり、ホワイエへ向かっていく。

私は映画の余韻に浸《ひた》っていて、まだスクリーンを見つめていた。熟睡していた瑛司は、ようやく頭を上げる。

「終わったか。面白かったか？」

そう気軽に訊ねた瑛司は私の顔を見るなり、口を噤《つぐ》む。

なぜなら、私の瞳が濡れていたから。

「面白いっていう展開じゃなかったね……」

映画の終盤の内容はこうだ。幼なじみの男性の帰りを待ち続けた主人公のもとに、朗報が入る。

戦争が終わったのだ。人々は喜びに湧き、故郷へと帰還した。

けれど、主人公の幼なじみは帰ってこなかった。戦死の報《しら》せもない。

幼なじみを自《みず》ら捜そうと決意した彼女は汽車に乗り、彼が送り込まれた戦地へと向かう。

そこで、彼女は幼なじみと再会した。

だが、彼がすでに別の女性と暮らしていることを知る。

主人公は、幼なじみも女性をも罵《ののし》ることはなく、ただその事実を受け止めて故郷へ戻っていった。号泣しながら。

瑛司は寝ていたので、映画のラストを全く知らないだろうけれど、最後まで観た観客からは啜《すす》り泣きが零《こぼ》れていた。

「……という結末でね。考えさせられる内容だったよ」

「なるほど。悲恋か」

瑛司に映画の内容を説明しながら、ふたりで残ったポップコーンを平らげる。ぽんぽんとリズム良く、互いの口にポップコーンが放り込まれていく。

ストローからコーラを啜《すす》り、喉を潤《うるお》した私は首を傾げた。

「ふたりにとって、これでいいのかな？」

「良いも悪いもないだろう。破局という事実がそこにあるだけだ。観客の心に爪痕を残したのなら、映画としては成功だろうな」

「そういうことじゃなくてね……。瑛司に恋愛映画の感想を求めたのが間違いだったよ」

「まあ、観ていないからな。もう一回観に来てもいいぞ。そのときは俺なりの感想を述べよう」

また来ても、瑛司は私を抱き枕にして熟睡してしまいそうだ。

それを想像した私は眦《まなじり》の涙を拭《ぬぐ》いながら、笑いを零《こぼ》した。

「もういいよ。瑛司の感想って言っても、興行収入だとか、そういうことになりそう」

「よくわかってるじゃないか」

ひと通り映画について話したあと、瑛司と私はシアタールームを出た。トレーを片付けた瑛司は、ホワイエにあるお手洗いを指差す。

「顔を洗うか？」

「メイクしてるから洗えないよ」

「鏡を見てこい。化粧が崩れてるぞ」

「えっ⁉」

慌ててお手洗いに入り、目元を確認する。マスカラはウォータープルーフなので一切落ちていない。けれど目元まわりのファンデがよれていた。目が赤いのは仕方ないけれど、ファンデだけでも直しておこう。

コンパクトを取り出し、パフで修復する。ついでに口紅も塗り直す。

いつもの作業を終えると、口元に笑みが零《こぼ》れた。泣いたせいか、なんだかすっきりした。

お手洗いを出ると、瑛司はホワイエの隅で待っていてくれた。

現れた私を見るなり、くいと指先で頤《おとがい》を掬《すく》い上げる。

「え？」

まるで美術品を丹念に見定めるように私の顔を見つめると、瑛司は納得したように頷く。

「化粧崩れは直せたようだが、まだ目が赤いな」

そして私の頤《おとがい》を解放すると、彼はなぜか自分の肘を軽く持ち上げた。

「手を回せ」

「えっ？」

「手を回せと言っている。その憐憫《れんびん》を誘う目元を誰にも見られないようにしろ」

言われた通り、瑛司の肘に手を回して、腕をそっと掴んだ。

これはもしかして……紳士が淑女をエスコートするスタイルだろうか。

瑛司に掴《つか》まっているので、私は俯《うつむ》いたまま映画館を出ることができた。まだ赤い目元は誰にも見られていない。

瑛司の気遣いが、嬉しかった。

普段は俺様で傲慢《ごうまん》だけれど、彼は優しい紳士でもあるのだ。

そのことに、改めて気づかされた。

私の胸の奥に、温かな想いが芽吹いている。それはもう、とうに発芽していたのだけれど、育つことのないよう意識して押し留《とど》めていたものだ。

好きになってしまう。

瑛司のことを、憧《あこが》れとしてだけではなく、恋という想いを込めて見てしまう。

そんなこと、してはいけないのに。

溢《あふ》れそうになる恋心を、私は懸命に抑え込む。今までもずっと、そうしてきたように。

「瑛司、映画館で熟睡してたね。今日はもう抱き枕の任務は終了でしょ？」

わざと皮肉めいた言い方をする。

このまま大島家に泊まることになったら、恋心を抑えきれる自信がない。

「熟睡には程遠い。音楽が鳴らされるたびに意識が引き戻された」

「それは映画館だから当然じゃない？」

「やはりベッドで寝ないと熟睡できないな。頼んだぞ、俺の抱き枕」

にやりと口端を吊り上げて、期待を込めた眼差しを向けてくる。

まさか……今夜も？

「さっき寝てたから、今日の最低睡眠時間は確保できたと思うんだけど……」

「俺の花嫁の台詞《セリフ》とは思えないな。最低でいいわけがないだろう。夫を満足させるのは妻の務めだ。さあ、大島家に行くぞ。早く抱かせろ」

こうして私は否も応もなく、傲岸不遜《ごうがんふそん》な瑛司によって大島家のお屋敷に連れ去られた。

二度目となるふたりきりの夕食会のあと、前回と同じようにメイドさんから「お風呂のご用意ができております」と告げられる。

すると食後の珈琲《コーヒー》を前にした瑛司は、メイドさんに淡々と伝えた。

「今夜から瑞希は、母屋《おもや》での風呂を使用しない。俺と共に離れの風呂を使う」

「かしこまりました。瑛司様」

一礼すると、メイドさんは下がっていった。

私は瞬《まばた》きをしながら、カモミールティーのカップをソーサーに戻す。

「えっと……私も離れのお風呂に入るの？」

「無論だ」

前回、瑛司と繰り広げた論争が脳裏によみがえる。

確か、花嫁の体は俺が洗うと瑛司は宣言していた。

それと快眠とは全く関係のない事柄だ。瑛司がなぜこだわりを貫《つらぬ》こうとするのか定かではないけれど、瑛司に体の隅々まで洗われるだなんて絶対に避けたい。せめて背中だけにしてほしい。

「相談した通りだろう。風呂上がりに母屋《おもや》から歩いてきたのでは風邪を引くからだ」

さらりと述べた瑛司は珈琲《コーヒー》を飲み干した。

そうだったかな……？

確かに今夜は少々肌寒いので、離れのお風呂を使えるならそのほうが良いけれど……離
食事を終えた私たちは離れへ向かった。

瑛司は書斎へ入らず、ぐるりと巡らされた廊下を進んでいく。

「こっちだ」

なんだろう。お手洗いの場所は知っているけれど、こちらではない。

引き戸を開けると、その部屋には半円型の銀盆のようなシンクがふたつ並んでいた。

そこには曲線を描いた蛇口があり、シンクの前面にある鏡は壁一面を覆っていた。高級ホテルに設置されているような、お洒落《しゃれ》なデザインの洗面台だ。

壁際には寝椅子が用意されていた。向こう側にもうひとつの扉があり、磨り硝子《ガラス》越しにお風呂場が見える。とても個人宅の脱衣場とは思えないほどの広さだ。

「ここ……脱衣場？」

「そうだ。離れは檜《ひのき》風呂だ」

離れのお風呂なので、てっきりワンルームマンションのようなバスルームを想像していた。あまりの豪華さに目眩《めまい》を起こしていると、瑛司は突然、私の目の前で服を脱ぎ始めた。ジャケットとスラックスを床に落とし、シャツまで脱ごうとしている。

お風呂に入るのなら、ひとこと断ってほしいところだ。私は慌てて踵《きびす》を返すと、引き戸の取っ手を掴《つか》んだ。

「お風呂から上がったら言ってね。私は部屋で待って……あれ？」

引き戸はガチャリと音を立てるだけで、一向に開かない。

見れば取っ手の下に鍵穴があった。もしかして、鍵が掛かってる？

「瑛司。なんだか鍵が掛かってるみたいなんだけど」

「俺が掛けた。風呂場は中から施錠できるように設計したんだ」

どうやら私が物珍しげに脱衣場を眺めている最中に、瑛司が鍵を掛けたらしい。自宅のお風呂場でそんなことをする必要があるのか疑問だ。

しかも、この戸は内側につまみが付いていない。内側から鍵を使って解錠しなければならないタイプだ。ふつうは逆だと思うんですけど。施工ミスなのかな？

「瑛司。鍵は？」

「ここだ」

いつのまにかボクサーパンツ一枚になった瑛司は、銀色に光る鍵を掲げた。私は鍵を受け取ろうと腕を伸ばす。

……が、素早くそれを避けた瑛司はパンツの中に手を差し入れて、鍵を隠した。

「ちょっと⁉　何するの⁉」

「おまえの考えなぞお見通しだ。俺だけ風呂に入らせて、自分はあとからひとりで入ろうという魂胆だろう」

「……それが一般的なお風呂の使い方だと思うよ」

さも悪いことのように指摘されて呆れてしまう。

さすがに男性のパンツの中に手を突っ込むことはできない。パンツ一丁で傲然《ごうぜん》と腕を組んだ瑛司の周りを、私は所在なくうろうろと歩き回った。

「おまえの体を洗うのは、この俺だ。服を脱がせるところから俺に任せて、おまえはただ身を委《ゆだ》ねていればいい」

がしりと腕を掴《つか》まれたかと思えば、瞬《またた》く間に裸の胸に抱き込まれてしまう。

目を見開いた私は逃れようと手足をばたつかせる。

「そのこと忘れてなかったの⁉　しかも服を脱がせるっていうオプションが追加されてるんだけど！」

「追加した覚えはない。初めからこの手順だ。あまり文句が多いと舌を挿《い》れて黙らせるぞ」

さりげなくディープキスを示唆《しさ》されて、私は観念した。その隙に瑛司は素早く私のジャケットを剥《は》ぎ取る。

「わかった。瑛司がどうしても体を洗いたいっていう情熱はわかったけど、でもそれって安眠とは関係ないよね？」

「大ありだ。おまえの体を洗えば、より睡眠の質は良いものになる。心身を満足させることと快眠は直結しているだろう。反論はあるか？」

「……反論ありません」

私が言い返せないでいると、ブラウスの釦《ボタン》に瑛司の手がかけられる。

映画鑑賞のときは興味なさそうだったのに、体を洗うことになると、まるで飢《う》えた野獣が獲物を捕らえようとする必死さを見せる。

咄嗟《とっさ》に釦《ボタン》を死守した私は、瑛司から距離を取った。

「瑛司は快眠できるかもしれないけど、私はここで全裸にされたら恥ずかしくて一睡もできなくなると思うの。いきなり全裸にされるのはすごく抵抗がある。瑛司は平気かもしれないけど！」

必死の訴えに、瑛司は無理やり私を剥《む》くのはやめ、伸ばした手を下ろした。

いくら花嫁修業の一環とはいえ、好き……かもしれない人に全裸にされるのは、とてつもない羞恥《しゅうち》に襲われる。そんなに自信のある体ではないし。

「ふむ……。仕方ない。譲歩してやろう」

「ありがとう」

とても偉そうに折れてもらえたので、礼を述べる。私がお礼を言うようなことかなと思ったけれど、とにかく鍵を返してもらえるんだ。

私は微笑みながら掌《てのひら》を差し出した。すると——

「全裸に剥《む》くのは勘弁してやろう。今日のところは。服は自分で脱ぐといい」

掌《てのひら》を差し出したまま私は笑みを引《ひ》き攣《つ》らせた。

ふたりで入浴することは既定路線のようだ。

しかも今日のところは、ということは、明日はそうはいかないと言いたいのかな？

ひとまず脱出を諦めた私は、目の前の難関を突破するために瑛司の背を押しやる。

「ありがとう。それじゃあ瑛司は先にお風呂に入ってね。服を脱いだらすぐに行くから」

「なんだ。見てはいけないのか？」

「服を脱がされるのも見られるのも一緒だよ。そうだ、お湯加減はどうかな？　確かめてみてよ」

渋々風呂場に入っていった瑛司の背後で、ぴしゃりと戸を閉める。

脱がせないけれど、着替えは見る気だったらしい。なんという強欲。

私はブラウスとスカートを素早く脱ぎ、ブラジャーとパンティーも外した。積み重ねてあったリネンから、バスタオルを一枚取って体に巻きつける。

そのとき、がらりと風呂場の戸が開いて、瑛司が顔を覗《のぞ》かせた。

「……ちっ。風呂のお湯は適温だ」

今、舌打ちしたよね……？　着替え見るつもりだったよね……？

ちなみに、瑛司はすでに全裸になっていた。鍵入りのパンツはどこかへ隠されてしまったようだ。私はそれだけを確認すると、強靱《きょうじん》な肉体と彼の中心を直視しないよう、目線を逸らす。

瑛司の執念には根負けした。どうやってもお風呂に一緒に入ることは逃れられないようだ。

ならば平静を保ちながらお風呂に入って、隙を見て素早く上がろう。

そう決意した私は風呂場へ足を踏み入れた。湯気の漂《ただよ》う浴室は、檜《ひのき》の芳《かぐわ》しい香りに包まれている。

「わあ、いい匂い。温泉宿のお風呂みたい」

「気に入ったか」

「うん。とっても素敵」

ふたりで入浴しても充分な広さの檜《ひのき》風呂は、温かな湯気を立ち上らせている。

瑛司に背を向けた私は、さっとバスタオルを外してから腕で体を隠し、檜《ひのき》風呂に肩まで浸《つ》かった。

「ふう……きもちいい……」

温かな湯が、体の疲れを取り去ってくれる。瑛司も無言で隣に体を沈め、しばらくふたりとも心地好《よ》い湯の温度と檜《ひのき》の香りを堪能する。

やがて十分ほどが経過した。

さすがに顔が火照《ほて》ってくる。

けれど瑛司より先に上がるわけにはいかない。立ち上がれば裸を見られてしまう。

平然としている瑛司は、ちらりと私を見下ろした。

「顔が赤いぞ。のぼせたんじゃないか？」

「ううん、平気。瑛司こそ、先に上がったらいいんじゃない？」

「そうか。では、上がろう」

なぜか瑛司は素直に湯船から上がる。けれど脱衣場には向かわず、洗い場でシャワーのコックを捻《ひね》ったり、スポンジにボディソープを垂らして泡立てたりしていた。

入浴を終えるという意味ではなく、体を洗いたかったようだ。

まさか……。私の体を洗うわけじゃ……ないよね？

「用意ができたぞ。さあ、ここに座れ」

瑛司に白木造りの風呂椅子に座るよう勧められた。

予想が的中してしまった。

俺の花嫁は俺が洗うという宣言を当然のごとく実行しようとする瑛司に、もはや降参したくなる。湯船の端に目を遣れば、私の体を覆っていたバスタオルはすでになかった。瑛司が湯船から上がったときに素早く手にして、まとめて片付けたのだ。なんという用意周到さ。

これでは湯船から立ち上がったら、裸を晒《さら》すことになるではないか。

拒否しても瑛司は聞かないと思い、私は別のやり方を提案してみることにした。

「じゃあね、私もちょっと用意があるから、瑛司は目を瞑《つむ》っていてくれる？」

「用意があるのか？　なぜ目を瞑《つむ》らなくてはならないんだ」

「えっとね……サプライズがあるの。だから目を開けないでね」

「ほう……サプライズか。それは楽しみだな」

嬉しそうに口端を引き上げた瑛司は、素直に両目を閉じる。

それをしっかり確認した私は湯船から上がると、瑛司に背を向けて、用意された椅子に腰を下ろした。

これで瑛司に裸を見られるという羞恥《しゅうち》からは逃れられた。

ちらりと振り返れば、瑛司はまだ目を閉じている。

「サプライズとはなんだろうな。さぞ、この俺が驚くことなんだろうな」

嫌味たっぷりに呟《つぶや》かれて、私は狼狽《うろた》えた。

咄嗟《とっさ》に口走ったことなので、サプライズの内容なんてまるで考えていない。

何か、サプライズしないと。

瑛司が驚くようなこと……そうだ！

目を瞑《つむ》っている瑛司に、私はそっと身を寄せる。

そして、ちゅ、と頬にくちづけを落とした。

その感触に息を呑んだ瑛司は双眸《そうぼう》を見開く。

私は素早く背を向けた。

「今のは……指の感触ではない。唇だな？」

「……これがサプライズだよ」

幾度《いくど》も目を瞬《またた》かせている瑛司は、まるで少年のように無邪気な笑みを零《こぼ》していた。頬に掌《てのひら》を当てようとするが、なぜか直接触れないように少し離している。

なんとか誤魔化せた……けれど、安堵するのはまだ早かった。

水を得た魚のように生き生きとした瑛司は、笑顔で泡立ったスポンジを手にする。

「キスしてくれた礼に、丹念に体を洗ってやろう。さあ、こちらを向け」

「え……遠慮するよ。なんだかのぼせちゃったみたいだから、今日は背中だけでいいかな」

檜《ひのき》の香りがたゆたう風呂場に沈黙が流れる。

全身をくまなく洗われるという羞恥《しゅうち》からは、なんとしても逃れたい。

瑛司に任せたら、おへそやお尻の穴まで丁寧に洗われてしまいそう。

やがて瑛司は、ぽつりと呟《つぶや》いた。

「背中だけか……まあ、いいだろう」

不満そうだけれど、サプライズのおかげで譲歩してくれたようだ。

瑛司は私の背中をスポンジで擦り始めた。柔らかいスポンジの感触が、肩から肩甲骨《けんこうこつ》へと下りていく。

きもちいい……

うっとりして体の力を抜き、恍惚《こうこつ》に浸《ひた》る。人に背中を洗ってもらうのは、こんなに気持ちの良いものなんだ。

「んっ」

背中だけでなく、胸にもふわふわした泡の感触を感じた。

ふと自分の胸を見下ろしてみれば、背後から伸びたスポンジが、まるで乳房を支えるように下から持ち上げている。

「あ、瑛司、だめ。背中だけって言ったじゃない」

慌ててスポンジを手にした瑛司の手首を押さえるけれど、強靭《きょうじん》な腕はびくともしない。

「ここも背中の一部だ。皮膚は繋《つな》がっているんだからな」

「そんなわけないでしょ。ここは胸……んっ、あっ！」

瑛司の手首が上下して、スポンジに胸の飾りを擦られる。

きゅん、とした刺激が胸から下腹にかけて伝播《でんぱ》した。

「あ、だめ、ちくび……」

手を放してくれると思ったのに、瑛司はいっそうスポンジを押しつけてくる。ぬるぬるしたボディソープが塗り込められた乳首は、つんと硬く勃ち上がった。

「乳首が勃ってきたな。紅《あか》く色づいて美味《うま》そうだ。こちらも硬くしてやろう」

瑛司は後ろから覆い被さるような体勢で、もう片方の乳首を今度は指先で直接触れた。

まるでさくらんぼの果実を揺するように、ちょんと触れられただけで、甘くて鋭い快感が胸に走る。

「はぁんっ、だ、だめぇ」

「すごいな。ちょっと触っただけで、もうこんなに硬くなった」

悪戯《いたずら》な指に、こりこりと乳首を弄《いじ》られると、さらに頂《いただき》は硬く張り詰めた。

「ん、んっ……」

官能に煽《あお》られて、喉元を仰け反らせる。そうすると、もっとと言うように胸が突き出されてしまう。

いつのまにかスポンジはなくなっていて、瑛司は両の掌《てのひら》でマッサージするように乳房を揉みしだいていた。泡でぬるぬるになった瑛司の掌《てのひら》は円を描きながら、たぷんたぷんと膨らみを上下させる。時折、指がいやらしく蠢《うごめ》いて、尖《とが》った胸の先端を掠《かす》めた。

「あっ……あぁ……」

瑛司は胸を揉みしだきながら、指先で乳首を捏《こ》ね回した。きゅっと両の乳首を摘ままれたとき、感じたことのない甘い衝撃に見舞われて、びくんと膝頭が跳ね上がる。

「ひあっ⁉　あっ、あっ、瑛司、だめ、もう……あんん……」

体に力が入らなくなり、逞《たくま》しい瑛司の胸に凭《もた》れるようにして、ずるずると崩れ落ちる。

そんな私の体を支えた瑛司は、ようやく胸から手を放してくれた。

けれど悪い男の手は、するりと脚の付け根に忍び込む。

「濡れたか？　……濡れてるな」

花襞の割れ目を指先で辿《たど》られる。そこは快感により、しっとりと蜜を滴《したた》らせていた。

「こんなに濡らすなんて、いやらしい体だ。洗ってやろう」

指先は何度も閉じられた花襞を往復する。

クチュクチュと、卑猥《ひわい》な水音が浴室に鳴り響いた。

体を起こせない私は必死に両脚を開くまいと力を入れるけれど、瑛司のぬるついた指は花襞の奥まで入り込もうとしている。

「固い花びらだな。さぞ蜜も極上の味なんだろう。そうだ、花の芽も弄《いじ》ってやらないとな」

楽しげな声でそう言った瑛司は、淫裂の前を指先で引っ掻くように触れた。巧みな指が、ぬるぬると小さな芽を撫でさする。

「あ……んっ、あぁ……」

私の腰がひとりでに揺らめいた。

そこを弄《いじ》られると、甘い疼《うず》きが湧き上がり、じっとしていられなくなる。

「瑛司、だめ、そこ……」

「ここを愛撫されると感じるだろう？　まだ皮を被っている小さな芽だ。こうして撫でてやれば、やがて育ってぷっくりとする」

小刻みに指先を揺すられて、小さな肉芽を転がされる。

あとからあとから快感が湧いて、たまらない愉悦に息が乱される。甘く掠《かす》れた喘《あえ》ぎ声が浴室に響き渡った。

「あっ、あっ、あぅ、やぁ……もう、らめぇ……あぁんぁ――……っ」

膨れ上がった快楽は弾《はじ》け飛んだ。瞼《まぶた》の裏が白く染め上げられる。

浮き上がった体が落下するような錯覚を覚えたあと、気がついたら瑛司の逞《たくま》しい腕に抱き留められていた。

果てた私の体をきつく抱きしめた瑛司は、満足げに呟《つぶや》く。

「素晴らしい体だ。洗いがいがある。これから毎日、洗ってやるからな」

「……これを、毎日するの……？」

「当然だ。花びらの奥も花の芽も、毎日綺麗に洗いながら育ててやらないとな。今日のところはおまえも疲れただろうし、このくらいにしておいてやろう」

寛大な瑛司により、今日の入浴はこの程度で良いと許してもらえたようだ。

背中だけだったはずなのに、結局際どいところまで洗われてしまった……

もはや立ち上がれない私の体に付いた泡を、瑛司はシャワーで洗い流してくれた。そして抱きかかえて脱衣場の寝椅子に運び、丁寧に私の体を拭いてからバスローブを着せかける。私は寝椅子に体を横たえながら、瑛司の為すがままに世話をされた。

その晩、心身共に満足した瑛司は、しっかりと私を抱きしめながら熟睡した。

◆◆◆◆◆

瑛司の抱き枕に任命され、彼と共にベッドで眠るようになってから二週間が過ぎた。

風呂場での攻防は連日続いていて、熾烈《しれつ》な争いの末、どうにか初日の状態を維持されていた。

毎晩ぐっすり安眠できているためか、瑛司の顔色は良くなり、目のクマも綺麗に消えている。

瑛司の不眠症は改善された。

けれど、安心するのはまだ早いことに気がつく。

瑛司の安眠のためには、今のところ私という抱き枕が不可欠。

毎晩離れに泊まるとなると、様々な問題が出てくる。

その中でも、自宅に帰れないというのが特に困るのだ。

私は実家暮らしだ。毎日外泊して男の家に半同棲状態になっているというのは、どうなのか。それに着替えなどを取りに戻る時間がなくて困っている。仕事が終わればすぐに瑛司に連れ去られてしまうので、髪を結うヘアゴムとか、お気に入りの文房具とか、細々とした物を自室から持ってくるのもひと苦労だ。

瑛司はメイドさんに私の下着やスーツまで揃えさせて、必要なものはなんでも用意させるから問題ないと主張している。

でも私としては、メイドさんに下着を購入してもらって、それを洗ってもらうという状況にどうにも慣れない。瑛司は子どもの頃からそういう生活をしてきたから、なんとも思わないだろうけれど。

それらを相談するべく、私は瑛司をランチに誘った。

会社のお昼休みに、近所の公園で食事を摂ることもある。いつもは基本的にお弁当持参なのだけれど、家に帰れていないので、近頃は必然的に外食かコンビニ弁当だ。

玄関ホールで瑛司と待ち合わせたあと、会社に隣接している公園へ向かう。

今日は晴天に恵まれ、憩《いこ》いの公園は新緑と眩《まばゆ》い陽射しに溢《あふ》れている。

「いいお天気だね。……ところで瑛司、その荷物って、まさか……」

大きく伸びをしたあと、私は瑛司が持参してきた手提げ袋に目を向けた。

不織布《ふしょくふ》で造られたお洒落《しゃれ》な袋からは、見覚えのある白い紙袋が覗《のぞ》いている。

瑛司は軽く手提げ袋を掲げた。

「昼食だ。おまえが、今日の昼は公園でランチしようと言い出したので、シェフに作らせた」

「……それ言ったの、お屋敷を出てから、車の中でだよね？」

「そうだが？　電話で伝えて、メイドに持ってこさせた」

それがどうかしたかと言わんばかりに、瑛司は不思議そうな顔をする。

彼の思考では、ランチなら専属のシェフに用意させて使用人に届けさせれば済むということらしい。店舗で購入するという発想がなさそうだ。

「瑛司は本当にお坊ちゃまだよね。コンビニに入ったことあるの？」

「もちろん、ある。コンビニエンスストアは店舗の造りが実に機能的だ」

なんだか見ているところが常人と違う。買い物のために入ったわけではないらしい。

「それで、何か買ったの？」

「のど飴を買った。現金を持ち歩かないのでカード決済にしたら、店員は硬直していたな」

「そりゃ固まるよ。百円でクレジットカード使うのは瑛司くらいだよ」

「料金の下限に対するカード決済の制限はないはずだ。問題になるのは上限のほうだろう」

「瑛司は上限でも枠を超えてそうだよね。ちなみにカードで買った一番高いものって、何？」

「俺のカードに上限枠は設《もう》けられていない。なんだろうと買える」

「そういう意味じゃなくてね……。瑛司が常人離れしてるって言いたかったんだよ」

そんなことを話しながら、私たちは公園のベンチに並んで腰を下ろした。

手提げ袋から取り出されたシェフ特製のランチボックスは、美味《おい》しそうな匂いを漂《ただよ》わせている。

ランチボックスを開けば、シャキシャキのレタスと厚切りベーコンを挟んだクラブハウスサンドイッチがお目見えした。手にすれば、トーストされたパンはまだ温かい。とても美味《おい》しそうだ。

サンドイッチを、ひとくち口に含む。マスタードバターのまろやかさと辛みがパンや具と混じり合い、絶妙な旨味《うまみ》を引き出している。

私たちは公園に降り注ぐ陽射しの温もりを感じながら、サンドイッチを頬張った。

ふと瑛司が、先程の質問に答える。

「カード決済の最高額という意味なら、セスナ機だ」

「……えっ？　ああ、模型飛行機？」

「いや、本物の飛行機だ。六座席の単発プロペラ軽飛行機。ターボプロップエンジン搭載。モナコのショールームで見かけて衝動買いした」

なんと、本物の飛行機をカードで衝動買い。

思わず私のサンドイッチを咀嚼《そしゃく》する動きが止まる。

バーゲンで服を衝動買いしている私とは、衝動買いのレベルが違う。

改めて、瑛司との感覚の違いを認識した。

そんな瑛司に私の悩みを話しても、わかってもらえるのかどうか怪しいところだ。

でも、このままじゃ色々と困るわけだから、今話さないと。

決心したものの、なかなか言い出せなくて、私は俯《うつむ》きながらもそもそとサンドイッチをかじる。

すると瑛司はちらりと、こちらに目を向けた。

「ところで、何か話があるんだろう？」

「あ……あのさ……瑛司の不眠症って、もう治ったんだよね？」

「ああ。おまえのおかげで、毎日ぐっすり安眠できている」

「それなら、花嫁修業は無事に達成でき……」

「だがそれは、おまえという抱き枕あっての話だ。おまえがいなければ一晩で元通りの不眠症だな」

「……」

花嫁修業に終わりはないらしい。

けれど、ふと原点に立ち返った。

私はあくまでも花嫁代理で、姉の身代わりなのだ。

瑛司は姉と結婚するわけだから、いずれ抱き枕役は姉が務めることになる。だけど、私以外の人間に添い寝してもらっても眠れないと瑛司は主張していた。もし姉が日本に帰ってきたら、そのときはどうするのだろう。

私の胸が黒いものでつかえた。

瑛司が私にしたのと同じことを、姉にすると想像したら、たまらない哀《かな》しみが込み上げる。

私以外の誰にも、風呂場で戯《たわむ》れながら体を洗ったり、ベッドで抱きしめたりなんて、してほしくない。

でもそれは、筋違いな願いなんだ。

初めから、私は身代わりなのだから。私のほうが、偽物の花嫁なのだから。

食べかけのサンドイッチを握りしめながら項垂《うなだ》れた私の前に、お茶のカップが差し出される。

ふと顔を上げれば、瑛司は真摯《しんし》な双眸《そうぼう》をして、水筒から注いだカップを手にしていた。

「言いたいことがあるなら、はっきり言え。おまえは花嫁をやめたいのか？」

私は瑛司からお茶を受け取ると、ひとくち含んだ。ほろ苦いお茶が喉元を流れていく。

「元々、私は花嫁じゃないよ。姉さんが戻ってきたらどうするの？　姉さんを抱き枕にして……眠れるの？」

私は初めて、瑛司に直接、姉のことを指摘した。

私と瑛司の関係は、姉を軸として成り立っている。

だから姉がいなければ、瑛司と私の縁も極めて薄いものになる。

本当は、ずっと聞きたかった。姉のことを、どう思っているのか。

私がいなくても、瑛司は平気なのか。

そんなことは聞くまでもなく、すでに答えは出ているのかもしれない。だからこそ怖くて聞けなかった。

――葉月さえ帰ってくれれば、おまえは用無しだ。抱き枕は葉月でいい。

傲慢《ごうまん》な瑛司のことだから、はっきりとそう言うに決まっている。

でも、そう言ってほしくないと私の心は訴えていた。

瑛司への想いは一緒にお風呂で戯《たわむ》れるたび、ベッドで抱きしめられて眠るたびに強く、深いものへ変貌を遂げていく。それはもう、幼なじみへの淡い恋心などというものでは誤魔化しきれないほど大きく膨れ上がっていた。

瑛司の返答を、私は唇を震わせながら待ち続ける。

しばらくの間、瑛司は考え込んでいた。

彼の表情には困惑は見られず、私にどう噛み砕いて説明するか思案しているようだった。

瑛司の答えはやはり、すでに決まっている。

そう確信した私は、試験結果を知らされるときのように緊張を漲《みなぎ》らせた。

「そのことについては保留する」

「……えっ？」

予想外の答えに私は目を見開く。

まるで、会議で専務としての判断を告げるみたいだ。

瑛司がいつもこんな調子なのはわかっているけれど、さすがに姉にかかわる花嫁の問題は、企画を却下するように扱うわけにはいかないのではないか。

「保留って……だって、姉さんは明日にも帰ってくるかもしれないんだよ？」

後回しにして良いのだろうか。

私は心配するけれど、瑛司は鷹揚《おうよう》に構えている。

私の飲みかけのカップを奪って、残りのお茶を飲み干した瑛司は、ぼそりと呟《つぶや》いた。

「明日だろうがなんだろうが問題ない……計画は遂行される」

「今、計画って言った？　なんの？」

以前もどこかで、似たようなことを聞いた。

あれは昔、ふたりのデートにどうして付いていかなければならないのと、姉に訊ねたときだ。

姉も、『計画』という単語を使っていた。

私の質問に瑛司は一瞬目を泳がせたけれど、不遜《ふそん》に言い放つ。

「瑞希が知る必要はない。今はな。いずれ報《しら》せるから、心配するな」

「ふうん……。そう」

私は唇を尖《とが》らせた。なんだか、のけ者にされたようで面白くない。

でも、きっと教えてくれないだろうから、追及は諦めることにする。

「今のままでなんの問題がある？　瑞希が俺の代わりに不眠に陥《おちい》っているわけじゃないだろう。朝、目が覚めたとき俺は毎日おまえの寝顔を見ているが、随分と気持ち良さそうにしているぞ」

「え、毎朝、見てるんだ……」

「癒《い》やされるからな。阿呆と可愛いの同居型だ。涎《よだれ》を垂らしているときは舐め取っていいか？　一応承諾を得ておく」

「……だめ」

色々と衝撃的な発言に呆れながらも、却下しておく。

寝顔を見られていたなんて不覚だ。確かに瑛司の腕は温かくて気持ち良くて、極上の眠りに誘われてしまう。

これではいったい、どちらが抱き枕なのかわからない。涎《よだれ》なんて垂らさないと思うけれど、瑛司に寝顔を見せていたら何をされるかわからないので、今後は気をつけないと。

とはいえ、私が寝ないようにして不眠に陥《おちい》ったら本末転倒だ。

「瑛司に安眠してもらえるのはいいことだし、私もぐっすり寝ちゃってるけど、このままじゃ困ることが起こってるんだよね」

「問題点を具体的に提示しろ」

「瑛司の離れに同棲してるみたいな形になってるじゃない？　でも、時々家に帰らないと、小物を取りに行けなかったりして困るの」

「必要なものは、こちらで用意する。俺にでもメイドにでも、いつでも言え」

「そうじゃなくて、買い直せないものってあるじゃない。お母さんが旅行のときにお土産《みやげ》で買ってきてくれた耳かきとか、たまに無性に見たくなるアルバムとか」

「すべて持ってこい。部屋ごとでもいい。トラックを手配する」

「そうじゃなくてね……」

私は頭を抱えた。

瑛司の言う通りにしたら、家ごと大島家の敷地内に運ばれてしまいそうだ。

「それにね、お父さんとお母さんも心配すると思うんだよね」

時々荷物を取りに帰るだけなので両親とはまともに会話していないけれど、花嫁修業とはいえ毎晩大島家に寝泊まりしているのだから、きっと心配しているはずだ。

「ご両親に何か言われたのか?」

「何かって……がんばってね、とか」

「反対されていないよな?」

「反対はされてないけど……ふたり共反対できないんだよ。お父さんの性格考えたら、十和子おばあさまや瑛司の意見に逆らえるわけないじゃない」

気の弱い父なので、身代わり花嫁のこともまるで私を人身御供《ひとみごくう》に差し出すかのような態度だったけれど、そうなってしまった経緯を申し訳ないと思っていることは伝わってくる。

明日は雨が降りそうだが傘はいるかとか、昔みんなで行った遊園地にまた家族で行こうなどと、ぎこちない笑顔で話すのだ。

はっきり、大島家ではどうなんだって聞けばいいのに……

でも私も、その優しさをわかっているから、お父さんのせいだなんて思ってないよと言い出せずにいる。

「ご両親には、責任を持って大島家で瑞希を預からせてもらっていますと電話で話している。俺に全幅の信頼を寄せていると、誠一郎さんは言ってくれたぞ」

「ええ？　電話してたんだ。お父さん、私には何も言ってなかったよ」

なんと、すでに根回しは済んでいたようだ。

大島家の御曹司で、会社の専務でもある瑛司に意見できる人なんて、そういないだろう。父がふたつ返事なのは想像に容易《たやす》い。

「心配をかけたくないんだろう。そういえば、瑞希のお母さんからは電話で意図のわからないことを言われたな」

母は、ゆるふわ系なので「瑞希、がんばってね～」と紅茶の香りを漂《ただよ》わせながら手を振っていた。瑛司が私を阿呆と可愛いの同居型と揶揄《やゆ》したけれど、そうだとしたら、それは間違いなく母からの遺伝だ。

子どもの頃は大島家のお屋敷を行き来していたので、瑛司はもちろん母とも面識がある。

「想像つくけど、お母さんはなんて？」

「大島家の掃除用具は何を使っていますか、とな。それを聞いてどうするとは訊ねなかったが、メイドの仕事なのでわからないと言ったら、大仰《おおぎょう》に驚いていた」

「……それね、たぶんお母さんの想像では、私が大島家の広大なお屋敷を掃除してることになってるんだよ。灰かぶり姫のイメージなんじゃないかな。だから雑巾とか差し入れようと思って、瑛司に聞いたんじゃない？」

「なぜ、娘のおまえに直接訊ねないんだ？」

「そこでね、私がお屋敷では大切にしてもらってると言うから、実は苛《いじ》められているのに遠慮して言い出せないんだって、お母さんは考えてるんじゃないかな。そこがお母さんの、ずれてるところなんだよね」

「……そうか」

気弱な父とゆるふわな母だけれど、私の大切な両親だ。

しっかりしているとはちょっと言いがたい両親を心配させないためにも、今の状態をどうにかしたい。放っておいたら、母が大量の雑巾を持参して大島家を訪ねてきてしまう。

額《ひたい》に手を当てた私に、瑛司はある提案を出してきた。

「おまえの憂慮《ゆうりょ》をすべて解決する策があるぞ」

「……どんな？　守谷家を丸ごと大島家の敷地に移動させるという方法はやめてね」

すると瑛司は口端を吊り上げて、悪い男の笑みを浮かべた。

そんな顔をすると、御曹司というより悪の頭領みたい。

「完全に同棲する」

「……えっ？」

提案というより、決定事項であるかのように瑛司は断言した。

「マンションでふたりきりで暮らす。そのための物件はすでに用意してある」

「……憂慮《ゆうりょ》を解決どころか、深まるばかりなんじゃない？　どうしてわざわざマンションで同棲するの？」

私が抱いた当然の疑問に、瑛司は流暢《りゅうちょう》に答えた。

「常々気になっていたんだが、おまえは俺に対して遠慮がある。未だに俺に体を委《ゆだ》ねないだろう」

「それってお風呂場での攻防のこと？　遠慮なんてしてないよ……。瑛司は本当にしつこいよね」

毎晩瑛司に体を洗うと称して至るところを愛撫されてしまうので、私は何度も達してしまっていた。

瑛司は明らかにその先に進もうとしていて、花襞を掻き分けようとしてくるのだが、なんとか理由を付けてかわすのが大変だ。

「俺の執拗《しつよう》さは長所だ。褒め言葉と受け取っておく」

「褒めてないよ……。毎日瑛司にあんなふうに洗われると、ぐったりしちゃうんだよね。たまにはひとりでゆっくりお風呂に入りたいんだけど」

「大島家にいるから気疲れするんだ。大島家の嫁としてだとか、花嫁代理という肩書きに囚われているから、ゆっくりできない。実は俺も、おばあさまに進捗を逐一《ちくいち》訊ねられて辟易《へきえき》している。人は目に見える成果を欲するが、結果を出すには時間がかかるものだ。だがそういった理屈はおばあさまには通じない。このままでは俺も瑞希も疲れ切ってしまい、睡眠にも影響を及ぼすだろう。だから住処《すみか》を変えて、気分を一新することが大事なんだ。ふたりだけでマンションで暮らせば誰にも遠慮はいらないし、必要な荷物も引っ越しの際にすべて持ってくれれば、取りに行く手間もなくなるだろう。ご両親も大島家よりは気軽に訪問して瑞希と話せる」

十和子おばあさまは私には何も言わないけれど、瑛司には詳細な報告を求めているようだ。

風呂場でのできごとが十和子おばあさまの耳に入ったらと思うと……とてもじゃないけど、もう離れには泊まれない。

そうするとマンションで同棲するという瑛司の提案は、素晴らしいものに思えた。

「いいかもね。マンションで暮らすのも」

「そうだろう。メイドは常駐させない。ケータリングやクリーニングなどのサービスが充実した一等地の物件だからな」

「……一応聞いておくけど、マンションなら、お風呂にひとりで入れるってこと？」

瑛司と見つめ合い、互いに瞬《まばた》きを繰り返す。

公園の鳩が一斉に飛び立った。やがて上空を旋回《せんかい》した数羽が、私たちの足元にやってくる。それだけの時間が経過した、ということだ。

「そうだ」

とてつもない間があったんだけど……

ふと瑛司が腕時計を見遣り、時刻を確認した。そろそろお昼の休憩時間が終わる頃だろう。

返答に間が空いたのは気になるけれど、マンションなら銭湯のような大島家の風呂場ほど広くはないだろうから、きっとひとり用だ。ビジネスホテルのようにカーテンで仕切られたところに湯船があり、洗い場がない風呂場なら、瑛司に体を洗われるという羞恥《しゅうち》に見舞われることもない。

抱き枕は変わらずできるのだから瑛司の安眠も保たれるわけだし、荷物を取りに行くという手間もなくなる。それに十和子おばあさまや、メイドさんにも気を使わなくて済む。私の両親も大島家よりは、マンションで暮らしているほうが訪ねやすいだろう。

シェアハウスみたいなもの――友人と楽しく生活するというイメージが私の脳裏に浮かんだ。そういう気軽な暮らしに、憧《あこが》れてもいたのだ。

「楽しそうだね。料理を作ったり、動物を飼ったり、好きなことができそう」

「ああ、そうだろう。おまえの好きなようにするといい」

極上の笑みを湛《たた》えた瑛司は、残りのサンドイッチを口にした。


マンションで同棲することが決まり、早速私は実家に戻って荷物整理を始めた。

そして次の日曜日が訪れ、慌ただしく引っ越しの日を迎えることとなる。

大島家を出て、マンションで瑛司と暮らすことになったと両親に話すと、「そのことはすでに瑛司さんから伺っている」と返されてしまった。

瑛司は頻繁《ひんぱん》に守谷家に電話を入れて、如才《じょさい》なく報告していたことを知る。

なんだか猛獣に囲われている兎《うさぎ》のような気分がしないでもない。

「あ……あった。アルバム」

引っ越しの支度をしている最中に、本棚の奥に埋もれていたアルバムを発見した。たまに見たいと思うのだけれど、どこに仕舞ったのか忘れてしまっていたのだ。

実家の自室は物が散らばり、段ボールが至るところに積み重ねられているのに、思い出の品を見ていると、作業がちっとも進まなくなってしまう。

そのとき、二階への階段を上がってくる重厚な足音を耳にする。

「何を見てるんだ？　お、それがこの間言っていたアルバムか」

楽しげな表情を浮かべた瑛司が、私の手元を覗《のぞ》き込んでくる。

瑛司は引っ越しを手伝うと言って、守谷家を訪れていた。私自身もそうだけれど、実家を出て暮らすのは瑛司も初めてだ。

今日の瑛司はすこぶる機嫌が良い。頬を緩《ゆる》ませて、まるで鼻歌でも歌い出しそう。

「この写真、大島家の庭園じゃない？　懐かしいね」

私はアルバムに貼られていた写真の中の一枚を指差した。

まだ小学生くらいの瑛司と姉の葉月が並んで写っている。この頃から堂々としているふたりは、すでに理知的な顔立ちをしていた。姉は誇らしげにバッジのようなものを掲げている。そして私はというと、姉に隠れるようにして、俯《うつむ》きがちに写真に写っていた。

こうして客観的に見ると性格が丸わかりで、不甲斐ない自分が浮き彫りにされて恥ずかしい。

瑛司はというと、はっとした表情で写真に見入っている。

「これは……あのときに撮った写真だな」

「あのときって？　何かあった？」

「ああ……いや……」

珍しく口籠《くちご》もった瑛司の視線を追うと、写真に写る姉が掲げたバッジで留まる。

「このバッジみたいなもの……瑛司が姉さんにあげたんだよね？」

おぼろげな記憶を掘り返す。

どのようなバッジだったか定かではないけれど、姉がほしいほしいと瑛司におねだりしていた。瑛司がどこかに姉を連れて行って、しばらく経って戻ってきたら、バッジはもう姉の手の中にあったのだ。

嬉しそうな姉の顔を見た私は、許嫁《いいなずけ》がいていいなぁ、と羨《うらや》ましい気持ちになったものだ。

「確か、食玩だったたな。俺だけレアを引いたんだ。それを葉月がどうしても譲ってほしいというから、交換条件を持ちかけた」

瑛司は細かく覚えていたようだ。

あげたのではなく、何か条件を提示したようだけれど。

「交換条件って、何?」

「……黙秘する」

要するに、ふたりだけの秘密ということらしい。

また私だけ、のけ者かぁ……。

ふたりは生まれたときからの許嫁《いいなずけ》で、私は姉のおまけだから、疎外感を覚えるほうがおかしいのかもしれない。

けれど、この胸に湧く寂寥感《せきりょうかん》は、きっと私にしかわからない。

私はそれを吹き飛ばすように冗談めかして、瑛司に言った。

「もしかして、キスとか？」

「何⁉　……ああ、交換条件がキスかという意味か」

考え事でもしていたのか、瑛司は過剰に驚いたあと、すぐに平静に戻った。

そんなに驚くなんて、本当にキスだったりして……

自分から言い出したことなのに、私の胸が痛いほど引き絞られる。

すると瑛司は、さらりと言葉を継いだ。

「もっと大きなことだな」

「えっ⁉　もっと⁉」

「ディープキスだとか、そういう方向じゃないぞ。スケールとして大きいということだ」

「あ……そっか……」

勝手に妄想してしまった私は頬を赤らめる。

キスじゃなくて、ほっとした……

強張《こわば》らせていた肩から力が抜ける。

しぼんだ餅のように崩れている私を見た瑛司は、面白そうに口端を引き上げた。

「してみるか？　ディープキス」

「えっ⁉　何言ってんの⁉　しないから！」

私は慌ててアルバムを閉じて立ち上がる。

ただの冗談ということはわかっているけれど、なんだか顔が火照《ほて》ってしまう。

それを隠すかのように、私は素早く散らかっていた荷物を纏《まと》めた。


荷物をすべて段ボールに詰め込むと、住み慣れた自室はすっかり綺麗になった。残っているのはベッドと洋服タンスくらいだ。

「ベッドはいらないぞ。すでに運んでいるからな。ウォークインクローゼットがあるから収納には困らないだろうが、思い出のタンスを持っていきたいなら運ぶ」

ほとんどの段ボールは、瑛司がトラックに運び込んでくれた。私の分の荷物だけなので業者は頼んでいない。

「洋服ダンスは持っていかなくていいよ。というか、二度と戻ってこないわけじゃないでしょ。また実家に戻ってきたら使うわけだし」

期間は未定だけれど、姉が戻ってくるまでの身代わり花嫁なのだ。

修業を終えたら、また実家に荷物を持ってくることになるだろう。

ふと手を止めた瑛司は独り言のように呟《つぶや》いた。

「なるほどな」

「いずれ、そうなるわけでしょ？」

「未来とはすべて仮定だ。だが、ひとまずタンスを置いていくことには了承した」

まるで謎解きを整理する探偵のような慎重さだ。瑛司も私も初めての引っ越しなので、わからないことだらけで慎重になるのも無理はないけれど。

トラックは瑛司が運転して、一緒にマンションへ荷物を運ぶ。

普段はすべて人任せなのに、なぜか瑛司は自分がやると言ってきた。スタッフを頼むほどの荷物の量でもないけれど、瑛司が自分でトラックを運転すると聞いたときは、さすがにびっくりした。

作業を終えた瑛司は、玄関先で見守っていた両親に頭を下げる。

「お騒がせしました。それでは行って参ります。瑞希さんは責任を持って俺が面倒を見ますので、どうぞご安心ください」

普段とはまるで違う礼儀正しい態度は、どこから見ても好青年だ。

父は慌てて深く腰を折った。

「とんでもございません。どうか瑛司さん、ふつつかな娘ですがよろしくお願いいたします」

なんだか、お嫁に行くみたいに大仰《おおぎょう》だ。

花嫁修業の一環としての同居というだけなのだけれど。しかも身代わり。

一方、母はにこやかな笑顔で、包装紙に包まれたものを私に手渡した。

「これ、瑞希に餞別《せんべつ》ね。瑛司さんと仲良くしてね」

「えっ、お金？　いらないよ」

「お金じゃないのよ。お母さんの選んだプレゼントなの」

「そっか。じゃあ、もらうね。ありがとう、お母さん。体調に気をつけてね」

「大丈夫よ。行ってらっしゃい」

体が弱い母を残していくのは心配だけれど、マンションと実家の距離はそう遠くないので、何かあってもすぐに駆けつけられる。

両親に挨拶《あいさつ》した私と瑛司はトラックに乗り込み、引っ越し先のマンションへ向けて出発した。

車内で、母からもらった餞別《せんべつ》の包装紙を開いてみる。

現れたのは、お守りだった。ピンクの生地に金紗《きんしゃ》で模様が彩《いろど》られた可愛らしいものだ。

母からの心遣いに感謝……しようと思ったのだけれど。

刺繍《ししゅう》で縫われた金文字を見て唖然とする。

「安産祈願……？」

これは出産を控えた人が持つお守りじゃないかな。

お母さんってば、ピンクが可愛いとかいう理由で買って、きっと文字を見てなかったんだろうな。

私はお守りをそっとバッグに仕舞った。

すると、ハンドルを手にした瑛司は前を向きながら口を開く。

「お母さんは、よくわかっているな。期待に応えて子作りするか」

「何言ってんの？　今日の瑛司は冗談が多すぎるよ」

「俺はいつでも本気だが」

「はいはい。信号、青になったからね」

適当にあしらいながらも、子作りという単語になぜか胸がどきどきしてしまう。

私は身代わりなんだから、瑛司と子作りなんてできる立場じゃない……

わかってる。ただの冗談だもの。ちゃんと、わかってる。

自《みずか》らに言い聞かせながら、私はお守りの入ったバッグの持ち手をぎゅっと握った。

やがてトラックは新居のマンションへ到着した。

瑛司が決めた物件なので私は初めてマンションを訪れたのだけれど、その高級さに驚いてしまう。

シャンデリアが吊るされた広大なエントランス。受付にはコンシェルジュが常駐している。エレベーターに乗り込んで到着した先は最上階で、ワンフロアすべてが一軒の住まいになっていた。

重厚な扉を開けて、室内に入る。

長い廊下にはいくつもの扉があり、そこを抜ければ四十畳はありそうな広いリビング。窓辺は日当たりが良く、街を一望できる見晴らしの良い眺望だ。隣のダイニングの向こうには、最新式のシステムキッチンが備えられていた。

とてつもない高級物件だ。マンションというから、もっとこぢんまりしたものだと思っていた。庶民の私の想像を遥かに超えている。

しかも家具はすでに設置済みで、ソファやダイニングテーブルなどすべて揃えられている。あとは私物を搬入すれば、すぐに住めるくらいだ。

「すごいね……」

「気に入ったか？　夜景も美しいんだ。今夜は新居祝いにワインを開けよう。食事はバーベキューにするか」

「バーベキュー？　キャンプみたいだね。バーベキューの道具はあるの？」

「道具と食材はすべてスタッフが持ってくる。シェフに連絡して、今すぐ最高級の肉を調達しろと伝えよう」

キャンプのバーベキューのような自《みず》らが肉を焼くスタイルではなく、高級ホテルのパーティーなどでシェフが焼いてくれるバーベキューを指しているのだと、私は理解した。

専属のシェフに電話しようとしていた瑛司の手を掴《つか》んで、咄嗟《とっさ》に止める。

「どうした？」

大島家から引っ越したことだし、なんでも我儘《わがまま》が許されるお坊ちゃまという感覚のままでいないほうがいいのではないだろうか。メイドさんもいないので、これからは食事は勝手に出てくるものではないことを瑛司に知ってほしい。

「今日はふたりでゆっくり過ごしたいかな。ほら、せっかくマンションに引っ越したわけだから、自炊してもいいんじゃない？」

「俺はお湯を沸かしたこともないぞ。そういえば、瑞希は得意な家庭料理があるんだよな？」

「あ……うん」

大島家の夕食会で、瑛司と話したことを思い出す。

崩れかけの肉じゃがが、果たしてこの景色に似合うかどうか。

でも、瑛司にいつか作ると約束したので、この機会に披露してもいいかもしれない。

瑛司は双眸《そうぼう》を煌《きら》めかせながら、私をまっすぐに見ている。

「作ってくれるか？　瑞希の家庭料理を」

「うん……せっかくだから作るよ。食べてもらえるかな」

「もちろんだ。食材はすでに冷蔵庫と食料庫に入れさせている。足りないものがあればすぐに取り寄せよう」

キッチンに赴《おもむ》いて食材を確認すれば、肉じゃがに必要な材料はすべて揃っていた。これならすぐに作れそうだ。

「牛肉もあるし……調味料もひと通り揃ってるね。鍋やお皿もたくさんあるから、充分だよ」

「そうか。なんの料理か楽しみだ」

瑛司は明日に遠足を控えた小学生のように、わくわくしている。

マンションで暮らすということは自炊もすると思ったので、実家で何度か肉じゃがを作ってみた。

けれど瑛司の肥《こ》えた舌を満足させられるような出来なのかは、本人に食べてもらわなければわからない。母に教えてもらったコツを思い出して、がんばって作ろう。

次に、瑛司は私を寝室へ案内した。

「ここがベッドルームだ。睡眠は重要だからな。最高級の環境を用意したぞ」

開け放たれた部屋の扉から、室内を覗《のぞ》く。

キングサイズのベッドを覆う純白のリネン。ダークな色合いの絨毯《じゅうたん》と同色の重厚なカーテンが室内に落ち着きを醸《かも》し出している。さらにベッドサイドには淡い間接照明が灯《とも》されて、心地好《よ》い眠りを誘う。

他に余計なものは一切ない。安眠のため、最高に整えられた環境だ。

「すごいね……。気持ち良く眠れそう……」

もはや、すごいという月並みな感想しか出てこない。

しかも離れの寝室に置かれたものよりも、さらに大きなキングサイズのベッドだ。

ここで毎晩瑛司に抱かれて眠るなんて……なんだか新婚みたいで、どきどきしてしまう。

「次はバスルームだ。寝室の隣だ」

隣にあるバスルームを覗《のぞ》いてみる。洗面所を兼ねた脱衣場の向こうに、白い壁と湯船のユニットバスルームがあった。想像よりはずっと広いバスルームだったけれど、一般的な造りなので私は少し安心した。

「無機質で面白みのないデザインだ。湯船も小さいな」

「そうだね。ひとり用じゃない？」

瑛司は、ちらりと横目で私を見下ろす。マンションではお風呂にひとりずつ入るということを、先日話したはずだ。

「ゆっくり風呂に入りたいんだろう？　ひとりで入るといい」

「え……いいの？」

「おまえがそうしたいなら、そうすればいい」

いつも強引な瑛司が、あっさり私の要望を汲み取ってくれたので、なんだか拍子抜けしてしまう。

毎日瑛司にお風呂で悪戯《いたずら》されて辟易《へきえき》していたはずなのに、いざ解放されたら、物足りないような気持ちになる。

私……がっかりしてる……？

慌てて首を左右に振る。

そんなわけない。ゆっくりお風呂に入りたいのは本心だ。それに大島家とは異なる環境で暮らすのだから、以前と違う生活スタイルになるのは当たり前だ。

私はバスルームの扉を閉めると、明るい笑みを浮かべる。

「それじゃあ、引っ越し祝いの料理を作ろうかな！」

そう宣言し、スリッパをパタパタと鳴らして、キッチンへ向かう。

私、どうしちゃったんだろう。

瑛司との新しい暮らしに心が浮き立ったかと思えば、自分が言い出したことを認めてもらえたのに落胆してる。急に環境が変わったから戸惑ってるのかな。

でも、新しい生活にも徐々に慣れていくしかない。

ひとまず肉じゃがは美味《おい》しく作らないと。

たとえ凡庸《ぼんよう》な腕前による家庭料理であっても、自信を持って提供したい。

瑛司に、喜んでもらいたいから。

その一心でエプロンを装着した私はジャガイモや人参の皮を剥《む》き、鍋に入れた。火に掛けた食材が柔らかくなってきたら、醤油《しょうゆ》と砂糖で慎重に味付けをする。

「あ、そうだ。ご飯も炊こうかな。お米、そこにあったよね」

米を探し出して水で研《と》ぐ。炊飯器に入れたらボタンを押すだけだ。

味噌も発見したので、ついでにお味噌汁も作ろう。

「えっと、お豆腐が冷蔵庫にあったよね。それから……」

実家ではすべて母に任せているから、自分で料理をするのは新鮮だ。しかも待っていてくれる旦那様のために作るなんて、新婚家庭みたい。

ちらりとダイニングを窺《うかが》えば、テーブルにはワインがぽつんと置かれていた。その周囲を、落ち着かない様子の瑛司がうろうろと歩き回っている。

「もうすぐできるから、待っててね。『だんなさま』」

「うっ⁉　そ、そうか。何か手伝うことはあるか？　テーブルナプキンはどの型に折る？　……奥さん」

奥さんなんて呼ばれて、かぁっと頬が朱に染まる。

ぎこちない瑛司は、なんだか可愛らしく見えてしまう。

「もう。瑛司は座っててていいから」

私の背後で、肉じゃがを煮込んだ鍋がぐつぐつと湯気を上げている。

鍋の中身を確認したときにはもう、ジャガイモはとろとろに溶けていた。

ダイニングテーブルからは、煌《きら》めく夜景が一望できる。マンションに引っ越してきて初めての夕食を前に、私と瑛司は手にしたワイングラスを掲げた。

「新しい同棲生活に、乾杯」

「かんぱーい……」

チン、と小さな音を鳴らしてワイングラスの縁《ふち》を合わせた。

先程まで意気揚々と料理を作っていた私は、すでに泣きそうである。

初めて瑛司に作ってあげた手料理の肉じゃがは煮崩れしすぎて、どろどろになっていたからだ。

「これが瑞希の得意料理か。和風シチューか？」

嬉しそうにお皿を眺めている瑛司は皮肉を言っているわけではないらしい。私は菩薩《ぼさつ》のように穏やかな笑みを浮かべながら解説した。

「これはね……肉じゃがっていう料理だよ。代表的な家庭料理だね。ただ、煮崩れしちゃったからジャガイモは原形を留《とど》めてないけどね……」

煮込んでいる最中は鍋から目を離さないようにという、母のアドバイスを忘れてしまった。

初日から失敗しちゃうなんて、私はやっぱりダメな女だ。

項垂《うなだ》れる私の前で、瑛司は双眸《そうぼう》を輝かせながら、崩れた肉じゃがをおそるおそるスプーンで掬《すく》い上げる。口元に運んで呑み込むと、瑛司は感嘆の声を上げた。

「美味《うま》い！　これが肉じゃがか。料理名は知っているが、初めて食べた」

なんと瑛司は生まれて初めて肉じゃがを食べたらしい。というか、これが正しい肉じゃがと認識されても困るのだけれど。

「ホント……？　美味《おい》しいの？　これは崩れちゃったから失敗作なんだけど……」

「失敗などではない。瑞希は俺を喜ばせようとして、懸命に調理してくれただろう。その心遣いが最高のスパイスだ。俺は、こんなにも美味《うま》い料理を初めて食べた」

瑛司は何度もスプーンを往復させて、崩れた肉じゃがをすべて平らげてくれた。

失敗だと思ったのに。罵《ののし》られるかもしれないと思ったのに。

私が一生懸命に作ったことを彼はきちんと見ていてくれて、そこを褒めてくれるんだ。

専属シェフに到底及ぶはずもない手料理を瑛司が完食してくれたことで、私の胸は幸福感に満たされた。

「ありがとう……瑛司」

もっと料理が上手くなりたい。次は崩れていない肉じゃがになるよう、がんばろう。

明日からも、瑛司とふたりきりで過ごすのだから。

胸をいっぱいにしている私に、瑛司はちらりと視線を向けた。

「瑞希の分は、俺が食べさせてやろう」

「え？」

そう言って腕を伸ばした瑛司は、スプーンで私の皿から肉じゃがを掬《すく》う。

すると、それを私の口元に寄せてきた。

もしかして、これは……新婚や恋人がやる『あーんして』というやつだろうか。

なんだか恥ずかしくて、素直に口を開けられない。

「瑛司ったら、行儀悪いんだから」

「ふたりきりなんだから遠慮はいらないだろう。ほら、あーんしろ」

「……あーん」

口を開けて、肉じゃがを食べさせてもらう。失敗作のはずの肉じゃがは、極上の味わいだった。瑛司の手から『あーん』してもらったからかもしれない。

「じゃあ、お返し。はい、あーん」

私もスプーンで肉じゃがを掬《すく》い、瑛司の口元に持っていく。

瑛司は嬉しそうに口を開けた。双眸《そうぼう》を眇《すが》めて私を見ながら、もぐもぐと美味《おい》しそうに咀嚼《そしゃく》している。

「美味《うま》い。ずっと、あーんをやってみたかった」

「あはは。瑛司ったら、子どもみたい」

私たちは弾《はじ》けるように笑い合った。

こんなふうにふざけることができるなんて、厳格な大島家では有り得なかったことだ。

マンションに引っ越してきて良かったと思えた。

そうして食事を楽しんだあと、私はひとりで入浴した。どこか物足りない気持ちになったことには、気づかないふりをした。

そして瑛司に抱きしめられながら、初めてのベッドに入る。

逞《たくま》しい瑛司の腕に包まれただけで、風呂場で感じた寂しさは霧散《むさん》した。

これからの生活への期待と不安を入り混じらせながら、私の意識は瑛司の腕の中で溶けていった。

◆◆◆◆◆

瑛司とマンションで暮らし始めてから、一週間が経過した。

初めは荷物の整頓《せいとん》や買い出しで忙しかったけれど、それも徐々に落ち着いた。

マンションの入居者は掃除や食事の用意などのサービスを利用できるので、基本的に何もしなくていいのだけれど、私はできる範囲で家事を行《おこな》っている。

さすがに広大な部屋の掃除はハウスキーパーさんにお任せだけれど、下着の洗濯まで人に任せる気にはなれない……

料理もできる限り自炊していた。

せっかく最新型のシステムキッチンがあるのに、料理をしないのはもったいない。それに、瑛司には崩れていない肉じゃがもぜひ食べてもらいたいから。今は完成形を目指して、目下《もっか》練習中だ。

お風呂はひとりずつ交代で入浴するという形を初日から継続している。そのあとに瑛司と一緒のベッドに入って、ぎゅっと抱きしめられているうちに眠りに就いていた。

順調かと思えた同棲生活だけれど、少々気になることがあった。

瑛司の寝付きが思わしくない。

なかなか寝られないようで、私を抱きしめながら小さく溜息を零《こぼ》したり、身じろぎしたりを繰り返している。体が密着しているので、瑛司が眠れない様子が如実《にょじつ》に伝わってくるのだ。

私はいつのまにか眠ってしまっているけれど、瑛司は安眠できていないのだろうか。環境が変わったせいなのかな。体調も関係しているのかもしれない。

心配になった私は夕飯のとき、思いきって瑛司に訊ねてみた。

「ねえ、瑛司。最近、寝付き悪いよね？」

少しだけ崩れている肉じゃがに箸を付けていた瑛司は、ふと顔を上げる。

「ああ……まあな」

なんだか歯切れが悪い。

いつもは傲岸不遜《ごうがんふそん》な態度で、あれこれと語り出すのに。

相当調子が悪いのだろうか。

席を立った私は、瑛司の額《ひたい》に掌《てのひら》を当てた。

「体調悪いの？　熱は……ないね」

掌《てのひら》を離そうとしたら、瑛司の大きな手に掴《つか》まれてしまう。男性の骨張った掌《てのひら》に、私の小さな手はすっぽりと収められた。

「瑞希」

名前を呼ばれて、どきりと鼓動が跳ねる。

瑛司の掌《てのひら》から、彼の熱が伝わってくる。

真摯《しんし》な双眸《そうぼう》で私を見据えた瑛司は、やがて深い溜息を零《こぼ》した。

「俺は、ある病《やまい》に罹《かか》っている。だから最近、眠れないんだ」

「えっ⁉　病気なの？」

思いがけないことを聞かされて、私は瞠目《どうもく》する。

瑛司は不眠を除けば至って健康そうに見えるけれど、いったいなんの病気なのだろう。

「そうだ。男なら誰もが罹《かか》る病《やまい》だ」

「……誰でも罹《かか》るの？」

「そうだ。誰でもだ」

もしかして、恋の病《やまい》？　……という考えが頭の片隅に湧いたけれど、男性限定ということならそれではない。

男の人だけがなる体調不良のようなものがあるのだろうか。

「病院には行かなくていいの？」

「病院に行くような病気じゃないから心配するな」

さらりと告げる瑛司に深刻さは見られない。

疑問に思う私の表情を眺めていた瑛司は、やがて掴《つか》んでいた手を解放した。

そして何事もなかったように再び箸を手にする。

薬を飲めば治るような病気なのかな？

それなら心配ないと思うけれど、安眠にかかわるとなると大変だ。

でも、今は言いづらそうなので、また折を見てなんの病気なのか聞いてみよう。

私は瑛司の様子を窺《うかが》いながら食事を続けた。


夕飯を終えて、それぞれ入浴を済ませると、やがて就寝時間になる。

瑛司は書斎に籠《こ》もって、書類を確認しているようだった。

まだ仕事してるのかな……

ベッドにはいつも一緒に入っている。瑛司は先に休んでいていいと言うけれど、ひとりだとなんだか眠れない。以前は眠れないなんてことはなかったのに、瑛司の抱き枕となってからは、ひとりきりのベッドを寒々しく感じてしまうようになった。

私は書斎の扉をそっと開いて、瑛司の様子を窺《うかが》う。

すると、書類に目を落としていた瑛司は顔を上げた。

「なんだ?」

「ん……まだ、お仕事結構かかりそう?」

邪魔しないようにと、声を小さくして上目で見る。

なぜか瑛司は瞠目《どうもく》して、その手から書類が滑り落ちた。

何か驚くようなことがあっただろうか。

「どうかしたの?」

「……どうもしないが、先に寝ていていいぞ」

咳払いをした瑛司は再び書類を手に取る。

いつも俺様な態度ではっきり言う瑛司なのに、近頃は妙に歯切れが悪かったり、口籠《くちご》もったりすることが多い。なんだか調子が狂ってしまう。それも病気のせいなのだろうか。

それとも……もしかして、私の抱き心地が良くないからだろうか。

不安を覚えつつも、私は微笑を浮かべて首を振る。

「ううん。待ってる。瑛司がいないと、私も眠れないから」

「……何？」

瑛司は訝《いぶか》しげに聞き返した。聞き取れなかったのだろうと思い、もう一度言う。

「瑛司に抱きしめられてないと、なんだか眠れないの。そういう体になっちゃったみたい」

「……そうか」

短く呟《つぶや》いた瑛司は書類を片付け始めた。椅子から立ち上がり、デスクの照明を消す。

「お仕事はもういいの？」

「ああ。もういい」

戸口に立っていた私が踵《きびす》を返したとき。

ぎゅうっと、熱いものに体が包まれる。

「ひゃっ!?」

背後から突然抱きしめられ、驚いてしまう。

背中に逞《たくま》しい胸板が触れて、瑛司の熱い体温が伝わってくる。

それだけでもう、心拍数が跳ね上がった。

「な、何？　眠いの？」

「最近は寝付きが悪いからな。なかなか眠気が訪れない」

「そうだよね……。それって、もしかして、私の具合が良くないから？」

「……具合？」

瑛司は驚きを含んだ声を上げた。私を囲い込む腕が揺れる。

「うん。抱き枕としての具合が良くないからなのかな？」

「ああ……いや、そういうことではなくてだな、その……調子が狂う」

やはり体調が良くないせいだろうか。

私の体を抱きしめていた腕が緩《ゆる》んで、解放される。

なぜか寂しさを覚えてしまった、その瞬間、ぐるりと視界が反転した。

「ひゃあっ⁉」

軽々と抱き上げられて、お姫様抱っこされてしまう。

容易《たやす》く私を抱いた瑛司は大股で寝室へ向かっていった。

背が高くて脚が長いせいか、自分で歩くのよりも速くて、あっというまにベッドへ到着してしまう。

瑛司は、そっと私の体をシーツに下ろした。まるで壊れ物を扱うみたいに。

抱き上げるときは有無を言わさず強引なのに、なぜか下ろすときは優しい。

戸惑っているうちに、瑛司もベッドに潜《もぐ》り込んできて布団を引き上げた。

ぎゅっと私を抱きしめて、いつもの寝る体勢を取る。

しばらくの間、瑛司の呼気を耳元に感じていた。

くすぐったい。

ほのかな吐息は心を安らかにしてくれる。

……瑛司はもう、眠ったのかな？

規則的な呼吸は、いつもより荒いような気がするけれど。

ちょっとだけ首を上に傾けて、瑛司の顔を窺《うかが》い見る。

「……あ」

瑛司はしっかりと目を開けて、私の顔を見下ろしていた。

瞬《まばた》きのひとつもせずに。

「瑛司……眠れないの？」

こんなに距離は近かったんだ。

体が密着しているのだから当たり前なのに、彼の精悍《せいかん》な相貌が間近に迫ると、知らず鼓動が弾《はず》んでしまう。

ふと、ちゅ、と顔に温かな感触が降ってきた。

丁度、目の下辺り。

私は反射で目を瞑《つむ》ってしまい、その熱がなんなのか、一瞬わからなかった。

「え……」

ぱちぱちと目を瞬《またた》かせる。

一方、瑛司は変わらない表情で、じっと私を見つめていた。

もしかして……今、キスされた……？

「瑛司……今のって……おやすみのキス？」

小さく問いかければ、瑛司は返事の代わりに今度は額《ひたい》にくちづける。

それから、瞼《まぶた》にも。

瑛司の唇は、ひどく熱くて、甘い悦を孕《はら》んでいた。

大島家の風呂場では毎日のようにサプライズとして瑛司にキスしていたけれど、されるのとするのとでは、全く感触が違う。

どこにキスされるかわからないこともあり、鼓動は早鐘のように高まっていく。

降り注ぐ唇の熱に、陶然《とうぜん》とした吐息が零《こぼ》れた。

「ん……っ」

また目を閉じてしまった私は、ついに唇を塞《ふさ》がれた。

しっとりと重ね合わされた唇。

初めての、唇へのキス。

ふたりの熱が混じり合う。

ちゅう、と軽く下唇を吸われた。

そして雄々しい瑛司の唇が、ほんの少し離される。

ぼやけるほどの近さから見つめてくる鳶色《とびいろ》の瞳は、艶《つや》めいた熱を帯びていた。

「さっき、言っただろう。俺は、ある病《やまい》に罹《かか》っていると」

低い声音が耳元に吹き込まれる。

それだけでもう、私の体の芯は火を点《とも》されたように熱くなる。

「……その病気は、どうしたら治せるの？　私にできること、何かある？」

「ある。瑞希にしか治せないんだ」

瑛司は断言した。

私に、治せる……？

病院に行くような病気ではないとはいえど、私に治療できるのだろうか。

「そうなの？　どうすればいいの？」

「こうやってだな」

私を抱きしめていた腕が這い下りて、ゆっくりと背中をさする。

ぞくりとしたものを感じて、背を捩《よじ》らせた。

薄手の生地のせいか、より瑛司の掌《てのひら》の熱さが伝わってしまう。

最近、寝るときは薄いキャミソールを身につけていた。以前着用していたパジャマは抱きづらいと瑛司に却下されたからだ。

体の奥に熱が灯《とも》り、じわりと広がっていく。

さらに、するりと長い指がキャミソールの肩紐を外す。

瑛司の大きな掌《てのひら》が直接、肌を撫でていく。肩から背中にかけて。そして腰にも。

まるで繊細な硝子《ガラス》細工に触れるかのように、柔らかなタッチで愛撫は続けられた。

「ん……瑛司、なんだか……体が、あつい……」

「俺もだ。もう、こうなっている」

瑛司が腰を動かすと、お腹の辺りに硬い棒のようなものが触れた。

え……何、これ……？

瞬《まばた》きをひとつした私は、次の瞬間それが何かを察して、頬を赤らめる。

「あ……あの、これは……」

「これが、俺の病《やまい》だ」

「えっ……」

もしかして、瑛司は欲情してるの……？

私は押しつけられたモノの熱さに狼狽《うろた》える。

私のことは喋《しゃべ》る抱き枕くらいにしか思っていないであろう瑛司が、不眠に陥《おちい》るほど欲情していたなんて。

今さらながら、男の人のみが罹《かか》る病気とは、性欲が解消できない不満を指していたことに気づく。

どうしよう。嬉しい……

瑛司が私に興奮してくれているという事実が、困惑よりも悦《よろこ》びを沸き立たせる。

「あ……瑛司……」

雄々しい唇が、肩口に触れる。

すると、はだけたキャミソールから、丸みを帯びた膨らみが零《こぼ》れた。

唇は肩から鎖骨を辿《たど》り、胸へと下りていく。

ちゅ、と胸の頂《いただき》にキスされた途端、胸の奥がとくりと甘い鼓動を刻む。

「俺の病《やまい》を治してくれないか」

瑛司の低く掠《かす》れた声音に、私の体がなんだか熱くなってきた。

瑛司の不眠症——病《やまい》を克服させるのが花嫁修業だし、何よりこの熱をどうにかして治めたいと体が訴えていた。

「う……ん、瑛司、どうしたらいいの?」

「おまえは、そのまま感じていればいい」

柔らかな乳房を大きな掌《てのひら》で優しく揉まれながら、乳首を口腔《こうこう》に含まれた。ぬるぬると舐められ、熱い舌先で転がされる。

「ひゃ……あ……体が……」

舐められるのは初めてだった。くすぐったいような、むずがゆいような、そんな未知の感覚に支配される。

けれど、生温かい感触が心地好《よ》くて。

もう片方の胸も手で揉みしだかれながら、指先で敏感な乳首に触れられる。淫猥《いんわい》な刺激が駆け巡り、びくりと腰が跳ねてしまう。

胸を愛撫されているのに、腰の奥が蕩《とろ》けてしまいそうだ。

快感を持て余して、私はもどかしげに身を捩《よじ》らせる。そうすると、瑛司はいっそう熱を込めて双丘を揉み、痛いほどに尖《とが》った頂《いただき》を舐めしゃぶった。

「ああ……美味《うま》い。ずっと、おまえの体をこうして味わいたかったんだ」

嬉しそうに言った瑛司は、また濡れた乳首を舐め上げる。熟《う》れた赤い実のような頂《いただき》を交互に口に含んでは、チュ……と卑猥《ひわい》な音を立てて吸う。そのたびに腰の奥から熱いものが溢《あふ》れ出すような感触がして、私は膝を擦り合わせた。

瑛司の体を治癒するためなのに、まるで私のほうが奉仕されているみたい。

「瑛司……これで、いいの？」

「まだだな。ここはどうなっている？」

キャミソールの裾を捲《まく》られ、脚の狭間に触れられた。

そっと内股を撫で上げられて、びくりと膝が震える。

瑛司の指先はショーツを探り、淫裂を優しく辿《たど》っていく。

「濡れてるな」

「え……そんな……」

ぐちゅりと濡れた感触が、自分でもわかった。

私の恥ずかしい蜜がショーツを濡らしている。これまでは瑛司に弄《いじ》られても、シャワーですぐに洗い流せたから羞恥《しゅうち》が薄かったけれど、今は違う。

私は下着を濡らしてしまった恥ずかしさに、顔を真っ赤にして、瑛司の裸の胸に顔を埋《うず》めた。

「下着を汚してしまうなんて、いけない花びらだ。どんなものか、触って確かめてみないとな」

瑛司は息を荒らげているのに、楽しげに声を弾《はず》ませていた。

強靱《きょうじん》な胸に縋《すが》りついた私の耳元に、低い声音が囁《ささや》かれる。

「大丈夫だ。そっと触るからな」

いつもは傲岸不遜《ごうがんふそん》な態度なのに、こんなときだけ優しい瑛司は、ずるい。

私は顔を赤くしながら、こくりと頷いた。

瑛司の指がショーツを掻き分けて、濡れた花襞に優しく触れた。

ちゅく、と淫靡《いんび》な水音が鳴り、いっそう羞恥《しゅうち》が高まる。

チュク、グチュ……。濡れた襞をなぞり上げるたびに、淫《みだ》らな音色が奏でられる。

大島家での入浴のときは、いつもこうして愛撫を施《ほどこ》されていた。だけど、その先に進んだことはない。

「瑞希。おまえを蝶にしてもいいか？」

突然の質問に、私は目を瞬《またた》かせた。

「え……どういうこと？」

「おまえのすべてを見たいんだ。蝶が羽根を広げるような格好にしたい」

もしかして、蝶の標本のように、両手両脚を開いてみせるということだろうか。

そうしたら閉じられていた花びらも開いて、奥まですべて見えてしまう。

そんな格好、恥ずかしい。

けれど、体の熱はどんどん高まっていて――放出を求めるかのように、ずきずきとした疼《うず》きを抱えている。

「ん……」

私は小さく頷いた。

瑛司は身を起こすと、私の体を膝で跨《また》ぎ、覆い被さるような体勢を取る。

私の腕がやんわりと持ち上げられ、まるで捕らえられた蝶のように肢体が開かれた。

真摯《しんし》な双眸《そうぼう》を宿した瑛司と視線が絡み合う。

「あ……瑛司……」

怖いくらいに真剣な眼差しの瑛司は、じっくりと私の肌を視線で炙《あぶ》る。それから感触を確かめるように、掌《てのひら》でゆっくりと撫で下ろしていく。

キャミソールはすでに、腰の辺りに纏《まと》わりついているだけだ。それをショーツごと引き下ろされて、私の体を覆うものは何もなくなる。

膝裏に手をかけた瑛司は、ことさらにゆっくりと両脚を開いていった。

まるで、蝶が羽化するように。

「綺麗だ」

瑛司は感嘆の声を上げた。

すべて、彼に見られている。

自分でも見たことのない秘所が晒《さら》されて、体が羞恥《しゅうち》にぶるりと震えた。

「綺麗……なの？　そこ……」

これまでの人生で、綺麗だなんて一度も言われたことがない。

でも、瑛司がお世辞を言うとも思えなくて。

「ああ。体全体も美しいが、特に濡れた花びらが綺麗だな」

獰猛《どうもう》な雄の色香を醸《かも》しだす瑛司は、艶《つや》めいた微笑みを浮かべた。

さらに恥ずかしくなった私は赤く染まった顔を背《そむ》ける。

「花の蜜を吸ってみるか」

瑛司が頭を下げると、温かな弾力のあるものが秘所に触れた。

「ひゃ……！」

生温かいものが、花襞をねっとりと舐めしゃぶっている。

それが瑛司の舌だとわかり、動揺した私は開かれた脚をばたつかせた。

「だめ、そんなこと、汚い……」

「汚くないぞ。甘い花の蜜だ。ずっとこうして、舐めたかった」

ぴちゃぴちゃと淫靡《いんび》な水音を撒き散らしながら、執拗《しつよう》に花びらを舐め溶かされた。

密やかな奥のほうにも、ぐっと舌先を捩《ね》じ入れられる。

「ひぁ……あっ……あ……」

じん、と下肢が痺《しび》れるような愉悦が走り、私は背を仰け反らせる。

それは甘美な快感だった。

押し入られそうになった蜜口は、弾《はず》むように瑛司の舌先を押し戻す。

「まだ硬い雌《め》しべだ。だが奥から蜜が溢《あふ》れている」

瑛司の熱い舌が這い回るたびに、体の奥から淫《みだ》らな蜜が溢《あふ》れてくる。こんなことは初めてだ。

「んん……私の体、どうしちゃったの……」

「男の愛撫に反応するのは正常な大人の女である証《あかし》だ。この可愛らしい芽も舐めて育ててやろう」

そう言って、瑛司は包皮に包まれた淫芽に舌を伸ばした。

器用に舌先で芽を剥《む》き出しにすると、ちゅ、と軽く吸い上げる。

「ああっ！　あ、だめ、それ……」

びくりと、腰が跳ね上がる。強い快楽は背筋を駆け抜け、爪先《つまさき》まで達した。

「あんあん啼《な》いてみろ。感じるままに声を上げるんだ」

ぬるぬると淫芽を舐めしゃぶられて、下肢の疼《うず》きは瞬《また》く間に全身に満ちていく。

瑛司の肉厚の舌に触れられたところが、火傷《やけど》しそうなほどに熱い。

「ひあああぁん……瑛司、やだ、体が……どうにかなっちゃう……！」

どぷり、と愛蜜が溢《あふ》れた感触がわかった。

泣きそうになりながら身を捩《よじ》れば、愛撫していた瑛司はようやく顔を上げる。

「感じやすい体だ。今、解き放ってやるからな」

瑛司が逞《たくま》しい体を起こすと、猛《たけ》った中心が目に入る。彼のそれは、とてつもなく太くて大きかった。

くちゅ……と濡れた花襞に熱い先端が押し当てられる。

さすがに何をするのかわかってしまい、私は怯《おび》えながら瑛司を見上げた。

「い……挿《い》れるの……？」

心の隅で一片の迷いが頭を擡《もた》げた。

瑛司と、体を繋《つな》いでしまっていいのだろうか。

なんだか許されないことをするようで怖い。

そんなことを考えている間にも、瑛司の熱い楔《くさび》は私の中に押し入ろうとしている。

「おまえの中に入らせてくれ。本当の意味で抱きたい」

「瑛司……」

熱を帯びた双眸《そうぼう》で真摯《しんし》に訴えられる。

その瞬間、長年抑え込んでいた私の恋情が堰《せき》を切って溢《あふ》れた。

私は、ずっと瑛司が好きだった。

許されないと抑圧し続けていた想いは、愛しい人に求められれば、いとも容易《たやす》く解放されてしまう。

瑛司に、すべてを奪ってほしい。溢《あふ》れ出した恋心はもう止められなかった。

私は瑛司の強靱《きょうじん》な腕に縋《すが》りつく。

「いいよ、瑛司。私、瑛司を受け入れたい」

好きな人とひとつになりたい。

胎内に愛しい男の中心を収めたい。

今は何も飾らずに、身も心も瑛司と重なり合いたかった。

「いくぞ。体の力を抜いていろ」

低く呟《つぶや》いた瑛司が腰を押し進める。

ぐちゅん、と濡れた音を立てて、蜜口は硬い雄芯を呑み込んだ。

「んっ……あ……っ、あぁ……瑛司、入って……くるぅ……」

そこは初めて迎え入れる圧倒的な質量に軋《きし》んだ。

「痛いか？　痛いと言われても、抜けないが……」

瑛司の声は艶《つや》めいて、掠《かす》れていた。

彼も辛いのだ。

引《ひ》き攣《つ》れるような痛みはあるけれど、我慢できないほどではない。

それよりも、瑛司が私の体の中に入っているという実感の方が勝る、甘い疼痛《とうつう》だった。

「大丈夫……最後まで、きて……」

屹立《きつりつ》が濡れた隘路《あいろ》の襞を優しく舐め上げながら、奥へ奥へと進んでいく。

やがて、ずん、と重い衝撃が腰の奥に走る。

すべてを収めた瑛司は体を倒すと、私をきつく抱きしめた。

「全部、入ったぞ。温かい……。おまえの中は最高だ」

私も腕を回して、瑛司の背を抱きしめ返した。

逞《たくま》しい筋肉を纏《まと》う彼の背は、汗でしっとりしている。その質感を、とても好ましいと思った。

「瑛司が……全部、私の中に入ってるんだね……」

「ああ、そうだ。やわやわと締めつけてくる。極上だな。……動いてもいいか？」

「うん……瑛司の好きなようにして」

「そんなことを言われると止まれなくなる。初めての夜は優しくしたいと決めていたんだ」

決めていた……？

その言葉の意味を考える前に、ゆるりとした抽挿が始まる。

楔《くさび》をすべては抜かずに、再び最奥へ向けて蜜壺を擦り上げる。

何度も、何度も。

濡れた媚肉を撫で上げるように、獰猛《どうもう》な熱杭が出し挿《い》れされた。

「あ、あ……はぁ……っ、ん、あぁ……あっ！」

とん、と奥を突かれれば、一際《ひときわ》高い嬌声《きょうせい》が上がった。

さらに熱い先端は最奥の感じるところを、ぐりっと抉《えぐ》る。

「ここが、感じるか？」

「あっ、あっ、すごい……んっ、かんじるぅ……」

悦楽に身を委《ゆだ》ねた私は感じるままに腰を揺らして、胎内に満たされた楔《くさび》を肉襞で深く味わう。

セックスが、こんなに気持ちのいいものだなんて知らなかった。

きっとこの快感は、瑛司に抱かれているからなんだろう。

「あん、あっ……あぁん……きもちい……瑛司……きもちいいよぉ……」

最奥に押し込まれた楔《くさび》が小刻みに揺らされると、きゅう、と快楽を得た花筒が引き絞られる。

すると瑛司は、くっと低く呻《うめ》いた。

「ああ、いいぞ……瑞希、瑞希……」

激しい突き上げに、がくがくと体は揺さぶられ、爪先《つまさき》まで甘く痺《しび》れる。

ふいに、腰奥に凝っていた熱の塊のようなものが弾《はじ》け飛ぶ。

「あっ……あ、あっ……ぁ……ん……」

白く塗り込められた快楽が長く尾を引く。

堕ちていく体を、瑛司の熱い腕に包まれた。

そして額《ひたい》に、唇が押し当てられる。瞼《まぶた》にも。頬にも。

楔《くさび》を最奥まで押し込まれたまま、瑛司の熱を体中の至るところに与えられる。優しいキスの雨を降らされて、私の乱れていた息が次第に落ち着きを取り戻す。

「好きだ」

真摯《しんし》なひとことが、胸の奥に染み入る。

「わたし……も……」

心地好《よ》い瑛司の体温に包まれながら答えると、全く力を失っていない雄芯が再び律動を始めた。

「あ……瑛司」

「もう一度だ。まだ全然足りない」

その後も淫《みだ》らな水音は寝室に響き渡り、私の唇からは艶《つや》めいた嬌声《きょうせい》ばかりが漏れた。

「んっ……」

いつもとは違う鈍い痛みを感じて、私は瞼《まぶた》を押し上げる。

目を開ければ、瑛司の端整な寝顔が眼前にあった。どうやら彼に抱きしめられたまま、眠っていたようだ。カーテンの隙間からわずかに陽光が入り込む。

昨夜は、瑛司とセックスしてしまった。

抱き枕として抱きしめられるだけでなく、最後まで、体を重ねた。

それが夢でないことは、腰の疼痛《とうつう》が証明している。さらに密着した下肢は互いに何も身につけていなかった。

「……起きたか。どうだ、痛みはあるか?」

もがく私の動きで瑛司の目が覚めてしまったようだ。

けれどきつく巻きついた腕は解《ほど》かれない。脚も絡められていて、まるで逃がさないとでも言わんばかりだ。

「少し……痛いかも……」

「結構、血が出たからな」

「えっ! 見たの?」

「当然だろう。おまえの破瓜《はか》の血を目に焼き付けておいた。きちんと拭いておいたから安心しろ」

平淡に述べる瑛司に唖然とする。

男の人に出血の様子を見られたばかりか、それを拭いてもらっただなんて、これ以上の羞恥《しゅうち》はない。

「……私、ちょっとバスルームに行ってくるね」

「洗うなら、俺が洗う」

「えっ⁉　一応聞くけど、何を？」

「おまえの陰部に決まってるだろう。他に何があるんだ？」

聞かなきゃ良かった。

瑛司があまりにも堂々としているので、私の感覚がおかしいのかと思ってしまう。

「恥ずかしいから、自分で洗うから。瑛司は寝ててよ」

「今さら恥ずかしがることもないだろう。宣言しておくが、今後おまえの体は俺が洗う。ずっと我慢していたんだ。一週間、ひとりで風呂に入れたんだから、もう満足しただろう」

「えっ……我慢してたの？」

「風呂を譲歩したおかげですっかり不眠症だ。昨夜はおまえの体をたっぷり味わえたので快眠できたがな」

私の体を洗えないせいで不眠症に陥《おちい》っていたとは。

昨夜は言葉少なで体調不良の様子だったけれど、今はそれを全く感じさせない俺様ぶりである。

病気は完治したらしい……。

裸の私を横抱きにし、瑛司はベッドを抜け出した。悠然とした足取りでバスルームへ向かう。

そして私を椅子に座らせると、瑛司はシャワーヘッドを手に取った。

彼も、もちろん裸のままだ。照明が明るいので細部まで目に入ってしまい、私はうろうろと視線を彷徨《さまよ》わせる。

大島家ではいつも背中を向けていたけれど、今は正面から向き合っているのだ。

温かいシャワーを足元にかけた瑛司は、当然のように私の膝を割る。

昨夜の行為で力の入らない私の両脚は、容易《たやす》く開かれてしまった。

「あっ、やあっ」

「見せてみろ。……傷はついていないようだな。洗い流すぞ」

秘所を覗《のぞ》き込んだ瑛司は、そっと指先で花襞を広げる。そして湯で流しながら、浅く指を挿《さ》し入れた。

くちゅりと淫靡《いんび》な音を立てて、蜜口は指先を呑み込む。

それだけで、体の中に燻《くすぶ》る熾火《おきび》が燃え上がってしまう。

「んっ……」

きゅうと引き絞られた花筒は、長い指を呑み込むように、奥へ奥へと誘い込もうとする。

挿入された指が、くいと折り曲げられ、内側の感じるところを撫で上げる。

「あっ、あん」

鼻にかかった甘い喘《あえ》ぎがバスルームに反響する。

そこを擦られるとたまらない悦楽が湧き起こり、ひとりでに腰が震えた。

「だめ、そこ……」

「だめか？　それなら、ここはどうだ」

ずるりと抜かれた指は、今度は蜜口の縁《ふち》を淫靡《いんび》な動きでなぞる。きゅんと収縮した蜜壺から、とろとろと愛液が溢《あふ》れだした。

「それもだめぇ……」

昨夜散々愛された体は、どこもかしこも感じてしまう。

瑛司の指は残滓《ざんし》を掻き出そうとしているはずなのに、まるで官能を引き出すかのように妖しく蠢《うごめ》いている。

いつのまにか、私はねだるように腰を揺らしてしまった。

「蜜が溢《あふ》れてくる。これではいくら流しても無意味だな」

「あ、だって、瑛司の指が……」

私が反論しようとすると、じゅぷ、と濡れた音を立てて、瑛司の長い指が根元まで挿《さ》し入れられた。

その途端、待ち望んだかのように中がきゅっと締まる。

「はぁんっ……あ、やぁっ」

「きゅうきゅうに締めてくる。……挿《い》れたいな」

くちゅくちゅと淫《みだ》らな音色を奏でながら、瑛司の指が濡れた蜜壺から出し挿《い》れされる。

そのたびに、とぷんと溢《あふ》れた愛液が零《こぼ》れ落ちた。

「あっ、あっ……もう、入ってる、よ……」

「もっと太いものがほしくないか？」

ちらりと目線を下げれば、瑛司の屹立《きつりつ》はすでに頭を擡《もた》げていた。

あんなに大きくなるなんて。

「……そんなに大きいの、入らないよ」

「昨夜は上手に呑み込めたじゃないか。だが、そうだな、無理はさせたくない。これで譲歩してやろう」

ちゅう、と尖《とが》った乳首に吸いつかれる。突然の快感に、びくんと背が跳ねた。

そうすると、もっとと言うように、瑛司の唇に胸を押しつける格好になる。

「ひぁっ、あっ、ん、やぁ……っ」

昨夜、たっぷり舐めしゃぶられて愛撫された乳首はすぐに硬く張り詰めた。その間も淫《みだ》らな舌先は、赤く熟《う》れた乳首をいやらしく舐め上げている。さらに蜜壺に指が挿《さ》し入れられ、敏感な襞をなぞり上げられた。

「これで達してみろ」

「あぁ、はぁ……ん、やぁ……瑛司、えいじぃ……」

体が疼《うず》いてたまらない。

指だけじゃ足りない。

瑛司の、硬くて太いものがほしい。

私は、胸を愛撫する瑛司の硬質な髪に指を絡める。そして彼の耳元に小さな声で訴えた。

「瑛司の……ほしい」

ぴくりと瑛司の肩が反応する。

見上げてきた彼の艶《つや》めいた双眸《そうぼう》が、湯気の向こうで揺らめいた。

「いいのか？」

いつも強引なのに、こんなときだけ私にお伺いを立てるなんて、瑛司はどうかしてる。

でも、そんな彼の気遣いが嬉しくて。

私は頬を朱に染めながら、こくりと頷いた。

すると、蜜壺から指を引き抜いた瑛司は胡座《あぐら》を掻く。

「ここに、腰を落とすんだ」

胡座《あぐら》を組んだ長い脚の付け根には、雄々しい楔《くさび》が天を衝いている。

ここに私が座って、自《みずか》らこれを挿入しろということか。

瑛司が見ている前で脚を開くだけでも恥ずかしいのに、挿《い》れるところをじっくり見られてしまうなんて。

「そんなの……恥ずかしい」

そう言うと、腰を抱かれて、引き寄せられる。逃げられないと察した私は瑛司の膝を跨《また》いで、強靱《きょうじん》な肩に手をかけた。

「恥ずかしがるおまえは可愛い。ほら、俺に抱きついてみろ」

「ん……こう？」

ぎゅっと、瑛司の首根に腕を回して抱きついてみる。

腰を支えている大きな手は、徐々に姿勢を低くするよう促《うなが》した。

「あ……っ」

やがて、花襞に熱い先端が触れる。

くちゅりと淫《みだ》らな水音を立てながら、雄芯はぐうっと蜜壺へ呑み込まれていく。

「誘い込んでくるな……。そのまま、ゆっくり膝から力を抜け」

「んん……」

中腰になっているのは辛くて、力の加減がよくわからない。瑛司の肩に掴《つか》まり、腰を支えられていなければできない体勢かもしれない。

私は膝の力を抜こうとしたけれど怖くて、また腰を浮かせてしまう。

それを繰り返すたびに、硬い先端はぬるぬると蜜口を舐《ねぶ》る。

「俺を焦らすとは……やるな」

「焦らしてなんか……んぅ……」

ふいに、耳朶《じだ》を甘噛みされた。

その刺激に驚いた拍子に、膝からすべての力が抜け落ちてしまう。

「あっ！　あ、あああああぁん……っ」

自重で沈んだ体は、一気にずぶずぶと硬い熱杭を呑み込んだ。

胎内に埋め込まれた熱いそれの存在を、濡れた襞で実感させられる。

「あ、あっ、はいって……る、あ、あ、奥まで……」

濡れた蜜壺を屹立《きつりつ》で貫《つらぬ》かれた衝撃に、私は喉元を反らせる。

正常位とは角度が異なるためか、瑛司の硬い楔《くさび》がより体の奥で感じられる。

ずっぷりと収められた充溢感《じゅういつかん》が、愛しい。

瑛司は宥《なだ》めるように、私の頬にくちづけを落とす。

「全部呑み込めたな。上手だ」

私の上半身を支えた掌《てのひら》が、ゆるりと腰を回すように動かす。

そうされると中が勝手に蠢《うごめ》いて、雄芯を愛撫してしまう。

「はぁ……あぁ……かんじちゃう……」

「感じろ。もっと」

ゆさゆさと揺さぶられ、私は瑛司の膝の上で淫《みだ》らに踊る。

愛液と湯が混じり合い、官能と共に溶けていく。

「あっ、あっ、あ……」

「オーガズムに達しそうなときは、『いく』と言うんだ。昇りつめていくような感じがするだろう？　ほら」

尻を揉まれながら、逞《たくま》しい剛直を突き入れられる。

ジュプ、ヌプ、ズチュ、ズチュッ……

卑猥《ひわい》な水音がバスルームに響くたびに、たまらない愉悦が全身を駆け巡る。

「い……いく、いっちゃう……」

ぐり、と最奥を熱い先端で捏《こ》ね回され、腰が震えた。

そうすると、さらに淫《みだ》らな肉襞は呑み込んだ男根を引き絞り、悦楽は膨れ上がる。

「いけ」

命じると、瑛司は自《みずか》らの腰を激しく突き上げた。幾度《いくど》も、幾度《いくど》も。

激しい腰遣いで執拗《しつよう》に奥の感じるところを穿《うが》たれ、きゅんと蜜壺が収縮する。

「あぁあん、あっん、ひぁ……っ、あ、ぁ、……っ」

快楽の高みへ駆け上がり、きつく瑛司の肩を掴《つか》む。瞼《まぶた》の裏が白い紗幕《しゃまく》に覆い尽くされる。

熱い瑛司の体に縋《すが》りつきながら、私は頂点を極めた。

◆◆◆◆◆

まだ、体がふわふわしている。

瑛司と体を繋《つな》いでから、三日が経った。私は依然として、甘い微睡《まどろ》みのような夢心地に満たされていた。

外で人目のあるところでは、瑛司は常日頃と変わらない態度だけれど、ふたりきりのときは頻繁にキスを仕掛けてくる。

今日も玄関で唇を奪われてしまった。

出社するときだから口紅を引いていたのに。

それを指摘すれば瑛司は「名誉の徴《しるし》だ」なんて、またわけのわからないことを言うものだから、困ってしまう。

それも含めて、まるで恋人同士のような睦《むつ》み合いは、とても心地が好《よ》くて、ずっと甘い夢の中にいるような気分にさせてくれる。

おかげで仕事中にもかかわらず、瑛司と交わした会話のひとつひとつや、彼の表情を思い返しては頬を緩《ゆる》ませてしまっていた。どうしよう。

「守谷さん。この企画書なんだけど」

「はうっ！　あっ、はい、なんでしょうか、東堂さん」

東堂さんに話しかけられ、私は慌てて椅子から立ち上がった。

今は職場で、仕事中だ。余計なことは考えないようにしないと。

東堂さんは私の過剰な反応に不思議そうな顔をしつつも、手にした企画書を差し出した。

「これね、もうちょっとどうにかならないかな。他の商品との類似性が結構見受けられるんだよね。オリジナリティを押し出したほうがいいんじゃないかなと思うんだけど」

「承知しました。練り直します」

この企画書は、私が作成したものだ。

東堂さんを中心としたチームは現在、大型案件用の新しい企画を任されている。

チームのメンバーがそれぞれ企画を立案して、最終的にひとつに絞った企画がプレゼンを経て重役会議で承認されれば、晴れて商品化されるのだ。

ヒット商品である『ねむれるくん』は、こうして生まれた。

だから前回の成功を踏まえて、次なるヒット商品を生み出すことを社内から期待されている。

ただ、私がアイデアを出したのはネーミングだけで、商品の素材やデザインを考えたのは東堂さんと叶さんだけれど。

ちなみに今度のテーマは、抱き枕。

私は自分の作った企画書を捲《めく》り、改めて吟味《ぎんみ》した。

「うーん……」

緩《ゆる》やかな湾曲を描いた抱き枕の形状は、体へのフィット感を重視している。色は心を落ち着かせてくれる、淡いブルーだ。確かに、このような商品は世に溢《あふ》れている。

抱き枕は、抱いて眠るという行為が前提になるため、他の製品と似たようなデザインになりやすい。差別化を図らなければ、すでに販売されている商品に埋もれてしまう。

その前に重役会議で通らないので商品化に至らないだろう。

「オリジナリティかぁ……」

リテイクされた企画書を睨《にら》みながら、私は頭を悩ませた。

どういった方向性の商品を打ち出すべきだろう。

すると、隣の席でパソコンのキーボードを優雅に打っていた叶さんが口を開いた。

「みずちゃん型の抱き枕なんて、どうかしら?」

きらりと目を光らせた東堂さんは、叶さんに問いかける。

「キャラクターの抱き枕は、それこそたくさん発売されているけれど?」

「あれは寸胴型《ずんどうがた》の枕にプリントしたものですよね。そうではなくて、枕の形状をみずちゃんの体で採るんですわ。きっとこのサイズが、素晴らしい抱き心地なんですよ。なにしろ……実証されていますから」

叶さんはうっとりとした微笑みを浮かべて、私の腕を指先でなぞり上げる。

悪寒とも快感とも知れない不思議な感覚が背筋を駆け抜けた。

「なるほどね。でも、実物大はどうかな。抱き枕が人間と同じサイズでは大きすぎやしないかい？　お客様がみんな専務のような体格というわけじゃないからね」

東堂さんの具体的すぎる発言に、私は戦慄《せんりつ》を覚える。

ふたりとも、瑛司が私を抱き枕にしているから安眠しているという前提で話を進めている。

瑛司がみんなの前で堂々と抱き枕へ任命したので、そのことは周知の事実なのだけれど、やっぱり社内で知られているのは恥ずかしい。

「そうですわね。小柄な人もいるわけですから、ひと回り小さいほうが抱きやすいのかしら。早速採寸して試作品を製作してみましょう」

「よし！　そういうわけだから守谷さん、サイズを計らせてもらうよ」

メジャーを取り出した叶さんと東堂さんに促《うなが》され、私は動揺しながらも椅子から立ち上がる。

「はあ……計るのはいいんですけど……」

このままでは、私の型の抱き枕が発売されてしまいかねない。

でも、まさかね。

あくまでも、企画のひとつというだけだ。

私はパーティションの奥で、新商品開発に燃えているふたりに苦笑いを零《こぼ》しながら採寸された。

初めは思いつきのはずだった私の型の抱き枕は、企画の最終候補として残ってしまった。

チーム内のディスカッションで叶さんが披露した、女性の体が持つ特有の抱き心地についての解説は、昼間にもかかわらず頬を染めてしまうような淫靡《いんび》な香りが漂《ただよ》っていた。

双丘の柔らかな手触りがもたらすリラックス効果だとか、愛の行為を彷彿《ほうふつ》とさせるグッドイメージだとか……

叶さんにしか言えないことだと思う……

叶さんの企画が採用されるのは喜ばしいことなのだけれど、それが私の型の抱き枕というのが、なんとも解《げ》せない。

ディスカッションの最後に、叶さんは麗《うるわ》しい微笑みで告げる。

「商品名は、『みずちゃん』です」

私は凍りついた。だが、動揺して視線を泳がせたのは私ひとり。東堂さんを始めとしたチームメンバーは真面目にペンでメモを書き込んでいる。

私は自《みずか》らを奮《ふる》い立たせ、挙手して発言した。

「断固反対します」

「あら。なぜかしら？　個人名じゃなくてただの愛称じゃない」

先手を打たれた私は言葉に詰まる。

だって、『みずちゃん』は叶さんが私を呼ぶときの呼び名じゃないですか。どう考えても私のことじゃないですか。

「個人名を想起させるネーミングなので、もっと広く愛されるような商品名がよろしいかと思います」

引《ひ》き攣《つ》った笑みで返せば、叶さんは悠々と反論する。

「広く愛された『ねむれるくん』は、没個性的であるという重役の意見があったわ。それを踏まえて、次の商品は斬り込んだネーミングをセレクトするべきではないかしら」

確かに、瑛司は『ねむれるくん』のネーミングには反対だった。もし、それと似たような商品名にすれば、重役会議を通すのは難しいだろう。

とはいえ、インパクトは大事だけれど、汎用性《はんようせい》もまた大切だ。

チームメンバーは頷いたり、首を捻《ひね》ったりと曖昧《あいまい》な反応だった。商品名は売上を左右する重要な要素なので、決定までには二転三転することも多い。すぐには決まらない雰囲気だ。

東堂さんは資料を捲《めく》りながら、自分の意見を提案した。

「この商品なら、『休日の恋人』なんてどうかな?」

「センスがないですわ。まるで恋人がいないあなたはこの抱き枕で間に合わせろという、お客様への押しつけのようじゃありませんか。印象が悪いです」

冷徹な目線で、叶さんは告げる。彼女の『みずちゃん』推しは固いようだ。センスがないとばっさり斬られた東堂さんは肩を竦《すく》ませた。

「仮名称は『みずちゃん』にしておこうか。みんなも、何種類か名称を考えておいてほしい。次のディスカッションのときに決定しよう」

「承知しました」

メンバーは一様にそう答えると、叶さんにそっと視線を向ける。

叶さんには敵《かな》う気がしない。

今みんなの気持ちがひとつになっていることを、私は充分に理解した。

「うーん、うーん……ねむ……ねむちゃん……」

ディスカッションを終えたあと、私は重役室へ向かうべくエレベーターに乗った。専務である瑛司に書類を届けるためだ。現在の企画の進行状況を報告してほしいとのことなので、それを纏《まと》めてある。

このままでは叶さんに押し切られて、新商品の名称が『みずちゃん』に決定してしまうことは想像に容易《たやす》い。

とはいえ、あくまでもチーム内の意見なので、重役会議を通さないと正式には決定しないのだけれども。

私の持参したこの企画書にも堂々と『みずちゃん』の名称が記されている。

毎夜抱き枕にしている私自身が商品化することを、果たして瑛司がどう思うのか、全く予想できない。

気味悪いなんて言われたら、どうしよう。それとも、絶対売れると太鼓判を押すのかな……

瑛司の反応を想像していると、キスするときの優しげな表情や、抱かれたときの逞《たくま》しさを思い出してしまい、自然と頬が赤くなる。

なんだか過剰に意識してしまう。家に帰れば、毎日顔を合わせるのに。

恥ずかしいのに嬉しくて、体は空に舞い上がりそうなくらいに軽い。

でも、私は……身代わり花嫁なんだよね……

けれど今はそのことを、考えたくない。

ふとしたときに脳裏を過《よぎ》る事実に、私はそっと目を背《そむ》けた。

やがて、重役室が連なるフロアに到着した。

「えっと、瑛司の重役室はこっちだったかな」

廊下の奥へ足を向けると、すいと秘書課から出てきた女性に行く手を遮《さえぎ》られた。

このフロアはエレベーターを降りるとすぐに秘書課が置かれているのだ。

「何か御用かしら？」

蝶子さんだ。

相変わらず巻き毛は華やかでメイクは濃いけれど、清楚な香りが漂《ただよ》う。

叶さんが辣腕《らつわん》のクールビューティーなら、蝶子さんは高貴なお嬢様といった雰囲気。

先日のエレベーターでの一件があるので、なんとなく気後《きおく》れしつつも、私はおずおずと用件を口にした。

「商品企画部から、大島専務への書類をお持ちしました」

「そう。では、わたくしがお預かりしますわ」

蝶子さんは私の眼前に掌《てのひら》を差し出す。

でも、重役室はすぐそこだ。それに『みずちゃん』の商品名について誤解のないよう説明しておきたい。なにより、瑛司の反応が気にかかる。

「専務に直接お渡しします。企画書の内容について説明したいこともありますから」

「その必要はありません」

勝ち誇った笑みを浮かべて、蝶子さんは断言する。

「専務は出張中ですので不在です」

「え……出張？」

そんな話は聞いていない。

朝も玄関でキスしたのに、瑛司は出張について何も言わなかった。

「大島専務への書類はすべて第一秘書であるわたくしがお預かりしますから、出張中にしろ、そうでないにしろ、無断で重役室に立ち入らないでくださいね」

「……わかりました」

蝶子さんは瑛司の第一秘書なのだから、彼女の言うことには逆らえない。それに出張で不在なら、どうしようもなかった。

私は俯《うつむ》きながら、蝶子さんに書類の入った封筒を手渡す。

出張って、長いのかな……？

どうして瑛司は何も言ってくれなかったんだろう。

「あの、専務はいつ帰ってくるんですか？」

つい問いかけた私に、蝶子さんは訝《いぶか》しげな目を向けた。

孔雀《くじゃく》が虫を見下すときに見せるような、冷酷な眼差しだ。

「あなたは専務と同居しているそうだけれど、何もご存じないのね。居候《いそうろう》には報《しら》せる必要もないということかしらね」

「あ、あの……」

居候《いそうろう》と言われて、反論したいけれど、何も言えなかった。

だって、その通りだから。

「専務は、あなたのお姉さんの婚約者でしょう？　おふたりがご結婚されたら、あなたはお払い箱じゃなくて？　あなた自身に価値があるわけじゃないんだから、勘違いしないほうがよろしいわよ」

蝶子さんの指摘が、冷たい刃《やいば》となって心臓に突き刺さる。

それは、瑛司に抱かれたあとから、じわりと私の心を蝕《むしば》んでいた事実だった。

瑛司と恋人のように睦《むつ》み合い、まるで本物の婚約者になったような気がしていた。

その浮かれた気持ちとは裏腹に、もうひとりの私が囁《ささや》きかける。

これ全部、恋人ごっこなんじゃない……？

瑛司は私に好きだと言ってくれた。

けれど、それはどういう意味の『好き』なんだろう。

婚約者の妹として？　幼なじみとして？　それとも、ベッドを共にした相手への気遣いとして……？

直接瑛司に訊ねてみればいいことだけれど、答えが怖くてできなかった。

蝶子さんの言う通り、私はただの居候《いそうろう》だから。

手近な女性で性欲を解消しただけなんて瑛司に言われたら、きっと立ち直れない。

「……書類、お願いします」

私はそう小さく呟《つぶや》くと、逃げるようにエレベーターに乗り込んだ。

涙が零《こぼ》れないよう、奥歯を噛み締める。

結局私は、自分が傷つきたくないということばかり考えている。

社内で知られているのは、同居と抱き枕ということまでだけれど、周囲は薄々察しているんじゃないだろうか。若い男女が一緒のベッドに寝ていて、何もないわけがないと。

蝶子さんは以前エレベーター内で、私が瑛司を姉から寝取るつもりだと示唆《しさ》していた。

あのときは誤解だったけれど、それが現実になってしまったんだ。

私……瑛司を、姉さんから寝取ったことになるんだ……

姉を裏切りたかったわけじゃない。

瑛司を誘惑してやりたかったというわけでもない。

確かにずっと、瑛司が好きだった。子どもの頃から。

自信たっぷりで威風堂々《いふうどうどう》としている姿は、内気な私には眩《まぶ》しく映った。意地悪そうな瑛司が本当は優しさを秘めているということも知っている。惹かれずにはいられなかった。

でも私が生まれたときにはもう、ふたりは許嫁《いいなずけ》という仲だったから、どうしようもなかったのだ。

私の恋心は、封印しなければならない。

初めから、そう決められていた。

だから、ずっとずっと、抑え込んでいた。

瑛司なんて強引で傲慢《ごうまん》で、ちっとも好きじゃない。私が許嫁《いいなずけ》でなくて良かった。そういうふうに、自分に言い聞かせていたのだ。

ふたりが結婚しても、ずっと……それで良かったのに。

どうして秘めていた恋心を解放してしまったのだろう。

私はエレベーターを降りると、商品企画部へ戻らずに、ひと気のない会議室で泣いた。

声を押し殺して、嗚咽《おえつ》と共に、瑛司への恋心を洗い流したかった。

――長年封じていた想いが溢《あふ》れたあとは、再び抑え込むことはできないということを知るだけだったけれど。

マンションへ帰り着くと、瑛司から電話が入った。

急な出張で、一週間ほど戻れないという。

もしかしたら蝶子さんが嘘をついていて、瑛司は重役室にいたのではないかと疑ったりもしたけれど、すべて私の浅慮だった。

第一秘書の蝶子さんが仕事上でつまらない嘘をつくわけがない。

私はなんて浅はかなんだろうと、スマホを握りしめながら落ち込む。

すぐに連絡できなかったことを瑛司は謝罪した。

『すまない。急すぎて連絡が遅れた。香港で商談が纏《まと》まりそうなんだ』

急ぎ香港へ向かうことになり、慌ただしく準備をして成田空港から出発したのだと伝えてくれた。海外出張だから、度重なる移動で大変だっただろう。

私がただの居候《いそうろう》だから報《しら》せなくてもいいと判断したわけじゃなかったんだ。そのことがわかっただけで、胸を占めていた憂鬱《ゆううつ》はほんの少し軽くなる。

私は努めて明るい声を出した。

「私のことは気にしなくていいから、お仕事がんばってね」

『……俺がいなくて寂しくないのか？』

「えっ？」

どうして、そんなことを聞くのだろう。

ああ、そうか。

瑛司は一週間、抱き枕がないから、眠れないか心配なんだ。

「……さ、寂しいわけないよ。むしろ抱き枕しなくていいから、楽なくらい」

ぎこちない喋《しゃべ》り方になっていなかっただろうか。

私は平気、なんとも思っていない、傷ついてなんかいない。

瑛司への恋心を募らせているだなんて、決して悟られてはならない。

わざと平気なふりを装《よそお》って答えると、返事には少々の間が空いた。

『帰ったら抱き潰してやるからな。覚悟しておけ』

「あはは。何言ってんの」

乾いた笑いを返し、通話を終えると、虚《むな》しさが胸に広がった。

本当は瑛司がいないと寂しくてたまらないのに。

ひとりでご飯なんて食べたくない。瑛司の顔を見て、話をしながらじゃないとそんな気になれなかった。

スマホを手にしながら、私は誰もいないリビングで立《た》ち竦《すく》む。

「……実家に、帰ろうかな」

ここは、私のいるべき場所じゃない。

それに、いずれ出て行かなければならないんだ。

だって瑛司と姉が結婚したら、このマンションに住むのだから。

私はそれまでの身代わり花嫁。

……もしかして、瑛司が私を本当の意味で抱いたことも、身代わりだったのだろうか。何度もキスをして、優しく愛撫してくれた。雄々しい楔《くさび》で貫《つらぬ》かれて、きつく抱きしめられた。

あれも全部、姉との結婚生活を前提とした上での練習だったのか。

「そっか……そういうことだったんだ……」

瑛司は初めから、言っていた。

身代わりの花嫁になれと。

私はどこまでも、姉の代わり。

それなのにどうして私は、自分が必要不可欠な抱き枕だと勘違いしたのだろう。どうして、愛されているかもなんて、錯覚できたのだろう。

事実は純然として、目の前にあったのに。

ただ私が、思い違いをしていただけで……

その日、私は荷物を纏《まと》めて、マンションを出た。

大荷物を携《たずさ》えて実家に戻ってきた私に、父は慌てて事情を聞いてきた。

瑛司は香港に出張中と伝えると、その間だけ実家に帰ってきたのだと納得してくれたようだ。

まさか、もうマンションには戻らないつもりとは言えない。

けれどいずれは両親に言わなければならないだろう。

所詮は身代わりなのだから、遠からずあのマンションを出ることになる。瑛司への想いがここまで高まってしまった今、これ以上身代わりとして彼の傍《そば》に居続けるのは辛かった。

私は肩を落として、母が淹《い》れてくれた紅茶を呑んだ。

もう深夜だけれど、母はなぜかリビングにいて、私と一緒に紅茶を楽しんでいる。

「瑞希。瑛司さんと一緒に暮らすの、嫌になっちゃったの？」

ふいに問いかけられた言葉に、私はびくりと肩を跳ねさせた。

のんびりしている母だけれど、私に何があったかはお見通しらしい。

「う……ん。嫌っていうか……私、もうあのマンションにいなくてもいいと思うんだよね……」

「出張から帰ってきて瑞希がいないことに気づいたら、きっと瑛司さん、うちに踏み込んでくるわよ。そのときに、お父さんの心臓が止まらないといいんだけど」

「えー……。だって私は、姉さんの身代わりだもの。姉さんさえいれば、私なんていなくていいわけでしょ？」

「そうかしら？」

ふわんと首を傾げる母は、こうなった事情を思い返しているようだ。

そもそも身代わり花嫁の話は、十和子おばあさまの希望で瑛司と姉が許嫁《いいなずけ》になったことから始まる。

「そういえば、お母さん。どうして姉さんは瑛司の許嫁《いいなずけ》になったの？」

ふと、私は疑問に思った。元藩主とその家来の間柄といっても、今さら血縁関係を持つ必要はないはずだ。

生まれたばかりの赤ちゃん同士となれば、性格が合うのかもわからない。それなのに許嫁《いいなずけ》として決められたのは、何か理由があるのだろうか。

「どうしてかしらねえ？　お母さんも不思議でしょうがないのよ。だってあちらさまはとってもお金持ちで、昔のお殿様の家系でしょ？　十和子おばあさまが突然うちにいらっしゃったときはびっくりしたわ」

「えっ。十和子おばあさまが、うちに来たの？　姉さんが生まれたとき？」

「ううん。お母さんのお腹が大きかったときね。その子は男の子か女の子か、もし来月生まれてくる孫と性別が違えば許嫁《いいなずけ》にしたいって、誓約書を持参していらっしゃったのよ」

「生まれる前から⁉　じゃあ、仮に瑛司が女の子で、姉さんが男に生まれていたとしたら、どうなったの？」

嫁ならともかく、大島家の婿がサラリーマン家庭の出身というわけにはいかないのではないか。亡くなった十和子おばあさまの旦那様は婿だけれど、財閥《ざいばつ》の三男坊だと聞いている。

「お母さんもそう訊ねたわ。そうしたら、もちろん婿でも構わない。むしろ、そのほうがありがたいと仰《おっしゃ》るのよ」

「そのほうが、ありがたい……？」

どういうことだろう。

私は首を捻《ひね》った。

どう考えても、一般家庭から婿取りをするメリットが大島家にあるとは思えない。格式ある家柄となれば、やはり財閥《ざいばつ》のお婿さんなどでなければ釣り合いが取れないだろう。十和子おばあさまにとって、なんらかの強い理由があるのだろうか。

「うちの先祖が実は殿様だったとか……その事実を十和子おばあさまだけが知っているとか？」

「うふふ。ないわよ。瑞希のおじいさんは大島家の書生だったわ」

「そうなの？　書生って、男性のお手伝いさんみたいな人のことだよね」

早くに亡くなってしまった祖父に会ったことはないけれど、大島家の書生をしていたことは初耳だ。仏壇にある祖父の遺影はとても若い。病気で二十代のときに亡くなってしまったそうだ。

「十和子おばあさまとも知り合いだったんじゃないかしら。もしかしたら、おじいさんは何か知っていたかもね」

けれど、亡くなってしまった人に話を聞くわけにもいかない。

結局、許嫁《いいなずけ》の謎が明かされることはなかった。

◆◆◆◆◆

週明けの月曜日。

大会議室には役員を始めとした大島寝具の社員が揃っている。皆は真剣な表情でプロジェクターに見入っていた。

私は滑舌《かつぜつ》に気をつけながら、幾度《いくど》も練習した台詞《セリフ》をマイクに向かって述べる。

「恋人のような癒《い》やしの存在を求めている市場のニーズを捉《とら》えまして、このような人型に極めて近いラインの抱き枕にいたしました。しかしそれはラインのみに留《とど》め、誰もが理想の恋人像を想起できるよう、あえて生身の人間には近づけず、カラーは水色といたしました。商品名は水色にかけまして、『みずちゃん』です」

プレゼン資料を手にした役員たちは呻《うな》り声を上げた。

――ついに商品企画部の開発チームは、新商品のプレゼンの日を迎えた。そして私は、メインのプレゼンテーターという栄誉を賜《たまわ》りました。

東堂さんいわく、『ねむれるくん』の栄光にあやかろうということらしい。

あのときもまさか『ねむれるくん』のネーミングが採用されるとは思わなかったので、今回も私に任せれば幸運の女神が微笑んでくれるはずだとか。

……どう考えても、瑞希という名前なので登壇させられたとしか思えません。

もちろん、『みずちゃん』は叶さんが提案したネーミングだ。

ディスカッションでは様々な案が出されたけれど、『みずちゃん』以外に考えられないという意見で一致した。私の意見も盛り込まれたけれど、それは枕のカラーが水色という部分のみ。

水色だから、みずちゃん。

こじつけな気がする……。

試作品として製作された抱き枕は、私の体のサイズそのものになった。

サイズについては大小様々な試作品を製作して、各メンバーで試してみたけれど、やはり実寸大のものが抱きやすいという意見に纏《まと》まったのだ。

ただ形まで本物の人間のようにしてしまうと、お客様の理想の人物とは異なってしまうという懸念から、若干ソフトなラインに仕上げている。顔立ちや指も再現はしていない。

試作品が各テーブルに配られ、役員たちは枕に手を触れて感触を確かめた。

なんだか、自分が撫で回されているようで……ちょっと気まずい。

ちらりと瑛司に目を向ければ、彼は真剣な眼差しで枕に触れていた。

瑛司が出張から戻ってきても、私はずっと実家に居続けた。

瑛司からは幾度《いくど》も連絡が来たけれど、一度も話していない。家への電話は母が対応してくれた。こっそり会話を聞いていたけれど、母は「瑞希はあの日なんです」と珍回答をしていた。あの日って、なんの日……

とにかく、今はプレゼンに向けて仕事が立て込んでいるから、身代わり花嫁のことについては考えたくない。

私は深く息を吐いて着席する。

隣の叶さんを見ると、極上の微笑を浮かべていた。

「最高のプレゼンだったわ、みずちゃん。これで商品化は間違いないわね」

「どうでしょう……。なんだか不安になってきました」

重役会議で承認されれば、商品化が決定する。ちなみに、叶さんがディスカッションで披露してくれた淫靡《いんび》で熱い商品解説は、すべて資料に記載されていた。読んでいるだけで恥ずかしくなる文言《もんごん》だけれど、情熱は充分に伝わるはずだ。

みんなのアイデアが詰まった抱き枕が、無事に採用されればいいいな。

私をベースに据えているところが少々複雑だけれど……これも人々の安眠のためだ。

プレゼンが終われば、休憩を挟んだあと重役会議に移行するので、私たちの出番はここでおしまいになる。結果は後日、通達される。

私はプロジェクターや資料の後片付けをしてから、メンバーと一緒に大会議室を退出した。一段落したので、みんな晴れやかな顔をしている。

「守谷」

聞き慣れた低い声なのに、聞き慣れない呼び名で声をかけられる。

振り向いた先には、瑛司が立っていた。

「あ……な、何か御用でしょうか。専務」

瑛司の出張以来、言葉を交わすのはこれが初めてになるので緊張してしまう。

それになんだか他人行儀なやり取りだ。大勢の社員が行き交う社内なので、当然なのだけれど。

「話がある。来い」

「……はい」

商品企画部のフロアに戻るみんなとは別れて、瑛司のあとを付いていく。

瑛司はひと気のない廊下の端まで来ると、くるりと振り返った。

「なぜマンションに帰ってこないんだ？」

予想していた問いに、私はうろうろと視線を彷徨《さまよ》わせる。

どう説明するべきか、正しい答えは用意していなかった。

「ちょっと……考えたいことがあって……」

「実家に戻っていることは、お母さんに電話で確認した。考えたいこととはなんだ」

俯《うつむ》いたまま何も言わない私を、瑛司は壁に手を付いて囲い込む。

はっとして見上げれば、誤魔化しは許さないという真摯《しんし》な双眸《そうぼう》とぶつかる。

「俺は、おまえがいないと眠れない」

はっきりと告げられたその言葉が、すべてを物語っていた。

私は、瑛司が安眠するための、ただの抱き枕。

姉の代役というだけの、身代わり花嫁。

ただ、それだけなんだ。

だから瑛司が安眠さえできれば、不要になる。

認識した途端、あれほど戸惑っていた私の心が、すうっと冷えていく。

「……プレゼンした『みずちゃん』が商品化すれば、私がいなくても眠れるんじゃない？」

「なんだと？」

「あれね、私をベースにした抱き枕なんだよ。瑛司が私を抱き枕にしてるから、よほど効果があるんじゃないかってことで、チームで発案したんだよね」

驚くほど冷静な口調で、すらすらと言葉が出た。

そもそも私は身代わりなのだから、抱き枕と交代すればいい。

代わりが利くものなんだから。身代わりって、そういうものだから。

「抱き枕の商品化は別の話だ。俺は、おまえがなぜマンションに帰ってこないのか、その理由を訊ねている」

瑛司は納得できないようだった。

身代わりの私なんて、どうでもいいだろうに。

どうして理由を明確にしないといけないんだろう。

「……そういう、瑛司の突き詰めようとするところ……嫌い」

小さく呟《つぶや》けば、瑛司は驚愕《きょうがく》の表情を見せた。

好きと言えないならせめて、嫌いと言いたかった。

もう、放っておいてほしかった。

だって姉が帰ってくれれば、私なんか放っておかれるんだから。

私は、ずっと胸に溜めていた最後の言葉を放った。

「私なんて、初めから姉さんの身代わりだもの！」

その直後、廊下の向こうから人の気配がして、「大島専務」と呼ぶ誰かの声が聞こえた。もう休憩時間が終わるらしい。

「もういいでしょ。これから重役会議があるんだし」

社内で長話するわけにもいかない。それに今、私と瑛司が話し込んでいるところを誰かに見られたら、重役に商品化を懇願していると誤解されかねない。

何も言わず瑛司は私を囲う腕を、ゆっくりと解いた。

けれど双眸《そうぼう》は変わらず私を見据えている。

「わかった。あとで話そう」

「あ、あとで!? 私、マンションには戻らないから！」

「それでいい。終業後に迎えに行く」

そう言って、瑛司は大会議室へ戻っていった。

マンションに戻らなくていいのなら、どこへ行くというのだろう。大島家だろうか。

深呼吸をした私は平静を装《よそお》い、商品企画部のフロアへ向かった。

私はその後の仕事中も、プレゼンを終えて解放感に包まれるメンバーたちに微妙な笑みを向けつつ悩んでいた。

先程は切羽詰《せっぱつ》まって、ひどい言葉を瑛司にぶつけてしまった。これ以上瑛司と話したら、もっと感情的になって泣き喚《わめ》いてしまうかもしれない。

仕事が終わったら、すぐに帰って実家へ駆け込もう。

瑛司は迎えに行くと言っていたけれど……もう会いたくない。

終業時刻を迎える頃、私は素早く帰宅の準備を始めた。デスクから離れる前に、東堂さんは明るい声でみんなに告げる。

「今日はプレゼンの打ち上げだよ。駅前の店を予約しておいたからね」

フロアに歓声が湧く。

反省会も兼ねているだろうから、私も行かないわけにはいかない。

商品企画部での飲み会なら瑛司は参加しないはず。みんなと一緒に行けば彼と顔を合わせずに済むだろう。

「じゃあ、行きましょうか。叶さん」

「今日は呑むわよ、みずちゃん。お祝いだものね」

とてつもない酒豪の叶さんや他のメンバーと共に会社を出る。

よく歓送迎会で利用する居酒屋は、会社から歩いて行ける距離だ。繁華街は仕事帰りのサラリーマンで賑《にぎ》わっている。

私はさりげなく周囲を窺《うかが》ったけれど、瑛司の姿はなかった。

てっきり会社を出るまでに捕まると思っていたのに、どうしたのだろう。

別に、会いたいわけじゃないけど……

自分から逃げようとしていたのに、追ってこないと気になるだなんて、どうかしている。

——私、いつも、逃げてばかりだ。

瑛司のことを嫌いなんて言ってしまったけれど、実はそんな自分が、一番嫌いだ。

自信がなくて、上手く言えなくて、どうすれば最善なのか考えてもわからない。

だから自信家の人が羨《うらや》ましくて眩《まぶ》しくて、その輝きの前にさらに卑屈になってしまう。

でも、変わりたい。

店に入る直前、叶さんが首を傾げて覗《のぞ》き込んできた。

「どうかしたの？　みずちゃん」

「えっ？　い、いえ、なんでも……」

私は俯《うつむ》いていた顔を上げて叶さんに笑いかける。

そして先頭の東堂さんが、がらりと居酒屋の戸を開いた。

私たちも店内に入ろうとするが、なぜかその場に立《た》ち竦《すく》む東堂さんの背にぶつかってしまう。

「東堂さん？　どうして入らないんですか？」

まさか、店で何かあったのかな。

沈黙している東堂さんの肩越しに店内を覗《のぞ》いてみる。

「よく来たな」

唖然として口を開けている私たちの目の前に、腕組みをした瑛司が佇《たたず》んでいた。

瑛司の背後からは店員さんの「いらっしゃいませー」という威勢の良いかけ声が響いてくる。

だけど居酒屋の入り口を塞《ふさ》ぐようにして立っているので、中に入れません。

「瑛司……何してるの？」

至極当然のことを問えば、瑛司は不遜《ふそん》に口端を引き上げた。

「おまえたちを待っていた。今日の打ち上げは俺のポケットマネーで好きなだけ飲み食いしていいぞ。素晴らしいプレゼンを披露した功績を称える」

瑛司の奢《おご》りと聞いて、みんなから歓声が上がる。相好《そうごう》を崩した東堂さんは瑛司を促《うなが》した。

「ありがとうございます、大島専務。さあ、中に入りましょう」

「いや、俺と守谷は場所を変え、ふたりきりで独自の打ち上げを行う。色々と話したいことがあるからな」

みんなの視線が私に集中する。瑛司の誤解を招く言い方のせいか、全員の笑顔は引《ひ》き攣《つ》っていた。

どうやら瑛司は飲み会に参加したいわけではなく、私を攫《さら》いにやってきたらしい。

くるりと振り向いた東堂さんは、爽《さわ》やかな笑みを浮かべた。

「それじゃあ行ってらっしゃい、守谷さん。反省会の内容はのちほど報告するね」

「え……」

「みずちゃんの分も呑んでおいてあげるから、安心してね。専務と熱い夜を楽しんできてちょうだい」

さらに叶さんに腕を取られて、瑛司に預けられてしまう。まるで献上品である。

私は瑛司に悠々と抱き上げられて、お姫様抱っこされてしまった。

ここ、居酒屋ですけど。

「それでは諸君、存分に楽しんでくれ。支払いのことはすでに店と話をつけている。在庫が尽きるほど呑んでいいぞ」

「ごちそうになります、専務！」

みんなの唱和が夕暮れの街に轟《とどろ》いた。

瑛司は私を抱き上げたまま、堂々と街路へ出る。

なぜか周りの人々から拍手で見送られた。

茫然とした私は瑛司の腕の中に収まったまま、運転手さんの待つ車まで運ばれていった。


車で向かった先は、海の見える埠頭《ふとう》だった。

薄闇に浮かぶ港には、豪奢《ごうしゃ》な客船が停泊している。

車を降りた私は、港湾の岸壁に流麗な姿で佇《たたず》む白亜の船体を見上げた。

まるでクルーズ旅行で乗る豪華客船みたい。

「行くぞ」

瑛司は私の手を引いて、客船へ向かった。

お姫様抱っこでなくてよかった。

普段の取り扱いレベルが高すぎるためか、手を繋《つな》ぐだけで譲歩されたと思ってしまうから、慣れって怖い。

「もしかして、この船に乗るの？」

「そうだ。湾岸一周のクルーズディナーを予約してある」

ふたりきりの打ち上げとは、クルーズディナーのことらしい。

豪華客船で夜景を見ながら食事ができるなんて、とても素敵だ。部内の反省会を抜けて来ているので他のみんなには申し訳ないけれど、私は初めての経験に胸をときめかせながら、瑛司と手を繋《つな》いでタラップを通る。

乗船すると、黒服のスタッフが出迎えてくれた。不思議なことに、他のお客さんの気配がない。私たちが最後の乗客なのだろうか。

タラップが上げられて、出港の準備が進められていく。

私たちは船内の階段を上がり、オープンデッキから景色を眺めた。

西の空に夕暮れの欠片《かけら》が残っている。出発の汽笛が鳴らされ、夕闇に包まれる港に響き渡った。次第に遠ざかっていく街の灯《あかり》は、まるで宝石箱のように煌《きら》めいている。

ふと、室内に柔らかな明かりが灯《とも》されたのを目の端に捉《とら》えた。

キャンドルだ。室内ではディナーのテーブルセッティングが整えられているらしい。

瑛司に手を取られて室内に入ると、窓辺に一席のみ、煌《きら》びやかなテーブルコーディネートがなされていた。

瑛司が私の背後に回り、そつのない所作で椅子を引く。

私を着席させると、彼は向かいの椅子に腰を下ろした。

橙色《だいだいいろ》が織り成すキャンドルの明かりが、純白のテーブルクロスに映《は》えている。

窓辺の席からは、ゆっくりと流れる湾岸沿いの景色がよく見えた。

「ディナーにしよう。うちのシェフが腕によりをかけたフルコースだ」

「うちのシェフって……大島家のシェフを乗船させてるの？」

「ああ。このクルーズ船は大島グループのものだからな。今夜は貸し切りにした」

他のお客さんが誰もいないと思ったら、なんと貸し切り。しかもこの豪華客船は大島グループの持ち物で、専属シェフを同行させてのディナークルーズだ。

相変わらずスケールが大きすぎて目眩《めまい》を起こしてしまう。

「ということは……前から、この打ち上げを計画してくれてたの？」

「打ち上げは後付けだ。出張に行った夜、電話で話したろう。あのときから、おまえの様子がおかしいと思った」

瑛司は小さなことでもよく見て、気に留めている。

あの日、平気なふりをして通話を終えたあと、私はマンションから出ていったのだった。

瑛司と話すのは気まずいけれど、少しずつ、冷静に言葉を交わそう。

「う……ん。プレゼンの準備で忙しかったから、色々と考えることが多かったんだよね」

「そうだろうな。場所を変えて、じっくり話し合いたかった。もちろん、プレゼンの慰労も兼ねている」

音もなくテーブルにやってきたソムリエが、グラスにワインを注ぐ。濃厚なワインの香りが、ふわりと辺りに漂《ただよ》う。

瑛司は夜景を背にして、ワイングラスを掲げた。

「新商品のヒットを願って、乾杯」

「かんぱーい。……って、商品化は決まったの？」

緩《ゆる》くワイングラスを回して香りを確かめたあと、ひとくち含んで瑛司は頷いた。

「重役会議で決定した。『みずちゃん』の商品化は、明日にも通知されるだろう」

「そっかぁ……良かった。みんな、喜ぶね」

チームの努力は報《むく》われたのだ。私の胸に心からの喜びが湧いた。

「瑛司が会議で推してくれたの？」

「商品化は全員一致した意見だった。素材、形状、そしてネーミングもコンセプトに合致しており素晴らしいと、各重役からの賞賛を得られた」

瑛司は、ふいに微笑みを向けた。

「がんばったな。おつかれさま」

「……瑛司」

こんなに率直な労《ねぎら》いの言葉をかけてもらえるなんて思わなかった。

私の胸に、じんとした感激が舞う。

「ありがとう……。瑛司のおかげだよ。瑛司の抱き枕にならなかったら、『みずちゃん』もできなかったわけだしね」

「俺としては、おまえがモチーフにされた経緯を考えると複雑な思いがあるんだが、チームの熱意に負けたというところだ。安眠という社会貢献は、我が社の使命でもあるからな」

私は深く頷いた。

そのとき、生ハムと魚介のサラダ仕立ての前菜が運ばれる。

カトラリーを手に取り、美しく飾りつけられた前菜を堪能する。

瑛司の言う通りだ。より良い枕を生み出すのは、会社の売上を伸ばすためだけではない。世の中の人々を安眠に導《みちび》くという、社会貢献のためなのだ。

初めは『みずちゃん』という名前に抵抗はあったけれど、眠れない人の苦しみを解消できるのならば、とても喜ばしいことだ。

前菜のあと濃厚なスープを堪能すれば、次はメインの肉料理だ。牛肉のポワレとドルチェポルコのグリルに舌鼓《したつづみ》を打つ。

ややあって、給仕によりワゴンでデザートが運ばれてきた。

ワゴンに乗せられたデザートを目にした私は瞠目《どうもく》する。

それはなんと、三段重ねのホールケーキだった。コース料理のデザートという域を超えている。

「えっ？　今日は瑛司の誕生日じゃないよね？」

瑛司の誕生日は元日である。間違えようがない。もちろん今日は、私の誕生日でもない。

嬉しそうに微笑んだ瑛司は、ケーキと共に提供されたシャンパングラスを掲げた。

「祝いだからな。特別なデザートを頼んでおいた」

プレゼンが成功したというだけなのに、大げさなんだから。

けれど、誕生日以外でホールケーキをいただくなんて初めての経験だった。今日は瑛司のお祝いを、素直に受けよう。

「ありがとう。今日は最高の記念日だよ」

切り分けられたケーキはまるで雪で作られたお城のよう。

ひとくち口に運べば、ふわりと舌の上で甘くとろける。

シャンパングラスを掲げれば、黄金色の液体に、夜景の煌《きら》めく光が透けて見える。

「……あれ?」

ふと、シャンパングラスの底に、一際《ひときわ》輝きを放つものを見つけた。

なんだろう?

瑛司に目を向ければ、彼は片眼を瞑《つむ》ってみせた。

シャンパンを飲み干して、中に入っているものを取り出してみる。

コロンと掌《てのひら》に落ちてきたそれは、指輪だった。

見たこともない大きな一粒ダイヤの指輪は、極上の輝きを放っている。

「これ……」

「婚約指輪だ」

驚いて瑛司の顔を見上げる。

婚約指輪とは、どういうことだろう。

すると瑛司はシャンパングラスをテーブルに置き、表情を引き締めた。

「結婚してくれ」

力強く告げられたひとことを、私は掌《てのひら》に指輪を載せながら受け止めた。

突然のプロポーズに、目を瞬《また》かせることしかできない。

「子どもの頃から、ずっと好きだった。俺と、生涯を共に過ごしてほしい。その相手は、おまえしかいない」

情熱的な告白に、身を震わせる。

最高のシチュエーションでのプロポーズは、私の胸を強く打った。

子どもの頃から、瑛司はずっと私を好きでいてくれた……

好きな人に好かれていたという至上の悦《よろこ》びに、舞い上がりかけた私の心は、唐突に地に落ちる。

これは、私へのプロポーズじゃない。

姉へプロポーズするための、練習なんだ。

「あ……瑛司、練習するのはいいんだけど、これは本物の婚約指輪でしょ？　こんなに高価な指輪は預かれないよ」

返そうとして掌《てのひら》を差し出せば、指輪を摘まんだ瑛司はすぐにそれを私の左手の薬指に嵌《は》めた。

指輪はなぜか、私の薬指にぴったりだ。

婚約指輪を嵌《は》めた私の手を、熱い両手が包み込む。

「俺は、守谷瑞希にプロポーズした。練習ではない。おまえは、俺の本物の花嫁だ」

まっすぐに私を見つめる瑛司の真摯《しんし》な双眸《そうぼう》に、息を呑む。

本物の、花嫁。

どんなに私はその言葉を欲していたことだろう。

瑛司は私を身代わりとしてではなく、本当の花嫁にしたいと考えてくれている。

瑛司の花嫁になれる。彼と結婚できる。瑛司自身が、それを望んでくれるんだ。

途方もない喜びが私の胸を満たしていく。

……けれど、根本的な問題から目を背《そむ》けることはできなかった。

私は輝くダイヤモンドに切ない眼差しを落としながら、ぽつりと呟《つぶや》く。

「でも……姉さんはどうするの？　瑛司と姉さんは生まれたときからの許嫁《いいなずけ》なんだ

よ？　それに、私が花嫁になるなんて、十和子おばあさまが許さないよ」

私が瑛司の傍《そば》にいるのは、あくまで花嫁代理としてであると、十和子おばあさまを説得したのだから。

十和子おばあさまは優秀な姉をとても気に入っている。それなのに凡庸《ぼんよう》な私が瑛司を寝取り、あまつさえ花嫁の座まで奪ったとなれば、快《こころよ》く認めることなんてしないだろう。

両親も、なんということをしてくれたと怒り出すかもしれない。それに姉だって、婚約者を妹に奪われたなんて知れば、傷つくに決まっている。

きっと、誰からも祝福されない。

このプロポーズは破滅へしか向かわない。

そう思うと、冷たいダイヤモンドがずしりと重みを増したように感じた。

「それについては、大島家で正式に話をしよう。実は来週、葉月が日本に帰ってくるそうだ」

「え……」

姉が、帰ってくる。

そんな話は初めて聞いた。どうして瑛司は、姉が帰国することを知っているのだろう。

「……瑛司、もしかして、姉さんと連絡を取り合ってたの？」

「時々、状況報告はしていた。インドネシアに赴任していたときは、カフェで会ったこ言ってきた」

ともある。葉月も仕事が一段落したそうだから、結婚について正式な報告がしたいと
「そうなんだ……」

姉が海外へ行ってからも、瑛司とは密に連絡を取り合っていたのだ。

婚約者なのだから、そうしても何もおかしいことはない。ただ、私が知らなかっただ
けだ。ふたりが私に知らせる義務もなかった。

また、私だけ、のけ者なんだ……

昔からそうだったのに、どうしてショックを受けているんだろう。

瑛司はどこか誇らしげに言葉を続ける。

「結婚の報告をするときは、瑞希もご両親と一緒に大島家に来てくれ。振り袖を着て、
もちろん指輪もつけてだ。俺は空港まで葉月を迎えに行ってくるから、それまでおばあ
さまたちと待っていてほしい」

「……わかった」

「俺がおばあさまを説得する。おまえは何も心配しなくていい」

「……ん」

私の胸の裡《うち》は瑛司への想いと、現実の問題が入り交じっていた。

瑛司の花嫁になりたい。彼を信じたい。その強い想いの裏には、私たちが結ばれるこ

とは周りが許さないだろうという諦めも確固たるものとして存在していた。

けれど、瑛司が私を好きになってくれたことは、紛《まぎ》れもない事実なんだ。

胸が詰まり、眦《まなじり》から一筋の涙が零《こぼ》れ落ちる。

私は溢《あふ》れる雫《しずく》を指先で拭《ぬぐ》った。

この涙は、哀《かな》しみの涙なんかじゃない。

そう自分に言い聞かせる。

瑛司は涙を零《こぼ》す私をじっと見つめていた。

「甲板《かんぱん》に出よう。景色を見れば気持ちも落ち着く」

優しく肩を抱かれて、オープンデッキに出る。

心地好《よ》い夜風が頬を撫でていく。ゆっくりと周遊する客船から見える街の灯《あかり》は、夜闇の中で幻想的に揺らめいていた。

私と瑛司はしばらくの間、ただ寄り添いながら、広がる夜景を眺めていた。

「身代わり花嫁のことでは、色々と苦悩させてしまったようだな」

ふいに呟《つぶや》かれた気遣いに、私は涙で濡れた目を瞬《またた》かせる。

「そ、そんなことないよ。色んなことがあったけど……楽しかったよ」

初めは戸惑ったり、迷惑に思ったりしていたけれど、花嫁代理を務めなければ、こうして瑛司と共に過ごせることもなかった。

瑛司とふたりきりで暮らして、キスをしたり、抱き合って眠ったり……風呂場での攻防や崩れかけの肉じゃがも、今となっては良い思い出だ。

すべてが、遠い思い出として過ぎ去っていく。

客船を通り過ぎていく、この街の灯《あかり》のように。

「……瑞希。プロポーズの返事のことだが」

「あっ……」

ふいに瑛司に問いかけられて、私はプロポーズに返事をしていないことに気づいた。

どうしよう。

瑛司のことが好き。私を花嫁にしてくださいと、まっすぐに答えられれば、どんなにいいだろう。

かといって、姉や十和子おばあさまの気持ちを考えて、プロポーズを受けられないと明言することもできなかった。

俯《うつむ》いて、薬指に嵌《は》められた婚約指輪を触りどうしようか迷っていると、瑛司は私の左手をしっかりと指輪ごと握りしめた。

「今は、返事をしなくていい。おまえも色々と考えることがあるだろうからな。大島家での話し合いを終えたらそのときには、プロポーズの返事を聞かせてほしい」

「……うん」

瑛司の掌《てのひら》から伝わる熱を、忘れないよう刻みつける。皮膚から心の奥底に、染み入るまで。

ゆるりと周遊するクルーズ船が港に辿《たど》り着くまで、私たちは手を繋《つな》いでいた。

大島家の豪奢《ごうしゃ》な応接室で、私と父は緊張の面持《おもも》ちを浮かべながらソファに座っていた。

身代わり花嫁を決められたときと同じ状況だ。

けれどあのときと異なるのは、私は真紅《しんく》の振り袖姿ということ。

今日は正式な結婚の発表があるので、正装しなければならない。

左手の薬指には、瑛司から贈られたダイヤモンドの指輪を嵌《は》めている。両親はこの指輪を、姉に渡すまで私が預かっていると思っている。

瑛司からプロポーズを受けたことは、まだ誰にも話していない。

時間が経つと、ディナークルーズでプロポーズされたことは夢だったんじゃないかと思うようになった。私が瑛司への想いを募らせるあまり、彼の言葉が都合良く改変されて聞こえたのではないだろうかと。

けれど瑛司がかけてくれたひとつひとつの言葉を思い出せば、そこには確かに瑛司の想いが感じ取れた。

瑛司は、私を本物の花嫁にしたいと望んでくれている。

ぎゅっと、婚約指輪を嵌《は》めた左手を握りしめる。

仮病を使って休んでしまいたかったけれど、私は今まで自分が様々なことから逃げてきたことを思い出す。

もう、逃げたくなかった。

瑛司がみんなにどのように話をするのかわからないけれど、私は自分の気持ちを正直に伝えよう。そうしないといけない。たとえ、どのような結末を迎えようとも。

俯《うつむ》いた私と緊張する父をよそに、上機嫌な十和子おばあさまは、母と会話に花を咲かせていた。

「葉月さんにお会いできるのは十年ぶりかしら。海外で活動されているそうですから、英語も堪能でしょうね。海外赴任の経験もある瑛司とは気が合うわね」

「そうですね。私も娘が電話をかけてくると、何を言ってるのかわからなかったりするんですよ。うふふ」

正式に結婚が決まるということで声を弾《はず》ませている十和子おばあさまは、母の微妙にずれた返答も気にならないようだ。

ちなみに、瑛司は空港へ姉を迎えに行っている。

私と両親、そして十和子おばあさまは、ふたりの到着を待っている状態だ。

どきどきしながらソファで身を強張《こわば》らせていると、入室してきた執事の藤田さんが

「瑛司様と葉月様がお戻りになりました」と告げた。

その途端、十和子おばあさまの顔が喜びに輝く。

やがて開いた扉から、瑛司が現れた。

「お待たせしました。葉月を連れてきました」

瑛司の後ろから、十年ぶりに会う姉が顔を出す。

軽快な足取りで現れた彼女の格好は、あまりにも軽装だった。

「Hi、久しぶり。みんな、元気だった？」

陽気な挨拶《あいさつ》は海外生活が長いからだろうか。デニムの短パンにTシャツ、足元は履き潰したスニーカーだ。南国に住んでいるためか、全身が真っ黒に日焼けしていた。

どうやら現地から着替えないで、そのままやってきたようだ。

「まあ、葉月さん……」

喜色に溢《あふ》れていた十和子おばあさまの声が萎《しぼ》んだ。

姉はみんなが唖然としているうちにソファに座り、高々と脚を組む。

父が慌てて十和子おばあさまに平身低頭する。

「申し訳ございません、十和子様。娘は久しぶりに日本に戻ってきましたので、日本での儀礼を忘れてしまったようでして……」

「よろしいのですよ。お久しぶりですね、葉月さん。海外での生活はいかがかしら？」

気を取り直した十和子おばあさまは微笑みを浮かべながら、葉月に話しかけた。

姉は肩を竦《すく》めて、両掌《りょうてのひら》を上向きに掲げる。海外ドラマで見かけるようなポーズだ。

「とてもナイスよ。私は忙しいの。日本に帰国したのは、トワコにトゥルースをリークするためなの」

「なんですって？」

訝《いぶか》しげに眉を寄せた十和子おばあさまは、隣に腰を下ろした瑛司に翻訳を促《うなが》した。

「結論を伝えるため、という意味です」

広く言えば、そういう和訳になるだろうか。姉が使用した英単語を直訳すると、真実を漏らすというのが正しいのだけれど。

英語が混じり、さらに姉の表現が難しくなった気がする。

「そうね。あなたがたは生まれたときから結婚を定められた許嫁《いいなずけ》同士ですからね。ようやくそれが成就《じょうじゅ》するのだわ」

安堵の笑みを見せた十和子おばあさまに、姉は小首を傾げてみせる。

「それなんだけど、トワコはどうして私たちを結婚させたいの？　Ｗｈｙ？」

「……理由は必要ないでしょう。あなたは大島家の嫁になれるのですよ。名誉なことではありませんか」

「私にとって何が名誉なのかは、私が決めるわ。他人に私の人生をジャッジする権利はない」

場に微妙な空気が流れる。

姉の言い方が礼を欠いているので、十和子おばあさまに盾突いているように聞こえてしまう。父は視線を彷徨《さまよ》わせながら、額《ひたい》の汗を拭《ぬぐ》っていた。

姉は相変わらずだ。こんな調子でよく教師を憤慨させていたけれど、成績優秀なので問題にはならなかったっけ。

改めて姉の論理を聞くと、瑛司にそっくりという印象を受ける。

強引というか、俺様気質というか。自分は優秀だと知っている人にしか言えない、高みから放たれる言葉の数々――姉妹なのに、私とは正反対だ。私はといえば、そんな瑛司や姉を、わぁすごいなと遠くの富士山を眺めるように見守ることしかできない。

こめかみを引《ひ》き攣《つ》らせている十和子おばあさまに、母がやんわりと問いかけた。

「私も知りたいですわ、十和子おばあさま。どうして私のお腹が大きかったとき、まだ赤ちゃんの性別もわからないのに許嫁《いいなずけ》にしたいと仰《おっしゃ》ったんですか？」

「ママもそう言ってるわけだし、教えてよ、トワコ。そんなに私たちを結婚させたいなら、スペシャルな理由があるんでしょう？」

母と姉に詰め寄られた十和子おばあさまは、唇を引き結ぶ。

私も疑問に思っていた。藩主の格式ある家柄である大島家が、昔の家来とはいえ、一般的なサラリーマン家庭の守谷家と婚姻を結びたいと願い出るのはなぜなのか。

しかも十和子おばあさまは、守谷家の子が男ならさらに好都合と思っていたようだった。つまり丈夫な跡取りを産む嫁がほしいというわけでもない。

いったい、許嫁《いいなずけ》にはどんな秘密が隠されているのだろう。

私たちは十和子おばあさまに注目した。

この場に居合わせた全員が、許嫁《いいなずけ》の謎を知りたがっていた。

「……わかりました。お話ししましょう。みなさんには、話しておくべきでしょうから」

十和子おばあさまは薫り高い紅茶をひとくち含むと、語り出した。

「わたくしが若い娘だった頃、すでに許嫁《いいなずけ》は決められていました。相手は財閥《ざいばつ》の三男坊。それが亡くなった旦那様です。……けれど、わたくしには将来を誓い合った人がいたのです。その人は大島家の書生であった、守谷清蔵《きよぞう》さんです」

「えっ⁉ 私の父親……清蔵じいさんですか⁉」

父は驚きの声を上げた。

おじいさんが大島家の書生をしていたという話は、母から聞いていたけれど、まさか十和子おばあさまと将来を誓い合った仲だったなんて。

十和子おばあさまは小さく頷く。

「わたくしは駆け落ちしましょうと清蔵さんに言いました。ですが……それはいけないと、清蔵さんはわたくしを諭《さと》して大島家から去り、別の女性と結婚しました。清蔵さんに裏切られたわたくしは仕方なく許嫁《いいなずけ》と結婚いたしました。そのときのわたくしの落胆は、言葉では言い表せません。ですが清蔵さんがお亡くなりになり、孫が生まれるというときに、その子らが同い年であることを知ったわたくしに天啓《てんけい》が下ったのです。奇《く》しくもわたくしと清蔵さんは同い年でありました。きっと孫たちは、結ばれなかったわたくしたちの代わりに生まれてきて、今度は結婚して幸せになってくれるのだと。ですから誠一郎さんの奥様に、ぜひとも生まれてくる子を許嫁《いいなずけ》にほしいと申し入れたのです」

応接室に沈黙が下りる。

瑛司と姉が許嫁《いいなずけ》になったのは、そういうわけがあったのか。

十和子おばあさまの叶わなかった恋を、別の形で実らせるため。

婿なら好都合というのは、男であれば清蔵おじいさんとの結婚をより再現できるという思いからなのだろう。血の繋《つな》がりがあり、しかも同い年というところまで合致していれば、生まれてくる赤ちゃんたちに運命を感じるのもわかる気がする。

けれど、どうしておじいさんは十和子おばあさまのもとを去ってしまったのだろう。

愛し合っていたはずなのに、お互いに別の人と結婚してしまうなんて、そんなこと耐えられないと思うのだけれど。十和子おばあさまもおじいさんの態度に釈然としないから、今も未練があるんじゃないだろうか。

そのとき、沈黙を突き破る笑い声が室内に響いた。

「HAHAHA！　なぁんだ。そんなくだらないことだったのね」

「葉月さん……！　くだらないとは、なんですか！」

憤慨する十和子おばあさまを余所《よそ》に、姉は笑いが堪《こら》えきれないといった様子で腹を抱えた。

「だって、トワコは好きな人と結婚できなかったから、そのリベンジをしようというわけなんでしょう？　でも、過去をやり直せるわけじゃないのよ。私と瑛司が結婚してもリベンジにならないわ」

姉のあまりにもはっきりとした答えに、私は十和子おばあさまが気の毒になった。十和子おばあさまは清蔵おじいさんと別れてから、長い年月を哀《かな》しんできたのだ。もっとその哀《かな》しみに寄り添ってあげてもいいと思う。

「姉さん、そんな言い方はひどいよ。失恋の傷って簡単に癒《い》えないんだから。それに他人に人生をジャッジする権利はないって言ったの、姉さんじゃないの。十和子おばあさまの哀《かな》しい過去をどうこう判断できないよ」

「ソーリー。トワコはフィアンセと結婚したくなかったくせに、私たちに自分の嫌だったことを押しつけるなんてクレイジーすぎて笑っちゃったのよ。それじゃあ、私も安心して、結婚の報告をさせてもらうわね」

姉は揚々と胸元から一枚の写真を取りだした。

それをテーブルに置いて、さらりと告げる。

「私のハニーよ」

「……えっ？」

海外の街角で撮影したと思《おぼ》しきスナップ写真には、姉と肩を組んだ浅黒い肌の男性が写っていた。どうやら地元の男性らしい。

「彼はインドネシア人で、うちのＮＰＯ団体に多大な貢献をしてくれたの。私が困ってるときに、いつも助けてくれるのよ」

写真を見た母は、訳知り顔で頷いた。

「この人なのね。葉月の旦那様。今度は家に連れてきてよ。お母さんも会いたいわ」

「籍を入れたらね。国際結婚は手続きが面倒なのよ」

私と父は、楽しげに話すふたりを茫然と眺めた。

どうやら姉には結婚を約束した人がいるらしい。母はその報告を受けて、すでに知っていたのだ。

それは喜ばしいことなのだけれど、大島家の応接室で、十和子おばあさまと瑛司の前で、堂々と言うことだろうか……

それに、瑛司のことは、どうするのだろう。生まれたときから許嫁《いいなずけ》なのに。

だけど姉は全く悪びれず、誇らしげに胸を張っている。

十和子おばあさまは怒りを露《あら》わにして立ち上がった。

「なんという人なの！　あなたは瑛司の許嫁《いいなずけ》なのですよ！　海外で勝手に結婚するだなんて、そんなことは許しません！」

十和子おばあさまの苛烈《かれつ》さに、父は身を竦《すく》めた。

すると、瑛司がやんわりと十和子おばあさまを宥《なだ》める。

「おばあさま。葉月はすでに好きな人がいるようです。好きな人と結婚できない辛さは、おばあさま自身が一番よくわかっているはず。それを無理やり結婚させても、我々は不幸になってしまうでしょう。結婚とはスタートであって、ゴールではありませんから」

瑛司の言い分に思うところがあったのか、十和子おばあさまは怒りを収めた。

ゆっくりと椅子に腰を下ろし、皺《しわ》の刻まれた掌《てのひら》で顔を覆う。

「そんな……わたくしがどんなに清蔵さんのことを想っていたか、あなたがたにはわからないでしょう。裏切られても、まだあの人と結婚したかったという気持ちは少しも消えない。今度こそ、清蔵さんの孫とならば結婚を叶えられると思ったのに……なぜ別の女と結婚してしまったの……」

十和子おばあさまは、清蔵おじいさんと結ばれなかったことを今も悔やんでいる。

そんなに、おじいさんのことが好きだったんだ……

駆け落ちしようという提案を断り、他の女性と結婚されたら、裏切られたと感じるのも無理はないかもしれない。でも――

「十和子おばあさま。おじいさんはきっと、十和子おばあさまのためを思って身を引いたんだと思います」

私の言葉に、十和子おばあさまは顔を上げる。

「駆け落ちして、十和子おばあさまに惨《みじ》めな思いをさせたくなかったんだと思います。それに書生としてお世話になった大島家に迷惑をかけてしまいますから。自分が先に結婚すれば、十和子おばあさまも諦めてくれると、おじいさんは考えたんじゃないでしょうか」

駆け落ちすれば世間から後ろ指を指され、貧しい生活が待っている。生粋《きっすい》のお姫様である十和子おばあさまに、そんな思いはさせられないと清蔵おじいさんは考え、その恋を封印したのだ。

所詮は、違う世界の人だから。だけど、たとえ結ばれなくても、幸せな暮らしをしてほしい。

私には清蔵おじいさんの気持ちがよくわかる。

だって、私のおじいさんだから。私の置かれた立場と同じだから。

私も瑛司のことが好きだけれど、強引に奪おうなんて思わない。もし姉が瑛司と結婚する道を選ぶのなら、潔《いさぎよ》く身を引こうと決めていた。

好きになった人には幸せになってもらいたいから、それでいいんだと思える。ただ自分の想いにどう決着を付けるかという課題は残るけれど。

自分の幸せよりも、十和子おばあさまがどうしたら幸せになれるのかを一番に、おじいさんだって考えていたはずだ。

「それでも、清蔵おじいさんは十和子おばあさまのことを、死ぬまでずっと好きでした。私にはわかります」

私もきっと、死ぬまで瑛司のことが好きだ。忘れることなんて、できない。おじいさんも、恋心を胸の裡《うち》にそっと仕舞い込んでいたに違いない。

十和子おばあさまは当時を思い返すように、膝に置いた手をじっと見つめている。

瑛司が私の話を引き継いでくれた。

「俺も、そうなのではないかと思います。おばあさまは清蔵さんと結婚できなかったことを悔やんでいますが、結婚したおじいさまを忌《い》み嫌っていたわけではなかった。おじいさまが亡くなるまで、生涯大切にされていました。そして、おばあさまは大島家の大奥様として裕福に暮らせた。俺も両親も、大島家を支えてくださったおばあさまにとても感謝しています。清蔵さんはそういった形を望んでいたのではありませんか?」

嗚咽《おえつ》を噛み殺した十和子おばあさまの目から、大粒の涙が零《こぼ》れ落ちた。

哀《かな》しい恋愛の結末を昇華させるには、とても長い年月が必要だということを、私はその涙で知った。

しんみりとした空気と十和子おばあさまの啜《すす》り泣きが室内に満ちる。

やがてハンカチで涙を拭いた十和子おばあさまは、毅然《きぜん》として姿勢を正した。そこにはもう、恋に破れた女の顔はなく、大島家の大奥様としての矜持《きょうじ》を取り戻していた。

「そうね……きっと、そういうことだったのでしょう。わたくしは後悔ばかりに囚われて、清蔵さんのお気遣いを考えていませんでした」

「安心してください、おばあさま。俺が清蔵さんの孫と結婚するという願いは、叶えられますから」

瑛司の言葉に、十和子おばあさまだけでなく、一同が目を瞬《またた》かせた。

姉にはすでに将来を誓い合った男性がいるので、事実上婚約は破棄されることとなる。

首を捻《ひね》るみんなに、瑛司は朗々と告げた。

「瑞希が、俺と結婚してくれます」

みんなの視線が私に向けられた。

婚約指輪であるダイヤモンドの指輪が、私の左手の薬指に嵌《は》められている。

「瑞希は身代わり花嫁として充分に花嫁修業を行《おこな》い、俺の傍《そば》にいて支えてくれました。

瑞希のおかげで不眠症が改善することも確かめられた。それに彼女とはすでに男女の関係にあります。俺のほうから求めました」

みんなの前で堂々と告げる瑛司に、私のほうが恥ずかしくなってしまい、小さくなって俯《うつむ》いた。

父だけが何か言いたげに口を開けて、忙《せわ》しく視線を往復させている。

「先日、婚約指輪を贈り、正式にプロポーズしました。俺と人生を共に歩む相手は、瑞希しかいません」

しん、と場に静寂が満ちる。

十和子おばあさまは苦渋に満ちた表情を瑛司に向けた。

「瑛司、あなたはいつのまに……。そんなことは全く聞いていませんでしたよ？」

「報告が遅れて申し訳ありません。瑞希を花嫁にしたいと相談しても、おばあさまに反対されることは明らかでしたから。なにしろ、俺と瑞希は二歳の年の差。亡くなったおじいさまとおばあさまと、同じ年齢差ですからね」

深く俯《うつむ》いた十和子おばあさまは、ハンカチをぎゅっと握りしめた。

清蔵おじいさんとの結婚を再現したい十和子おばあさまにとって、私と瑛司の年の差は、望まない結婚の象徴だったのだ。

「……あなたは気づいていたのですね。それも、ずっと以前から。気づいた上で、瑞希さんを花嫁にしようとこれまで画策してきたのですね。なんという策謀家なのでしょう」

「その通りです。なにしろ俺は、おばあさまの孫ですからね」

顔を上げた十和子おばあさまは、悠々とした微笑を浮かべる瑛司を凝視した。それからこちらに目を向けて、まっすぐに私を見る。

十和子おばあさまに正面から見つめられた私は背筋を伸ばして、その視線を受け止めた。

「……よろしい。わたくしの負けです。いえ、初めから勝負などではありませんでした。亡くなった旦那様も薄々清蔵さんとの過去に気づいていたようですが、一度もわたくしを責めたりなどしませんでした。わたくしはそうやって、家族から見守られてきたのでしょう。旦那様に免じて、あなたがたの結婚を認めます」

「ありがとうございます、おばあさま」

瑛司は十和子おばあさまの皺《しわ》の刻まれた手を、両手で掬《すく》い上げる。ふたりは固い握手を交わした。

良かった。十和子おばあさまは、私が瑛司の花嫁になることを認めてくれるんだ。

「ありがとうございます、十和子おばあさま」

瑛司に倣《なら》い、私も感謝の言葉を述べる。

すると、私に向き直った瑛司が訊ねてきた。

「では、瑞希。今こそ、プロポーズの返事を聞かせてくれ。おばあさまは納得してくれた。葉月にはすでにパートナーがいる。これなら、おまえは俺の求婚を受けてくれるか？」

私の答えは、決まっていた。

もう、想いを押し殺さなくていい。

好きな人と歩んでいける未来に、後ろめたさを抱かなくてもいい。

ふたりの結婚は祝福されるものであることを、瑛司が明らかにしてくれた。

「……はい。私を、瑛司の花嫁にしてください」

瑛司は心から安堵したように頬を緩《ゆる》め、肩の力を抜いた。

席から立ち上がると、指輪を嵌《は》めている私の手を取る。

「ありがとう、瑞希。生涯大切にする」

私の胸は幸福感で溢《あふ》れた。

幸せと喜びでいっぱいに満たされた体は、眦《まなじり》からひと雫《しずく》の涙を零《こぼ》す。

瑛司がその雫《しずく》を指先で拭《ぬぐ》えば、みんなから祝福の拍手が送られた。

「娘たちの結婚が決まって良かったわ。ねえ、お父さん？」

「そうだな。どうなることかと思ったが、終わりよければすべて良し。これもすべて瑛司さんのおかげだ。今後ともよろしくお願いいたします」

深く頭を下げる両親に、瑛司は頭を振る。

「とんでもありません。俺が瑞希と出会えたのもすべて、おばあさまと清蔵さんのおかげ。今後もおふたりが育ててくださった瑞希を、大切にいたします」

瑛司の言葉のあと、姉はすべてを見届けたと言わんばかりに静かに席を立つと、何も言わずに部屋から出て行った。

私の脳裏に、ふと疑問が湧いた。

姉にはすでにパートナーがいたので、結果的に瑛司との婚約は破棄されたわけだけれど、果たして、この結末へ辿《たど》り着けたのは偶然だったのだろうか。

私は姉のあとを追って廊下へ出る。

「待ってよ、姉さん！　どこへ行くの？」

「インドネシアに帰るわよ。ミッションはコンプリートしたわ」

計画を完了したとは、どういうことだろう。

私の後ろからやって来た瑛司も、姉に声をかける。

「ご苦労だったな、葉月」

「もう電話しないでよね、瑛司。男からの電話って、ハニーに説明するの大変なのよ。まったく、バッジひとつで重労働させられたわ」

姉はTシャツに付けたバッジを指し示した。

見覚えのあるそのバッジは、幼い頃の写真で見たのと同じものだ。

「そのバッジ……確か、瑛司が姉さんにあげたものじゃない？」

「あら、よく覚えてるわね。今だから言うけど、瑛司ってば、『バッジをあげる代わりに瑞希を許嫁《いいなずけ》にする計画に加担しろ』っていう交換条件を持ち出したのよ」

「……えっ？」

目を瞬《またた》かせながら、瑛司と姉を交互に見遣る。

すると、瑛司は苦々しく唇を歪めた。

「最後に暴露か。おまえも喜んで協力すると言っただろう」

「だって私も瑛司のこと、なんとも思ってなかったんだもの。狭い日本で他人から決められた許嫁《いいなずけ》と結婚するなんて、ナンセンスでしょ」

どうやら、バッジをあげたときにはすでに、両者の間で私が瑛司の許嫁《いいなずけ》になることを取り決めていたようである。

そんな話は全く知らなかった。

「……でも、どうして？　だって姉さんと瑛司はすごく仲良かったじゃない？」

だからこそ、お似合いの許嫁《いいなずけ》と評判だったのだ。

ふたりは顔を見合わせると、口々に私に訴える。

「話が弾《はず》むことと恋愛感情は別物だぞ」

「そうそう。同じタイプだから、自分を見てるみたいで気味悪いのよね。瑛司の偉そうなところ、イラつくのよ」

「おまえもな。多少頭の回転が速いくらいで鼻に掛けるところが気に障《さわ》る」

「それ思いっきりブーメランだけどOK？」

ぽんぽんと会話を弾《はず》ませるふたりは、お互い恋愛感情が皆無のようだ。

確かに私だって、瑛司や姉みたいに強引な自信家には惹かれるけれど、逆に自分のような、大人しくて卑屈なタイプの人は好きになれないかもしれない。

「おまえはさっさとインドネシアに帰れ。これ以上、瑞希に余計なことを吹き込むな」

「呼び出しておいて用が済んだら帰れ？　相変わらず最低な男だわ。瑞希に一生押しつけておくわね。BYE」

ふたりの早口についていけない私は、走り去って行く姉の背中を茫然と眺めるしかない。すると母が追いかけてきて、姉を呼び止めていた。

「葉月、待ってぇ。これ、餞別《せんべつ》よ」

おそらく母の手にした袋には、安産祈願のお守りが入っているのだろう。私のと色違いと思われる。

こうしてみると、母のお守りも、全くの的外れというわけでもなかったようだ。

瑛司はひとつ咳払いをすると、私に向き直る。

「暴露されてしまったが、俺は幼い頃から葉月と結婚する気はなかった。バッジをきっかけに、葉月にも結婚の意思がないと知ったんだ。おばあさまの意志は相当固かったからな。おばあさまが納得できる形に落ち着かせるため年月をかけて、周到に計画を練った」

「……そうだったんだね。ふたりの計画って、このことだったの？」

私が正式な花嫁になることは成り行きではなく、二十年ほど前から決められていた。密かなふたりの合意によって。

瑛司は当然と言わんばかりに頷いた。

「そうだ。ようやく気づいたか？　これまで微塵《みじん》も気づかなかった方が驚きだ」

「……気がつきませんでした」

ふたりが時折匂わせていた計画とは、私を瑛司の花嫁にすること。

身代わり花嫁のことも、その一端だった。

なんという長大な計画なのだろう。でも、私にも少しくらい説明してほしかった……けれど私が計画のことを知れば、真っ先に十和子おばあさまに相談してしまうかも。

それがわかっていたから秘密裏に計画が遂行されたのだろう。そう考えてみれば、三人でのデートも、映画館で私が中央に座らされていたことも、すべて納得がいく。

「計画の全容が明らかになったところで、最後にもうひとつ、伝えておくことがある」

「まだあるの？　何？」

瑛司はふいに、私の頤《おとがい》を掬《すく》い上げた。

「好きだ。子どもの頃に葉月を紹介されたとき、後ろにいたおまえを一目見た瞬間から、好きだった」

「……え」

そんなの、不意打ちだ。

私は瑛司に初めて会ったときのことを思い出す。

あの日、大きなお屋敷に姉と連れてこられて、私はびくびくしながら後ろに隠れていた。「大島瑛司です」と挨拶《あいさつ》をした賢そうな男の子は、なぜか瞬《まばた》きもせずに私を睨《にら》んでいて、怯《おび》えた私は、いっそう顔を上げられなくなったのだった。

「そうだったの……？　初めて知ったよ……」

「まったく鈍感なやつだ。そんなところも可愛くて、好きなんだが」

「か、可愛いって……」

遠慮なく、可愛いや好きと口にする瑛司に赤面してしまう。

そんな私の鼻先に、ちゅっとくちづけた瑛司は自信ありげに口端を引き上げて、唇に弧を描く。

「おまえの気持ちを聞かせてくれ。ただし答えは『好き』か、『愛してる』のみだ」

くすりと笑いが零《こぼ》れた。こんなにも傲岸不遜《ごうがんふそん》で偉そうな瑛司に付き合えるのは、私くらいかもしれない。

背伸びをして、瑛司の鼻先にお返しのキスをした。

「好き。私も子どものときから、瑛司が好きだったの」

瑛司は驚いた顔をしたけれど、またすぐに私の唇に吸いついた。

そして彼の唇は、『愛してる』という動きを刻んだ。

マンションへ帰り着いたときには、安堵感で胸がいっぱいになった。

まさか、またここへ戻ってこられるなんて思わなかったから。

大島家での話し合いを終えたあと、私は両親と共に実家へ戻ろうとしたのだけれど、当然のごとく瑛司に腰を抱かれて連れ去られてしまった。

強引で俺様な瑛司だけど、考えてみれば、彼にされたことで嫌なことなんてひとつもない。

今だって、力強く攫《さら》われたことが嬉しくて仕方なかった。

マンションの玄関へ入った途端、瑛司は背後から私をきつく抱きしめた。

「あ……瑛司」

「抱かせろ。今すぐに」

背中に感じる逞しい胸と情熱的な台詞（セリフ）に、自然と頬が熱くなってしまう。

久しぶりの瑛司の感触が愛しい。

肩に顎（あご）を乗せて甘えるような仕草をする瑛司に、私は絡みついた腕に手を添えて問いかけた。

「もう不眠が限界だよね？　ベッドに行こう」

「……おまえの無自覚の誘いをあえて指摘するのも野暮だが、俺が誘われても平気で眠れる狸《たぬき》だと思うのか？」

「え。どういうこと？」

こてんと首を傾げると、瑛司は前に回した手で私の着物の帯を解《ほど》き始めた。

するすると帯締めや、八重菊《やえぎく》が描かれた正絹袋帯《しょうけんふくろおび》が外されていく。

「不眠症であることは事実だ。おまえを抱き枕にすれば安眠できるのも。だがな、おまえという抱き枕は諸刃《もろは》の剣なんだ。どういう意味かわかるか？」

「全然わかりません」

真紅《しんく》の振り袖を肩から外される。着物はすとんと滑り落ちた。私は白練《しろねり》の襦袢姿《じゅばんすがた》になってしまう。

「つまりな、おまえを本当の意味で抱きたいがために、俺の雄が眠れないという事態に陥《おちい》る。その欲望を必死に抑え込んでいたんだが、おまえときたら無自覚の色気で俺を誘惑するものだからな」

そう告げる瑛司に悠々とお姫様抱っこされて、寝室へ運ばれる。

仄《ほの》かな明かりが灯《とも》されたそこには、ふたりだけのベッド。

「誘惑なんてしてないけど……私も瑛司をすごく悩ませてたんだね。ごめん……」

抱かれたまま、純白のシーツにふたりで沈み込む。

薄い襦袢越しに、瑛司の熱い体温を感じた。

大きな掌《てのひら》が髪を撫で下ろし、つ、いと髪飾りを外す。華やいだ小花が彩《いろど》る簪《かんざし》の柄を、瑛司は唇に咥《くわ》えた。垂れ下がりの金鎖が、しゃらりと玲瓏《れいろう》として鳴り響く。

「構わないぞ。もっと、誘惑しろ」

「え？」

そう言って、瑛司は襦袢の紐を引いた。するりと紐が解かれて、襦袢の胸元が緩《ゆる》くなる。

「おまえに誘惑されるたびに、俺の雄は興奮する。悩ましいほどにな」

咥《くわ》えた簪《かんざし》を手に取った瑛司はそれを掲げると、一振りした。

シャランと涼やかな音が鳴り、私はそちらに目を向ける。

「……んっ」

その途端、唇を熱いもので塞《ふさ》がれる。

まるで不意打ちのようなキスは、しっとりと柔らかく触れ合う。

何度も瑛司とキスを交わしたけれど、想いが通じ合ったあとにする初めてのくちづけは特別なものに感じた。

じいん、と感動で胸が打ち震える。

私は、初恋の人と結ばれる――

その実感が今になって胸の奥底から湧き上がり、多幸感でいっぱいになった。

ちゅ、ちゅと小鳥が啄《ついば》むようなキスの合間に、私は想いを口にする。

「私、とっても幸せだよ。瑛司は私の、初恋の人なんだもの」

少し顔を離した瑛司は、驚いた表情で私を見た。

「初恋か……そうか、そうだろうな。俺も瑞希が初恋だからな」

上唇と下唇を交互に、ちゅうと吸われる。私の唇は濃密なキスにより、ぽってりと紅《あか》く色づいた。

唇に弧を描いた瑛司は、ジャケットを脱ぎ捨て、ネクタイのノットに指をかけた。

「そういうところに誘惑される。どうせまた、無自覚なんだろうがな」

「え……誘惑したわけじゃないよ。本心なんだから」

「わかっている。おまえのそういうところも、たまらなく可愛いから許す」

不遜《ふそん》に言い放つ瑛司は、身に纏《まと》っていたすべての衣服を脱いだ。名匠が手がけた彫像のような、逞《たくま》しい裸身が晒《さら》される。

その中心にある雄はすでに硬く屹立《きつりつ》して、天を衝いていた。

私は顔を赤らめながら、直視しないよう目を逸らす。

「おまえも触ってみるか?」

「えっ⁉ な、何を?」

「俺の体に、手で触れてみろ」

体にということらしい。雄芯を触ってみろという意味かと誤解してしまった私は、また頬を赤らめる。

「うん……。じゃあ触っても、いい?」

「ああ。触れてほしい」

瑛司はベッドに寝そべる私の隣に体を横たえた。

私はそろりと持ち上げた手を、瑛司の脇腹に滑らせてみる。

硬くて、すごく熱い。男の人の体って、こんなに硬いんだ。

「……っく」

瑛司が呻《うめ》き声を上げたので、驚いた私はすぐに手を離した。

「あ、ごめん。もしかして、痛かった?」

「いや、くすぐったいんだ。脇腹をさすられたら、誰でも耐えられないだろう」

「そうかな？　私は平気だけど」

行為の最中、瑛司に腰を掴《つか》まれることもあるけれど、特に意識したことはなかった。

瑛司は獰猛《どうもう》に双眸《そうぼう》を眇《すが》めた。

「……ほう。そう言うなら、確かめてみろ」

緩《ゆる》んだ胸元から、するりと大きな掌《てのひら》が忍び込む。

つう……と指先で脇腹を撫で下ろされ、たまらないくすぐったさに身を捩《よじ》らせた。

「ひゃあああ……っ、それは駄目！」

「それなら、これはどうだ？」

腰を辿《たど》る掌《てのひら》が背後に回され、お尻をきゅっと揉み込まれた。着物なので、ショーツは身につけていない。

「あ、瑛司……んっ」

悪戯《いたずら》な指が、脚の付け根に入り込む。花びらをくすぐるように指先で触れられて、ぞくりとした快感が背筋を駆け抜けた。

「あっ……やぁ……」

やめさせようとして両手を持ち上げると、瑛司の胸に辿《たど》り着く。

この逞《たくま》しい胸に抱かれるのだと思うと、ぞくぞくとした悦《よろこ》びに満たされた。

「おまえの舌を啜《すす》らせてくれ」

互いの体を愛撫しながら、顔を傾けてきた瑛司に応える。

体のすべてで、瑛司を感じたい。

「ん……っ」

ぬるりと歯列を割り、肉厚の舌が口腔《こうこう》に潜《もぐ》り込む。

絡ませた舌を擦り合わせれば、淫蕩《いんとう》な蜜が溢《あふ》れた。

ちゅくちゅくと淫靡《いんび》な水音を滴《したた》らせながら、淫《みだ》らなキスに溺れる。

零《こぼ》れる吐息すら呑み込まれ、体の熱はどんどん高まっていく。

「はぁ……っ、ふぁ……」

貪《むさぼ》るようなディープキスを交わし、ようやくくちづけは解かれた。濃厚なくちづけの余韻に、頭の芯がぼうっとする。

けれど喘《あえ》いだ私の下唇は、離れる間際にもう一度吸いつかれる。

ちゅ、と軽い水音が鳴る。

キスの最中もずっと瑛司の手は悪戯《いたずら》を仕掛けていて、お尻を撫でられながら花襞をまさぐられていた。

「瑛司……指が……おしりに……」

羞恥《しゅうち》に耐えながら訴えるが、瑛司はやめてくれない。唇で首筋を辿《たど》り、鎖骨を舐め上げると、鼻先で乱れた胸元を広げた。たぷんとした双丘と、紅《あか》く色づいた頂《いただき》がまろび出る。

「どうした？　不満そうだな。ここも可愛がってやるから安心しろ」

ちゅうと胸の突起に吸いつかれる。

半ば勃ち上がっていた乳首は、それだけでもう硬く張り詰めてしまった。

「ひぁあんっ……あっ……そんな、に……つよく、吸っちゃ……ぁあっ」

じゅくっ……と乳暈《にゅううん》ごと強く吸い上げられて、鋭い快感が身を貫《つらぬ》いた。

同時に、長い指が閉ざされていた花襞を掻き分け、ぬるりと潜《もぐ》り込む。蜜口を優しくこじ開けられながら、乳首をきつく吸われて、瞬《また》く間に頂点へ押し上げられた。

「はぁっ……あっ……あ……あぁ――……っ、ん、……んっ」

びくびくと全身を震わせながら、途方もない快楽に浸《ひた》る。

瑛司はきつく吸い上げた乳首を宥《なだ》めるように舌で転がした。

「達したな。オーガズムに達するときは『いく』と言えと、教えただろう」

咎《とが》められるように乳房を揉み込まれる。

「あ……ぁ……だって……すぐに、いっちゃって……」

「こらえ性のない体には、快楽を味わうことを、じっくり教え込ませてやらないとな」

瑛司は私の肩を押して、横向きになっていた体を仰向けにさせた。達して力の入らない体は容易《たやす》く開かされ、上から覆い被さられる。

もはや纏《まと》わり付いているだけになった襦袢が、はらりと純白のシーツに広がった。

花びらを弄《いじ》っていた瑛司の手が離れ、鋭い快感から解放された私は浅く息をする。

けれどすぐに大きな掌《てのひら》は、露《あら》わにされた両の乳房を揉み込む。濡れた乳暈《にゅううん》は、仄《ほの》かな明かりに照らされてぬらぬらと輝いていた。

そこに骨張った男の手が、快楽を追い上げるかのように乳房を躍らせる。

「あっ、あん……感じちゃう……」

「感じろ。もっと」

達したばかりの蕩《とろ》けた体は素直で、ほんの少しの快感をも拾い上げる。

瑛司はたぷんたぷんと躍る双丘の頂《いただき》に、再び唇を寄せた。

ちゅく、と吸われた途端、体が跳ね上がる。

「あっ、だめ、また……」

「何度でも達していいぞ。だが今度は、すぐにはいかせない」

そっと吸い上げてから、舌先で突《つつ》かれる。もう片方の乳首も同じように優しく舌先で捏《こ》ね回された。力強い愛撫のあとに、優しい愛撫を与えられて、体はぐずぐずに蕩《とろ》けていく。

「あ……んぁ……はぁ……ん」

もどかしくて膝を擦り合わせると、中が濡れていることに気づかされる。

瑛司の掌《てのひら》が鳩尾《みぞおち》から腰、腿《もも》を伝って膝頭に達した。

膝を割り開かれる予感に、ぎくりとする。

濡れているところを見られたら、また意地悪なことを言われてしまう。

私は必死に膝に力を入れた。

「あ、だめ」

「無駄なあがきだな。ほら」

するりと瑛司の掌《てのひら》は、私の脇腹を撫で上げる。

「ひゃあんっ……あっ、だめ、瑛司、見ちゃだめぇ」

唐突にくすぐられて、緩《ゆる》んだ隙に、膝頭に手をかけられる。そして勝者の栄誉とばかりに、ぐいと大きく膝を割り開かれた。

ちゅくん、と音を立てて秘められたところが花開く。

濡れた花襞をじっくりと見下ろされてしまい、羞恥《しゅうち》に頬が染まる。

秘所に熱い眼差しを注がれるだけでもう、中がきゅうっと収縮してしまうのだ。

だけど、いつもならすぐに濡れていると指摘するのに、瑛司は何も言わない。沈黙に耐えられなくなった私はおそるおそる、自分から聞いてみた。

「……濡れてる……よね？」

「どうだろうな。よく見てみないとわからない」

自分で思うほど濡れていなかったらしい。

ほっとした瞬間、花びらにぬるりとした生温かい感触を覚えた。

「ひぁ……っ、あ、瑛司……ん、ぅん」

ピチャピチャと卑猥《ひわい》な水音が鳴り響いた。零《こぼ》れた愛液を啜《すす》り上げられて、ひどく濡れていたことに気づかされる。

「嘘つき、すごく、濡れてるじゃない……！」

「悪い。あまりにもずぶ濡れだから驚いた。こんなに下の口が涎《よだれ》を垂らしているとはな」

「や、やだ。そんな恥ずかしいこと言わないで」

「恥ずかしいことを言われるほど感じるだろう？　ほら、啜《すす》ってやるからもっと蜜を垂らせ」

促《うなが》すように舌で突かれると、甘い刺激を与えられた襞が、ひくんと収縮する。そこへ熱い舌が、ぐりっとねじ込むように挿入された。

「あっ……ん、んぅ、あ、はぁっ」

まるで雄芯を出し挿《い》れするときと同じような律動で、舌がずりゅずりゅと蜜口を擦り上げる。すると蜜口は濃厚な愛撫に応えて、とろとろと愛液を滴《したた》らせた。

そのたびに瑛司の唇は音を立てて、いやらしい愛液を呑み込んでいく。

甘い疼《うず》きで頭が痺《しび》れ、息が乱れる。

体温は高まり、耳奥で鳴り響く鼓動はやまない。

あまりの卑猥《ひわい》さに、私は緩慢《かんまん》な動きながらもシーツを蹴った。

「あぁん……らめぇ……呑まないでぇ……」

「こんなに甘美な蜜はない。どうして嫌がる。気持ちいいだろう？」

自《みずか》らの濡れた唇を赤い舌で舐め上げた瑛司は、私の逃げる腰を捕まえた。

「恥ずかしいの……。くちゅくちゅ音がするから、いっぱい濡れてるって言われてるみたいで……」

濡れた瞳で訴えれば、瑛司はごくりと喉を鳴らした。

「おまえ、それは……煽《あお》ってるのか。そうか。そういえばまだ芽を舐めていないな。こちらを放っておいたから拗《す》ねてるんだな」

「えっ⁉」

膝裏を抱え上げられ、大きく広げられる。これではシーツを蹴ることもできない。

ぐちゃぐちゃに濡れた秘所を上向きに晒《さら》した瑛司は、唇で花芽を覆った。

「あっ、あっ」

彼の熱い口腔《こうこう》に囚われたそこが、ねっとりと舐めしゃぶられる。舌先で包皮を剥《む》かれると、ぷくりと膨らんだ花芯を捏《こ》ね回され、押し潰された。

チュクチュクと淫《みだ》らな愛撫の音色が奏でられるたび、快感に蕩《とろ》けた体は絶頂へ駆け上がっていく。

「あ、あ、らめ、瑛司……い、く……いっ……」

ぶるぶると小刻みに腿《もも》が震える。

ジュウッときつく肉芽を吸い上げられた瞬間、腰奥に凝《こご》っていた熱が弾《はじ》けた。

「あっ……、あ……あぁ……ん……あぁ——……」

頂点を極めた体が、がくがくと揺れる。それなのに、瑛司の唇は離れない。達したばかりの敏感な花芯を宥《なだ》めるかのように、ねっとりと舌が押し当てられ続ける。

「また達したな。あれほど『いく』と言えと教えたのに」

「言ったよぉ……」

「言ったうちに入らない。体は素直なんだがな。ほら、おまえの下の口はほしいほしいと涎《よだれ》を零《こぼ》してるぞ」

ぬるりと零《こぼ》れた蜜を舐め上げられれば、きゅんと蜜壺の奥が収縮した。

いやらしくなった私の体は、瑛司の硬い楔《くさび》を待ち望んでいる。

瑛司が、ほしい。

けれど、そんなこと言えるはずもなくて。

ぎゅっと目を瞑《つむ》り、朱に染まった顔を背《そむ》けた。

私の腰を抱え直した瑛司は、硬い先端を濡れた蜜口に宛てがう。

「少し言葉に出す練習をしてみるか」

「え……練習？」

チュク……と濡れた音が鳴り、太い雁首が蜜口をくぐる。

けれどそれ以上進むことなく、先端は引き抜かれた。

「どうしてほしい？　口に出して言ってみろ」

「え……どうって……」

また、ぐうっと硬いものが蜜口に押し当てられる。柔らかく綻《ほころ》んだ蜜口は、ぱっくりと口を開けて先端を呑み込む。

奥まで挿《い》れて、と言わせたいらしいけれど、とてもそんな恥ずかしい台詞《セリフ》は吐けない。

私は顔を真っ赤にしながら、うろうろと視線を彷徨《さまよ》わせる。

その間にも瑛司は絶妙な腰遣いで、蜜口を亀頭で擦り続けた。先程から執拗《しつよう》な愛撫を施《ほどこ》された蜜口は、先端を幾度《いくど》も出し挿《い》れされて、さらに濡れる。

「あっ……あ、あぁん……感じちゃう……いりぐち、すごい、感じるの……」

このままでは、また達してしまう。必死に快感を逃がそうとして腰を捻《ひね》ってみるけれど、より楔《くさび》の先端を感じるだけだった。

瑛司は劣情を滾《たぎ》らせた双眸《そうぼう》をして、荒い息を吐いた。

「蜜でぐちゃぐちゃだな。このまま、いくか？」

「やだぁ……あっ、あ、あ、瑛司、もうだめ、奥が……奥がぁ……っ」

空虚な花筒の奥が、切なくうねる。

入り口のみで、未だ触れられていない奥は、熱くて硬い塊に擦られることを願っていた。

じゅぷじゅぷと蜜口を弄《もてあそ》び、瑛司は低く掠《かす》れた声音で囁《ささや》く。

「奥が、なんだ」

「ん、ん……」

やっぱり恥ずかしくて言えない。私は唇を引き結んで、首を左右に振る。

すると、くっと瑛司は喉奥から笑いを漏らした。

「俺が限界なんだが。頼むからもう言ってくれ」

「ん……ぁん……奥に、ちょうだい……」

「何をだ」

「瑛司の意地悪ぅ……」

クチュクチュと淫《みだ》らな水音は止まらない。ねだるように腰がふるりと揺れた。花襞は先端を奥へ導《みちび》こうと蠕動《ぜんどう》するが、ずりゅと引き抜かれてしまう。

陥落した私はついに、瑛司の耳元に囁《ささや》いた。

「瑛司の……太いの……奥に、いれて……」

瑛司はごくりと息を呑む。

直後、ズチュンッと濡れた水音を響かせて、極太の楔《くさび》を一息に最奥まで挿入した。

「あぁっ、あっ、あんあぁ……っ」

ずっぷりと、熱く滾《たぎ》っている楔《くさび》が――愛しい人の中心が、体の奥深くまで収められている。

やわやわと雄芯を締めつけることで、さらに実感する。

「ああ……最高だ。俺の花嫁は感じやすい、極上の体だ」

そう言って瑛司は奥までみっちりと埋め込まれたそれで、濡れた蜜壺を擦り上げる。

ズチュ、グチュ、ズッ……ズンッ……

逞《たくま》しい律動を送り込まれて、抗《あらが》いようのない愉悦の波に攫《さら》われていく。

きゅんと収縮するたびに、熱杭を引き絞る。

「あっ、あん、あぅ、はぁっ、あ、あぁ、んぁ」

リズミカルな腰の突き上げに呼応して零《こぼ》れ落ちるのは、喘《あえ》ぎ声ばかりだ。

「焦らされた分、たっぷり可愛がってやる。奥が好きなんだろう?」

ぐうっと沈められた硬い先端が、最奥に接吻する。ぐりっと抉《えぐ》られたとき、たまらない悦楽が脳髄まで駆け抜けた。

「ひぁああん……、らめぇ……いっちゃう……」

快楽の証《あかし》である愛蜜が、どぷりと溢《あふ》れ出た。

搔き回すように腰を動かされると、混ざり合った淫液がグチュグチュと淫蕩《いんとう》な音色を奏でる。

濡れた襞は熱い幹に絡みついて、淫《みだ》らにひくついてしまう。

「俺の花嫁は最高に淫《みだ》らで可愛いな。気持ち良いか？」

「いい……きもちい……きもちいいの、瑛司……」

熱い楔《くさび》は幾度《いくど》も快楽に濡れた花筒を出し挿《い》れする。感じる最奥を立て続けに突かれて、爪先《つまさき》まで甘い痺《しび》れに侵《おか》された。

シーツを掴《つか》む手を取られ、指と指を絡めて手を繫《つな》ぎ合わせる。ふいに体は羽を得たように軽くなり、抱き合う体がひとつに溶け合う。

たまらない悦楽に、私は感じるままに甘い声を漏らす。

「あっ、あっ、あぁ、あん、あぁん……」

ひと突きされるごとに、熟《う》れた乳首が瑛司の胸に擦られる。

そして体の奥深くに穿《うが》たれている愛しい楔《くさび》を、より感じてしまうのだ。

瑛司と、ひとつになっている。

その悦《よろこ》びが胸の奥から湧き起こり、至上の快感に繫《つな》がっていく。

「あ、あっ、あっん……いく、瑛司、いっちゃう……はぁ、あぁあ……」

激しい抽挿に合わせて、私は淫《みだ》らに腰を揺らす。

「たっぷり呑め。奥で、出してやる」

やがて、瞼《まぶた》の裏が純白の紗幕《しゃまく》に覆われた。

体の奥深くで爆《は》ぜた楔《くさび》から、濃厚な白濁が迸《ほとばし》る。

ぐっと押し込まれた腰に、痺《しび》れる脚を絡ませると、熱い腕にしっかりと抱きしめられた。

「あっ……あん……ぁ……」

「……好きだ。もう離さないぞ。俺の花嫁」

瑛司の熱と、掠《かす》れた声が甘く胸に染み入る。

初めて会ったあの日から、瑛司は私だけを見ていてくれた。

ただ私が、ずっと彼の想いに気づかなかっただけ。

鈍感な花嫁だけれど、これからは、今まですれ違っていた分まで心を通わせよう。

「私も……好き。大好きだよ、私の旦那様」

腕を回すと、彼の背はしっとり汗を纏《まと》っていた。その濡れた感触すら愛おしい。

「その言葉が、聞きたかった。俺はようやく辿《たど》り着いたんだな。思い描いていた未来へ」

万感の思いを込めて呟《つぶや》いた瑛司と、唇を深く重ね合わせる。

私の左手の薬指に嵌《は》まる、ダイヤモンドの指輪が煌《きら》めきを零《こぼ》した。

◆◆◆◆◆

大島寝具の本社ビルは、一階をショールームとして多数の寝具が展示されている。

明るい内装のショールームには、枕コーナーにずらりと枕が並べられていた。いずれも大島寝具が誇る、ヒット商品の数々だ。

その中のひとつに、新商品の抱き枕『みずちゃん』が加えられることとなった。

ついに商品化を迎えて、感慨もひとしおだ。限りなく人型に近い水色の抱き枕は、照明の下で輝いて見える。

商品企画部のメンバーは、『みずちゃん』の店頭販売を拍手で迎えた。

「ついに、この日がやってきたね。全国のみなさんに愛されるヒット商品となることを期待しよう」

東堂さんの挨拶《あいさつ》に、一同は深く頷いて賛同する。

私の実寸大の抱き枕が全国販売される……。いざ現実になってしまうと、やはり複雑な思いなのだけれど、これでひとりでも安眠できるようになるのならば、私も社会の役に立てているわけで。

『みずちゃん』の考案者である叶さんは、優美な笑みを浮かべて抱き枕を撫でた。

「これで私も、みずちゃんを毎晩抱いて眠れるわ。専務の独り占めは良くないものね」

非常に誤解を招きそうな叶さんの発言に、東堂さんも頷く。

「僕のベッドには、みずちゃんを三人寝かせてるよ。素晴らしい抱き心地に包まれて至福のひとときを過ごせるね」

「まあ、東堂主任。素敵なベッドライフを過ごしていらっしゃるのね。さすがですわ」

どこか淫靡《いんび》さの漂《ただよ》うふたりの会話を、頬を引《ひ》き攣《つ》らせながら見守る。

なぜかふたりは抱き枕であるはずの『みずちゃん』を、私の分身であるかのように扱っている気がする。

それはいいのだけれど、後ろで瑛司が聞いているんですけど。

ぽん、と私の肩に手を置いた瑛司は言い放った。

「俺の安眠法を広く世間に伝えることができて喜ばしい限りだ。今後も、次期専務夫人を丁重にもてなしてくれ。商品企画部諸君」

「承知しました、専務！」

回を重ねるごとに、みんなの返事が綺麗に揃うのはなぜだろう。

「ちょっと、次期専務夫人って……私は平凡な一般社員なんだけど？」

確かに、私は瑛司と正式に婚約を交わした。

とはいえ何が変わったわけでもなく、相変わらずマンションで一緒に暮らして、仕事も商品企画部に配属されている。今の仕事にはやりがいを覚えているし、瑛司と結婚しても続けていくつもりだ。

さらなる、世の安眠のために。

すると、瑛司は不敵な笑みを浮かべて私を抱き寄せた。

「今夜もたっぷり抱いてやる」

「安眠のため……そして、愛のためにね」

今夜も彼と愛を交わして、抱き枕になり、共に眠りに就く。

私は幸せに顔を綻《ほころ》ばせながら、瑛司を見つめた。

執愛セレブリティ

洗い立ての髪の香りは情欲をそそる。

風呂上がりの瑞希はお気に入りのパジャマを着込み、洗いざらしの髪をピンで一纏《ひとまと》めにしていた。頬を上気させながら、リビングのソファに腰かける。

俺は読みかけの本から目を上げて、そんな瑞希を瞬《まばた》きもせずに凝視する。

濡れた髪、匂い立つうなじ、剥《む》き出しの素足。

どれもが扇情的に雄を誘う。

俺は喉を鳴らしたい衝動を堪《こら》えて、目を眇《すが》めた。

どんな欲情を俺が抱えているのか知りもしない瑞希はソファに片足を上げると、手にした爪切りで足の爪を切り出した。

風呂に入って、足の爪が伸びていることに気づいたようだ。

「足の爪、伸びてたんだよね。瑛司は伸びてない？　切ってあげようか？」

なんでもないことのように、とんでもないことを言い出す。

瑞希が、俺の足の爪を切るだと？

何を言い出すんだ、この小悪魔め。

その場合、俺の足元に跪《ひざまず》くか、瑞希の膝に脚を投げ出すか、いずれかの体勢を取ることになる。

どちらも素晴らしい格好だ。想像しただけで興奮する。

魅力的な提案にすぐさま了承しかけたが……自分の爪を見た俺は愕然《がくぜん》とした。

足の爪は切り揃えられ、全く伸びていない。昨日、切ったばかりだ。

「……今日は伸びていないな。明日には三センチほど伸びているかもしれないが……」

くそ。昨日の自分を殴ってやりたい。

瑞希の爪が伸びているのはとうに気づいていたが、まさか自分の爪を切って後悔することになるとは。今は力なく報告して、願望を含ませた冗談を付け加えるくらいしかできない。

「そう？　瑛司の爪は伸びるの早いんだね」

真に受けている。

こういう純真無垢《じゅんしんむく》なところが、可愛くてたまらない。

瑞希を目にするたび、言葉を交わすたびに愛しさが溢《あふ》れる。毎晩、抱き潰してしまわないよう加減をするのが大変だ。風呂も毎晩一緒に入りたいのだが、たまにはひとりで入浴したいと言い出すので許可しておいた。盛り上がってセックスすると、瑞希は風呂場で失神してしまうこともあるのだ。介抱するのも楽しいのだが、疲れちゃうなどと言って睨《にら》んでくる。あんあん啼《な》いて腰を振っていたくせにな。我儘《わがまま》で困ったやつだ。

「ああ。ぜひ切ってもらいたいな。いや、俺が瑞希の爪を切ってやれば良かったんだな。今からでも切っていいか？」

初めからそうすれば良かったことに気づき、俺は弾《はず》んだ声で訊ねた。

爪を切るという親密な触れ合いも、ぜひやってみたい。

とにかく、何かと理由をつけて瑞希に触れたいのだ。

だが、この小悪魔は、あっさりと笑い飛ばす。

「もう切り終わるからいいよ。それに瑛司に爪切りされたら、すっごい深爪になりそう」

あはは、と楽しげな声を上げながら、目線は自分の足の爪に注いでいる。

誘っておきながら、この仕打ち。

俺の顔を見ようともしないとは、いい度胸だ。

爪切りをしている最中は人の顔など見ないという言い訳は却下する。

今すぐに押し倒して、体中を舐め尽くしてやりたい。

もう婚約者なので、いついかなるときに触れようが構わないはずなのだが、俺の中には躊躇《ちゅうちょ》と打算が入り混じっている。

元々は姉の葉月が許嫁《いいなずけ》だったこともあり、ふたりの間には常に葉月という存在がいた。瑞希も、俺は姉の婚約者だからという遠慮が子どもの頃からあり、距離が生まれていたという経緯もある。

ふたりの恋愛が成就《じょうじゅ》するまでは平坦な道ではなかった。

葉月の協力、おばあさまや周囲の説得、そしてなにより、瑞希が俺のことを好きだと自覚させるための周到な用意。

子どもの頃に、そのための計画書を作成したほどだ。それを脳に刻みつけると、証拠隠滅のために計画書を蝋燭《ろうそく》の炎で燃やした。抜かりはない。

その計画書には瑞希が他の男に手を出されないよう睨《にら》みを利かせることや、就職先は俺の目の届く大島グループの会社に内定させるよう手を回すことも含まれている。

花嫁代理として抱き枕になれと瑞希に命じたのも、計画の一端である。実際に不眠症だったので、理由は正当なものだ。

効果は想定以上で、非常に満足の行く結果を導《みちび》き出せた。こうして晴れて婚約者となり、一緒に暮らしているのだから。

パチン、パチンと小気味よい音が室内に響く。

その音に、俺は安らぎを覚えた。

瑞希と同棲しているという実感が湧き、胸の奥に染み入る。愛する女を許嫁《いいなずけ》にすることができた達成感が、長年の労苦を綺麗に洗い流してくれるようだ。

しかし同時に、恋愛に終わりなどないという現実を突きつけられる。

俺は計画を達成することはできたが、愛する女のすべてを手に入れたわけではないことに気づいた。

瑞希は、いってきますのキスは恥ずかしいと言って避けようとする。

ベッドでは、足の指を舐められるのは嫌だ、この体位は恥ずかしいから駄目などと甘い声で拒む。

トイレの扉を開けて用を足す姿を見ようとしたときは激しく拒絶された。扉を閉められないよう押さえたら、スリッパを投げつけられたので本気で嫌だったのだろう。

なぜだ。

愛する者のすべてを見て、体のすべてに触れたいと希《こいねが》うのは、ごく自然な感情ではないか。

瑞希が俺を愛していることは知っている。

俺を見る彼女の眼差しには、成長するごとに恋心が含まれていった。

けれどすぐに諦めを滲《にじ》ませて、その目は伏せられていた。当時は仕方ない。姉の婚約者だったのだから、無理に自分の感情をねじ伏せていたのだろう。

だが身代わりではない正式な婚約者となり、体を繋《つな》いだときには情熱的に好きと言ってくれた。ずっと俺のことが好きだったと告白もしてくれた。

瑞希が俺を見る目には、愛情と信頼が溢《あふ》れている。

今は足の爪を見ているが、瑞希は俺だけを見て、恋に溺れていればそれでいいんだ。

一旦は引き下がったが、それで納得していると思うなよ。必ず、俺の色に染めてやる。ぐずぐずに蕩《とろ》けさせて、足の指を舐めてくださいと言わせてやろうじゃないか。

そのためには何か正当な理由を持ち出さなければ進まない。

例えば身代わり花嫁のように。

そんなことを考える俺を余所《よそ》に、小指の爪を切り終えた瑞希は、足元に置いていたゴミ箱を片付けようと腰を上げた。

間髪《かんはつ》容《い》れずに、俺はソファから下ろそうとしていた彼女の足首を捕らえる。

「ひゃあ⁉」

突然足首を掴《つか》まれて驚いた瑞希は頓狂《とんきょう》な声を上げる。そんな声も可愛いな。録音しておきたいところだが、今は後回しだ。

「終わったようだな。綺麗に切れているか見てやろう」

跪《ひざまず》いた俺は、立ち上がれないように瑞希の片足を若干上げた。

きめの細かい足の甲が目の前にある。桜色の小さな爪が美しい。

俺はごくりと喉を鳴らした。

「そんなこと言って、足の指舐めるつもりでしょ！」

「……なぜわかった」

「だって最近の瑛司はいつも……するとき、私の足の指を舐めようとしてるじゃない」

「何をするときだって？」

「え……、あの……だから、ベッドで……」

「ベッドで、なんだ？」

瑞希は真っ赤になって視線をうろうろと彷徨《さまよ》わせている。可愛すぎる。

その可愛い顔で、卑猥《ひわい》な単語を口にさせたい。

「曖昧《あいまい》な表現は俺には通用しない。人に伝えるときに正確な言葉を使用するのは当然だ」

さあ、言え。

セックスと言うんだ。

俺は猛禽類《もうきんるい》のごとく目をぎらつかせながら、頬を朱に染める瑞希を射貫く。

やがて瑞希は俯《うつむ》きながら、小さく口にした。

「セック……ス、するとき……」

これで良いのと問いかけるように、濡れた瞳を向けてくる。

恥ずかしがるさまに刺激され、俺の屹立《きつりつ》は一気に漲《みなぎ》る。

心の中で合格だと伝えた。

「そうか。そういえばセックスするときに、つい足の指を舐めたくなってしまうんだよな。足の指も性感帯なんだ。舐められたら感じるんだぞ」

「そ、そうなの？　でも今はそんなことしなくていいんじゃない？」

そんなことと軽んじるのは、瑞希にとって足の指を舐めるという行為は忌避《きひ》すべきものと捉《とら》えている証《あかし》だ。

俺にとっては重要な意味を持つ愛の行為なんだがな。

「俺たちはもう婚約者なんだ。いつでも、何をしてもいいだろう。足の指を舐めてもいいはずだ」

「何してもいいわけないでしょ。まったくもう。俺様なんだから」

婚約者という大義名分は通用しないらしい。

ならば、こうだ。

瑞希の足首を高く上げて、俺は覆い被さるように身を乗り出す。

「譲歩してやろう。足の指を舐められるか、シックスナインをするか、どちらか選ばせてやる」

「え……シック……」

かあっ、とソファに背中を沈ませた瑞希の頬がまた真っ赤に染まる。

シックスナインは未だ試《こころ》みたことがない。そもそも雄を舐めさせるという行為自体、させたことがなかった。

羞恥心《しゅうちしん》の強い瑞希にはまだ早いからだ。シックスナインとは何かと問われることも想定していたが、赤くなるところを見ると行為のことは知っているらしい。まあ、文字の通りだからな。

選択肢としては、足の指を舐められるほうを選ぶしかないだろう。雄をしゃぶったこともないのに、いきなりシックスナインはハードルが高い。どちらも選ばないという選択肢は、俺が許さないので存在しないが。

迷う瑞希を、口端を吊り上げて悠々と眺める。

やがて俺の小悪魔は上目で呟《つぶや》いた。

「しっくすないん……する」

「……なんだと……」

自分の耳を疑った。

この俺にこれほどの衝撃を食らわせるとは。

今世紀最大の衝撃的事件だ。

俺は自我を立て直して、掴《つか》んだ瑞希の足首を軽く揺する。

「念のためにもう一度聞くが、シックスナインを選ぶんだな？　シックスナインとは、互いの頭を逆にした体勢で性器を愛撫する行為だ。つまり瑞希は俺のペニスを手で擦ったり、舌で舐め……」

「わかった、わかったから！」

慌てたように手を振りながら、瑞希は俺の説明を遮《さえぎ》る。

わかっているなら問題ないが。

「ひゃあっ」

遠慮なく抱き心地の好《よ》い体を掬《すく》い上げて寝室に運ぶ。

愛しい者を寝室に連れ去るこのときは、何度経験しても最高の時間だ。

足の指を舐めるのは、今日のところは許してやるか。

それよりもシックスナインができるのだ。この機会を逃すわけにはいかない。

ふたりの寝室は快眠のために室内の明かりが絞られている。綺麗に整えられた純白のシーツに、俺は瑞希の体ごと沈んだ。無論抱き潰さないよう、肘をついて体重をかけないようにする。

唇に吸いつけば、柔らかな感触と共に仄《ほの》かなシャンプーの香りが漂《ただよ》う。

「ん……」

鼻にかかった甘い声が瑞希から漏れる。

受け入れてくれた喜びは何度体を重ねようとも、胸の奥から湧き上がってくる。

俺は陶然《とうぜん》としながら、柔らかい唇を堪能した。

上唇と下唇を交互に食《は》み、舌で唇をなぞる。そしてぬるりと歯列を割って、口腔《こうこう》に舌を潜《もぐ》り込ませた。極上の天鵞絨《ビロード》のような舌を探り出し、搦《から》め捕《と》る。

角度を変えて幾度《いくど》も舌を擦り合わせれば、瑞希の体がひくりと震えた。感じてきたようだな。

だからといって、すぐにキスを中断するわけにはいかない。

もっと、感じさせたい。濡れて、蕩《とろ》けて、もっとしてと懇願するまで。

くちづけを続けながら、パジャマの上着に手を差し入れて素肌を撫で回す。

しっとりと掌《てのひら》に吸いつく肌は最高の手触りだ。

胸の膨らみを掌《てのひら》で揉みしだくと、またびくんと体が跳ねた。

今度は指先で乳首を、きゅっと摘まむ。

絶妙な力加減で。

「んっ、ん、ふ……んくぅ」

瑞希の腰が淫《みだ》らに揺れ出した。彼女は俺の背に両腕を回して、訴えるかのように叩く。

限界のようだ。

先日は達するまでキスと愛撫を続けたら、次の日の夕飯に形をなくした肉じゃがが出てきたからな。もちろんすべて完食したが、瑞希は唇を尖《とが》らせて顔を背《そむ》けていた。やりすぎと言いたかったのだろう。俺を止めたいのなら溶けた肉じゃがを大鍋で持ってこいと言いたいところだが、喧嘩《けんか》になっても困るので黙っておいた。

唇を解放すれば、互いの唇を煌《きら》めく銀糸が伝う。

「あ……ふぁ……」

「瑞希の唾液は甘いな」

今日のところは達するまでキスするのは勘弁してやるか。

それに今夜は、さらなる楽しみがある。

俺は弾《はず》む鼓動を抑えながら、邪魔なパジャマを脱がせた。ショーツも引き下ろして全裸に剥《む》く。秘められている肌を露《あら》わにするのは最高に楽しい。

自分のバスローブも脱ぎ捨てれば、屹立《きつりつ》はすでに天を衝いている。

瑞希は未だ直視するのがためらわれるようで、頬を赤らめると視線を逸らした。

俺はベッドに仰臥《ぎょうが》して、瑞希の腰を取る。

「俺の上に乗れ。尻をこちらに向けるんだ」

「えっと……」

俺の体を跨《また》がらせるように片脚を持ち上げた途端に、暴れ出した。

「ちょっと、この格好……！」

跳ねた脚がシーツに皺《しわ》を刻みつけていく。

互いの性器を愛撫する行為だということは理解しているはずだが、いざ男根を目の前にすると混乱するのかもしれない。

「おまえの花襞を舐めさせろ。さあ、花びらの奥には何がある？」

すると瑞希は、ぴたりと暴れるのをやめた。

俺からの質問を真剣に考えているんだろうな。可愛いやつだ。

「奥に……？　ええと……その……肉、かな？」

「ひどい回答だ。情緒の欠片《かけら》もない。落第にする」

「ええ？　そんなぁ……あっ、あん！」

眼前に晒《さら》された花びらを、ぬろりと舌で舐め上げる。

従順に咲いた花襞は、それだけでもう奥から蜜を滴《したた》らせてきた。

じゅぷ、ちゅぷ、ちゅく……

わざと水音が響くように舐めしゃぶる。

柔らかく蕩《とろ》けてきた花襞全体を丁寧に舐め上げてから、肉芽に舌を伸ばす。

びくり、と抱えている腿《もも》が大きく揺れた。

「あ、あ……ふぁ……ん、そこ……」

「ここが感じるんだろう？」

指先で淫核を覆う包皮を剥《む》き、ちゅうっと吸い上げた。

感じすぎるためか、がくがくと細腰が上下に揺れる。

「あぁっ、それ、だめぇ……」

「だめと言われると、もっとしたくなるな」

さらに愛撫を施《ほどこ》そうと舌を伸ばしたとき。

雄芯が温かなものに包まれた。

「うっ」

思わず声が漏れてしまった。

この生温かい濡れた感触は、手ではない。

まさか……

「おい、瑞希。口でしゃぶってるのか？」

「ん……うん……」

男根を口腔《こうこう》に含んだ瑞希は拙《つたな》いながらも、小さな舌を懸命に這わせている。

好きな女に口淫されているという事実は、俺を昂《たかぶ》らせるのに充分すぎるほどだった。

今すぐに射精しそうなほどに、雄は漲《みなぎ》っている。

奥歯を噛み締めながら堪《こら》え、焦りを滲《にじ》ませないよう声を低くした。

「無理しなくていいぞ。口に含みきれないだろう」

「んふ……だって、いつも私ばっかり……私も瑛司を気持ち良くしてあげたいの」

その言葉だけで達してしまいそうになる。

快楽を通り越して、拷問だ。

「くそ……」

俺も瑞希を気持ち良くさせてやりたい。

指先で淫核を弄《いじ》りながら、花襞の奥に舌を挿《さ》し入れる。

くちゅりと開いた蜜口は、易々《やすやす》と獰猛《どうもう》な舌を迎え入れた。

「んっ、んっ、ふぅ……んん……」

舌を咥《くわ》えた肉筒が、きゅうと収斂《しゅうれん》する。

すると、男根をしゃぶる瑞希の舌使いが緩慢《かんまん》になってきた。

相当感じているようで、胸に満足感が広がる。

しかし、先に俺が達してもしたら大変な惨事になる。それだけはなんとしても避けたい。

チュクチュクと淫《みだ》らな水音を立てながら、淫猥《いんわい》な花筒から舌を出し挿《い》れする。濃厚な愛蜜がとろとろと零《こぼ》れ落ちてきた。

もう充分なようだ。

仕上げとばかりに、じゅるりと愛蜜を啜《すす》り、揺れる尻を撫で上げる。

「あ、あぁ……ん」

「今度はここで、俺を舐めてくれ」

俺の体を跨《また》いでいる瑞希を抱えて、こちらを向かせる。

だが俺が起き上がることはない。そそり立つ屹立《きつりつ》に、瑞希の濡れた花びらを宛てがう。

騎乗位の姿勢に気づいた瑞希は、頬を朱に染めた。

「……私が、上になるの？」

濡れた唇の端から、銀糸が零《こぼ》れている。

この唇が、俺のものを咥《くわ》えた――

そう思うと、いっそう楔《くさび》は張り詰める。

「そうだ。自分で挿《い》れてみろ。根元に手を添えるんだ」

「ん……」

瑞希は言われた通り雄芯の根元に触れて、先端を挿入しようとする。

あられもなく脚を大きく広げ、男根に触れながら腰を揺らすさまは、途方もなく官能的だった。

「あっ、あぁ……」

じゅく、と先端が蜜口に食《は》まれる。

「そのまま、腰を下ろせ。すべて呑み込むんだ」

「んっ、んぅ……あぅ……」
前屈みになっているせいか、亀頭を含んだところから進まない。
手を離して、逐一指導《ちくいち》するのも野暮な気がする。
だが、逐一指導するのも野暮な気がする。
俺は瑞希の手首を掴《つか》むと、幹から外させた。同時にもう片方の手で膝裏を掬《すく》い上げる。
すると、ズチュンッと一息に剛直は濡れた蜜壺に呑み込まれていった。
「ひゃ……あぁぁあああうんん……あぁっ、あっ……ぁ……っ」
瑞希は綺麗に背を弓なりに撓《しな》らせる。
甘い衝撃に全身を震わせ、胸の膨らみもふるりと揺れた。
楔《くさび》を咥《くわ》え込み快楽に悶《もだ》えるさまが、俺の目によく映る。
最高に美しい。
この刹那《せつな》の美には、どんな国宝だろうと敵《かな》うまい。
感嘆の息を吐いていると、柔らかな肉襞に包まれた熱杭が、きゅうっと引き絞られた。
「……っく」
精路を駆け抜けて、先端から白濁が迸《ほとばし》る。
あまりの快感に射精してしまった。
瑞希も達したらしく、びくびくと腰を震わせている。楔《くさび》を咥《くわ》え込んだ蜜襞は、きゅうきゅうに締まっていた。

「挿入しただけで達したのか？」

自分を棚上げして意地悪く聞いてみる。

『気持ち良すぎて、イッちゃった』

どうにかして言わせたいな。俺の男根を咥《くわ》えた、その口で。

「……だって……瑛司が脚を持っちゃうんだもん……」

「そこじゃないな」

「え？」

脚を取ったのは悪かった。だが、口にしてほしいのはその言葉ではない。聞きたい台詞《セリフ》を言わせるのも難しいものだ。それだけ会話を楽しめるわけでもあるが。

ぐいと腰を突き上げれば、頂点を極めて桜色に染まった肢体がびくんと跳ねた。

「あっ！　あ、だめ、まだ……」

一度射精しても俺の雄芯は少しも力を失わない。一回程度で満足できるわけがない。

両手で瑞希の腰を掴《つか》み、ゆるゆると回してやる。

「質問の正解をまだ聞いてないぞ。花びらの奥には何がある？　答えてみろ」

グチュグチュと淫猥《いんわい》な水音が紡ぎ出される。結合部から、ぐぷりとふたりの愛液が溢《あふ》れた。

「あぁ……はぁ……ん、奥に……瑛司の大きいのが、入ってる……」

正解にしてやるか。

褒美代わりに、両の胸を彩《いろど》る紅《あか》い飾りを摘まんでやる。

きゅ、と指先で軽く捻《ひね》れば、瑞希は高い嬌声《きょうせい》を上げて喉を反らした。

「ひゃあああぁっ、んっ、んあぁ……」

「これに弱いよな。また軽く達したか？」

「あぁ、ん、ぅん……」

がくがくと頷いた体は快楽に蕩《とろ》けきっている。

乳首を摘まみながら抉《えぐ》るように腰を突き上げれば、瑞希の体も淫《みだ》らに跳ね上がった。

「あぁ、あっ、あっ、んぁ、あ、はぁっ、あ、瑛司……っ」

甘い嬌声《きょうせい》を零《こぼ》し続ける唇。

ゆさゆさと揺れる乳房。

突き上げに合わせて淫猥《いんわい》に揺れる肢体。

そのどれもが官能を燃え立たせる。

「気持ちいいか？」

「んっ、んっ、いい、きもちいぃ……」

「達しそうなときは、『いく』と言え」

ぐうっと深くまで楔《くさび》を穿《うが》ち、子宮口を幾度《いくど》も抉《えぐ》る。

「あぁん、いく、いく……あっ、あっ……あぁあ……っ」

瑞希の肢体が、びくんびくんと躍る。

蜜壺が精液を引き絞るように収斂《しゅうれん》する。

再び最奥で欲望が爆《は》ぜた。精路から溢《あふ》れた白濁は、子宮口に注ぎ込まれていく。

頂点に達していた瑞希の体は、やがてゆっくりと俺の胸に倒れ込んだ。

すぐさま熱い腕できつく抱きしめる。胸にかかる吐息がくすぐったくて、心地好《よ》さを覚えた。

「上手だったぞ。シックスナインも、騎乗位もな」

「んん……恥ずかしい」

「今さら何を言ってる。そんなところも可愛いけどな」

ちゅ、と髪にくちづけを落とすと、瑞希が甘えるように肩口に頬ずりしてくる。

髪から背にかけて撫で下ろせば、未だ快感の残る体がぴくりと反応を返した。

穏やかな時を、ゆるやかな後戯と共に過ごす。

「明日、デートするぞ」

「……え？　どうしたの、急に」

抱き合いながら微睡《まどろ》んでいた瑞希は顔を上げた。

「たまにはふたりで外出しよう。マンネリ防止にな」

「瑛司とマンネリになんてならないよ」

「嬉しいことを言ってくれるじゃないか。だがせっかくの休みだ。気晴らしに行こう。瑞希はどこでデートしたい？」

一房の髪を掬《すく》い上げて、弄《もてあそ》びながらデートに誘う。

俺の肩に頭を預けた瑞希は、「んー」と鼻にかかった甘い声を発した。

「どこかなぁ……とりあえず、映画は却下するね」

却下、などという単語を瑞希が使うと堅苦しい印象を受ける。どうやら俺の言葉遣いが移ってしまったようだ。一緒に住んでいれば自然とそうなるのだろう。

だがパートナーが自分に似てくるというのは、嬉しくもある。俺は口元を綻《ほころ》ばせた。

「俺は映画でも一向に構わないんだが？」

「だめだよ。だって瑛司は映画を見てないんだもの。終わってから感想を話せないじゃない」

以前、映画鑑賞したときのことを持ち出される。俺は映画を見ずに寝てしまったので、上映後に瑞希からストーリーを聞いたのだ。

初めから映画になど興味はない。別に、映画館では映画を見なければならないという法律などないしな。

デートというのはすなわち、恋人を眺める時間だ。それ以外に何があるのだ。

つまり俺にとって、デートの場所はどこでも良いということになる。

水族館だろうが遊園地だろうが、どこに行っても結局は楽しんでいる瑞希しか見ていない。

だからこういう答えになる。

「どこでもいいぞ」

瑞希は長い溜息を漏らした。唇を尖《とが》らせ、潤《うる》んだ瞳で睨《にら》んでくる。そんな顔も可愛いな。

「なんだ。キスのおねだりか？」

唇を近づけたら、なんと掌《てのひら》で遮《さえぎ》られた。

なんなんだ、いったい。

「もう！　瑛司から誘ったのに、どこでもいいってなんなの？」

「なんなの、は俺の台詞《セリフ》だが？」

また溜息を吐かれる。おいおい。

「前からだけど、瑛司って何考えてるかわかんないよ」

「……セックスであんあん啼《な》いた口がそういうことを言うとは、俺のほうこそわからないんだが」

拳《こぶし》で胸を叩かれてしまう。全く痛みはないが。いったい何に怒っているんだ。

「瑛司のそういうデリカシーのないところが、わかんないの！」

「ほう……」

俺にデリカシーがないことは理解しているじゃないか。それでも好きなんだろうに。

とりあえず先程の会話を振り返って考えてみる。

どうやらデートの場所をどこでもいいと言ったことから、瑞希の機嫌を損ねてしまったようだ。

これはもしかして、喧嘩《けんか》ということになるのだろうか。

「瑛司はいつもそうなんだから、もう……」

唇を尖《とが》らせながら俺の胸を叩いていた瑞希だが、やがてその体から力が抜ける。

すうすうと寝息を零《こぼ》しているのを見ると、疲れて眠ってしまったようだ。

俺は眠っている瑞希の唇に、ちゅ、とくちづける。

さて、明日のデートはどこに行くか。

最高の抱き枕を抱えながら、考えを巡らせる。

抱きしめた瑞希の存在に安堵した俺は、やがて眠りの淵《ふち》に落ちていった。

翌朝、完璧なデートの装《よそお》いでリビングに登場した俺に、部屋着の瑞希は目を丸くした。

「え……どうしたの、その格好」

オーダーメイドの三つ揃えスーツに、真紅《しんく》のネクタイ。

仕事ではないのでシャツは洒落《しゃれ》っ気を出し、ネクタイに合わせて赤にした。

隣に並ぶ瑞希が恥ずかしくないよう、最高の彼氏を意識したコーディネートだ。

「まるで結婚詐欺師みたい」

「褒め言葉と受け取っておく」

最高だと素直に褒められないらしい。可愛いやつだ。

「今日はデートすると言ったろう。おまえはその服でいいのか？　もっとも、部屋着でも裸でも俺は構わないが」

何を思ったのか、瑞希は慌ててウォークインクローゼットに駆け込んだ。

まさか裸で連れ回されるとでも勘違いしたんじゃないだろうな。

何を着ていても、おまえは可愛いという意味で言ったんだが。

しばらくしてワンピースに着替えた瑞希は、仁王立ちで待ち構える俺に問いかけた。

「すっぴんだから、ちょっとお化粧してもいい？」

「素顔でも化粧をしても同じだが？」

「……」

半眼で睨《にら》まれてしまう。

何か気に障《さわ》ったか。

化粧なぞしなくても充分に可愛いという意味だが。

瑞希は唇を尖《とが》らせながら化粧台に向かった。

このままでは昨夜の喧嘩《けんか》の続きになってしまうな。どうにか挽回したいところだ。

そうだ、口紅の色をどれにするか迷っているようなので、アドバイスしてやろう。

「俺はピンクが好きだから、これにしろ」

「コーラルピンク？　でも服がベージュ系だから、ピンクベージュのほうがいいんじゃない？」

何が違うんだ。

見ればラックの中には微妙に異なる色見本が付いた口紅が並んでいた。一口にピンクといっても、様々な種類があるらしい。

口紅なんぞ塗らなくても可愛い色の唇をしているのだから、些細《ささい》な違いだ。

「どちらでもいいぞ」

そう言った瞬間、俺は地雷を踏んだことを悟る。

瑞希に氷点下の吹雪《ふぶき》を思わせる冷たい視線を向けられたからだ。

「そう……」

瑞希は氷の女王のような怜悧《れいり》さで呟《つぶや》くと、俺のアドバイス通りにコーラルピンクの口紅を塗る。

どうやら選択肢を任せると、瑞希は怒り出すようだ。

シックスナインと足舐めのどちらか選べと二択を迫れば、困りながらも喜んでいるのにな。俺の提示の仕方に問題があるのかもしれない。

全身を姿見に映した彼女に目を遣ると、なぜか愕然《がくぜん》としている。

「服と口紅が合ってないよ！　やっぱり、リップはピンクベージュにするべきだったよ！」

そういうものか。全くわからないが。

だが、どれでもいいだろう、と言えば大喧嘩《おおげんか》に発展してしまうことは想像に容易《たやす》い。

俺は妙案を思いついた。

「そう言うなら、舐め取ってやろう」

腰を引き寄せて唇を舐めようと、顔を傾ける。

柔らかい唇の代わりに、掌《てのひら》が俺の顔に押し当てられた。

この仕打ちは昨夜から二度目なんだが……

「そういうことじゃないの！　瑛司はすぐにキスとかベッドとかに持ち込もうとするんだから！」

当たり前だろう。何がおかしい。

盛り上がれば、キスしてベッドでセックスする。服はすべて脱がせるのだから、何を着ても同じだ。

……と言えば、瑞希の怒りをいっそう煽《あお》ることになるのはわかっているので口を慎《つつし》む。発言を我慢するなぞ、最大限の譲歩だ。瑞希だから許そう。

「それなら違う服を着ればいいだろう」

「でも、ピンク系の服はブラウスしか持ってないんだよね。しかも半袖だから、その上に重ねるジャケットというと……紺色じゃ仕事っぽくなっちゃうし……うーん」

「よし。今日のデートはショッピングにしよう。おまえに似合う服を買うぞ」

そう提案すると、瑞希の目が見開かれる。

会社に着ていく地味な服しか持っていないようなので、この機会に買い揃えてしまえばいい。

「いいの？　瑛司、私が服を選んでる間、待っていられるの？」

選んでいる間に待てるのかという問いに、心の中で首を捻《ひね》る。ふたりで買い物するのに、なぜ片方が手持ち無沙汰になるのかよくわからない。

どうやら瑞希と俺のイメージしている買い物に齟齬《そご》があるようだが、心配は無用だ。今日は最高のデートにしてやろう。

「もちろんだ。おまえは好きな服を好きなだけ選べばいい」

瑞希の顔が喜びに満ち溢《あふ》れる。

拗《す》ねた顔も可愛いが、やはり笑顔が一番可愛いな。

「嬉しい！　ありがとう、瑛司」

抱きついてきたので、ぎゅっと抱き返してやると、俺は遠慮なく瑞希の唇を吸った。

専用のリムジンに乗って辿《たど》り着いた先は、老舗《しにせ》の百貨店だ。担当者にはすでに車内で来訪を伝えてある。

運転手の開けたドアから降りた瑞希は、なぜか緊張を漲《みなぎ》らせていた。

百貨店の壮麗な入り口には、外商員や部門長、役員たちがずらりと整列している。

「いらっしゃいませ、大島様」

一斉にお辞儀をする店員たち。敷かれた真紅《しんく》のカーペットを、悠々とした足取りで踏みしめる。

なぜか瑞希は俺の背後に隠れるようにして付いてきた。俺の婚約者なのだから、もっと堂々としていればいいのに。

顔見知りの支配人が慇懃《いんぎん》な所作で礼をする。

「お待ちしておりました、大島様。こちらへどうぞ」

いつも通り支配人に案内されて、ＶＩＰ専用のエレベーターに乗り込む。

辿《たど》り着いたフロアはひと気がなく、入り口前の喧噪《けんそう》とはかけ離れている。瑞希は俺の袖をそっと引いてきた。

「ねえ、瑛司。ここって……」

「百貨店だが？」

「そうじゃなくて、私の服を買いに来たんじゃないの？」

「そうだが。すでに用意は調《ととの》えてあるはずだ。ほしいブランドがあればすぐに取り寄せよう」

瑞希は驚きに目を見開く。そんなに開いたら可愛い眼球を舐めたくなるが、人目もあるので耐えておく。

「えっ⁉　まさか、特別な部屋に服を持ってきてくれて、そこで試着できるってこと？」

「そうだ。俺はそういったスタイルでしか服を買ったことがないな。オーダーメイドのみだが」

人間のほうがショップを訪ねて、いちいち試着するという形式は非効率的だ。

そう言うと、なぜか瑞希はショックを受けたように仰け反っていた。

VIP専用のエクセレントルームに入室すると、飾られた胡蝶蘭《こちょうらん》が目に入る。白とグレーで纏《まと》められた室内に華美さはないが、ラグジュアリーな落ち着いた空間だ。

「いらっしゃいませ、大島様」

待機していた数名のコンシェルジュがにこやかに出迎える。

いずれも特別な客をもてなすための教育を受けたファッションアドバイザーたちだ。

ソファに腰を下ろすと、瑞希は半ば怯《おび》えながら俺の隣に座った。まるで借りてきた猫である。

支配人がそつのない、だが面白みのない挨拶《あいさつ》を述べる。

「いつも当店を御贔屓《ごひいき》いただきまして、ありがとうございます。お電話でお伺いしました通り、ご準備はできております」

「早速、頼む」

白手袋を嵌《は》めた女性のコンシェルジュたちが流れるような動きで支度を始めた。室内に整然と並べられていたハンガーラックには、パーティードレスやワンピースなど、カテゴリーごとの服が掛けられている。

「どうぞ、お客様」

瑞希の足元に跪《ひざまず》いたコンシェルジュが、立ち上がるよう瑞希を促《うなが》した。

いくら女性であろうとも、他の人間が瑞希をエスコートするのは許しがたい。

俺が掌《てのひら》を翳《かざ》して制すれば、コンシェルジュは笑みを保ちながら静かに身を引いた。

「さあ、瑞希」

瑞希の手を取り、すいと立ち上がる。

いつも思うが、柔らかくて握りやすい手だ。離したくなくなるな。

緊張していた瑞希だが、エスコートされてハンガーラックの前に来ると、徐々に喜びを滲《にじ》ませた。

「この中から選んでいいの？」

「ああ。衣装の点数が少ないようだから、もっと持ってこさせよう。店内の商品をすべて……」

「ううん！　これで充分だよ！」

慌てた瑞希に遮《さえぎ》られる。瑞希のためなら店ごと買い占めても安いものなのだが。欲のないやつだ。

「俺はレディースはよくわからない。とりあえず気に入ったものを試着してみろ」

「素敵なお洋服がたくさんあるね。どれにしようかな……」

瑞希はまず、ピンク系のワンピースを手にした。

もしかして、俺がピンクが好きだと言ったことを考慮してくれたのだろうか。

だとしたら……とてつもなく嬉しい。

コンシェルジュたちに傅《かしず》かれながら試着室へ入る瑞希を横目に、ソファに腰を下ろす。

顔が赤くなってたりしないだろうな。

考え事があるかのように掌《てのひら》で目元を隠しながら、俺は瑞希の着替えを待つ。

こういった時間も楽しいものだ。

やがて試着室の扉が開いた。試着室といっても、カーテンで仕切られたボックス型のものではない。エクセレントルームの隣にある部屋が試着室で、数人のスタッフが支度を手伝えるように広々と造られている。ドレスなども試着することを考えれば、当然の広さだ。室内には姿見と化粧台も設置されているので、そこで支度を調《ととの》えて出かけることもできる。

「……どうかな？」

現れた瑞希の姿を一目見て、息を呑む。

シフォンのリボンが随所に施《ほどこ》されたピンクのワンピースは清楚かつ華やかで、瑞希の可愛らしさを存分に引き立てていた。

履いているハイヒールも、服の色とテイストに合わせてある。

首元と耳朶《じだ》を飾る大粒の真珠が、彼女をいっそう輝かせていた。

「……最高だ」

真に美しいものを見たときは、あれこれと飾り立てた賛辞など出てこない。

俺は半ば唖然として呟《つぶや》くしかなかった。

元々可愛いと知っているが、見せ方を変えれば別の角度で可愛くなるのだな。

一方、瑞希は恥ずかしそうに俯《うつむ》いている。

「そうかな？　ヘンじゃない？」

「ヘンとは何を指すのかわからないが、おまえのその格好は最高に可愛い以外の何ものでもない」

「それって褒めてるの？」

「褒めている。最高に可愛い」

瞬《まばた》きもせずに凝視しながら、真顔で頷く。

かあっと頬を朱に染めた瑞希は視線を彷徨《さまよ》わせた。

「ほ……他の服も試着してみようかな」

「ああ。そうしろ。他も見てみたい」

コンシェルジュに囲まれ、瑞希は再び隣の試着室に入っていった。

俺はたった今目にした瑞希のワンピース姿を、しっかりと瞼《まぶた》の裏に刻みつける。

眼福だ。

瑞希の機嫌を取るためのショッピングだったが、まるで俺のためにあるようなデートだな。様々な衣装を纏《まと》う婚約者を眺められるなんて、最高の休日の過ごし方だ。

その後も瑞希は多数の服と、それに合わせたアクセサリーや靴を試着した。

総レース仕立ての水色のパーティードレスにはプラチナのネックレスと揃いのブレスレットを。刺繍《ししゅう》とスパンコールに彩《いろど》られたシルバーのワンピースには、華やかなルビーのイヤリングを添えて。どれも最高級の品ばかりで、可愛い瑞希を飾るのに遜色《そんしょく》ない。

ひと通り試着を終えた瑞希はソファに腰を下ろした。ほっとしたように肩の力を抜いて、提供された紅茶を飲んでいる。

「夢みたいな時間だったよ。ありがとう、瑛司」

楽しんで試着できたようだ。満足そうな顔を見れば、俺の心も柔らかく綻《ほころ》んだ。

これで昨夜から続いた喧嘩《けんか》も解消できたようだな。

傍《かたわ》らに控える支配人に、締めのひとことを投げる。

「試着した品をすべて購入する」

「ありがとうございます、大島様」

すると瑞希はひどく咳き込み、精緻《せいち》な模様が描かれたカップを、慌てたようにソーサーに戻した。

「どうした。大丈夫か」

「ちょっと……すべてって……まさかアクセサリーや靴も全部⁉」

「そうだが？　服だけ買ってどうするんだ」

「そんなにいらないよ！　服だけでもすごい数だよ？　だいたいパーティードレスとか、どこで着るの⁉」

「パーティードレスは、パーティーで着るものだな」

「……」

反論できないらしく、瑞希は口を噤《つぐ》んだ。

俺は至って真っ当なことを言ったまでだが。

服やアクセサリーがなければ、パーティーに呼ばれたときに困るだろう。瑞希は次期大島家当主夫人なのだから、誰よりも着飾った格好をさせてやりたい。

「収納場所を気にしてるのか？　だったら、マンションをもう一軒買って……」

「わかりました、わかりました。すいません、支配人さん、試着した商品をいただきます」

なぜか早口で遮《さえぎ》られる。

どうにも解《げ》せないが、予定通り商品はすべて購入することになったので良しとしよう。瑞希を飾るものは、たくさんあればあるほどいい。それだけ彼女の可愛らしさが引き立つのだから。

まあ、もっとも美しいのは裸なのだが、それは俺だけが知っていればいいことだ。

俺は悠々とカップを傾けて、薫り高い紅茶を口に含んだ。

購入した商品のうち、瑞希には初めに試着したピンクのワンピース一式を着させた。

他の品は後日マンションに届けてもらうよう手配したので、自分で荷物を持つ必要はない。今日のデートはこれで終わりではないのだから。

「このあとは食事に行こう。だが、ひとつ問題が生じた」

「問題って、どんな？」

「おまえがあまりにも可愛らしいから、レストランで食事をするのは憚《はばか》られる。会う男すべてに求婚されたら困るからな」

ピンクのワンピースを着こなした瑞希は、まさに深窓の令嬢といった雰囲気を醸《かも》し出している。俺なら速攻で求婚する。もう求婚済みだが。

かぁっと頬を染めた瑞希は、困ったように視線を彷徨《さまよ》わせた。

「そんなわけないでしょ……。可愛いって言ってくれるのは嬉しいけど、すぐに求婚なんてされるわけないよ。それに瑛司という猛獣……じゃなくて、婚約者が隣にいるんだから、誰も声をかけられないよ。絶対」

前半部分は浮き立った嬉しそうな声音だったのに、俺のことに及ぶと重々しい口調になるのはなぜなんだ？

もっとも、瑞希に声をかけてくる男なぞいようものなら、ただではおかない。弾《はず》みでその不躾《ぶしつけ》な手首をへし折ってやるくらいはするだろうな。

たとえそれがレストランの給仕であっても、瑞希に話しかける男の存在は不快だ。女性は許容しよう。だが商品企画部の叶美奈子《みなこ》は、まずい。奴は美しいものすべてが好きという嗜好《しこう》の持ち主のようだ。企画書を見れば、上辺の美に惑わされない審美眼《しんびがん》を発揮させていることがわかる。

昼寝が趣味という主任の東堂鷹臣《たかおみ》は一見無害そうだが、実はああいった飄々《ひょうひょう》とした男がもっとも危険だ。狡猾《こうかつ》な優男《やさおとこ》ほど厄介なものはない。人の獲物を掠《かす》め取ることなど、なんとも思っていないからな。

殺気を漲《みなぎ》らせていると、瑞希にじっと見つめられていることに気がついた。

せっかくの楽しいデートなのに、職場のことなど考えてはいけない。

俺は目元を緩《ゆる》めて咳払いをする。

「だからな、可愛い瑞希を見るのは俺だけでいいということだ。たとえ声をかけてこなくても、他の人間に見せたくない。おまえは俺だけのものなんだからな」

「瑛司ってば、心が狭いんだから。もう……」

非難しながらも瑞希の頬は紅色に染まり、口元は嬉しそうに綻《ほころ》んでいる。

俺は正直に自分の考えを吐露したまでだが、それが彼女を喜ばせる結果に繋《つな》がったようだ。

狭量なのは自覚しているが、それは当然のことだ。自分の女を他の男に見せても触れさせても良いという男のほうが常識外だと思うが。

なんにせよ、今日のデートでは瑞希の機嫌が直ったようでなによりだ。

「というわけで提案だが、レストランはやめておいて、インルームダイニングにしようじゃないか」

「うちに帰って食べるっていうこと？」

マンションにもケータリングサービスがあるが、このまま帰ったのではデートが終わってしまう。本日のデートは、マンネリ防止のためでもあるからな。そのためには非日常感を演出するべきだ。

しかし、瑞希がふたりの愛の巣を『うち』と称してくれるとは。

俺はある種の快感に打ち震えながら、あくまでもさりげなく述べた。

「いいや。五つ星ホテルのスイートルームを予約してある。夜景が綺麗な最上階で、外にジャグジーもあるぞ。そこで食事をしよう。食べるのに飽きたらすぐにジャグジーに入れる。楽しそうだろう？」

実は本日のメインイベントはホテルのスイートで過ごすことだ。ショッピングはあくまでも前座である。

瑞希の瞳が、きらきらと輝きだした。

『うち』にはジャグジーが付いていないから、これには興味を引かれるだろう。

「楽しそう！　じゃあ今日はそのままスイートルームに泊まれるんだね」

「ああ、そうだ。そのまま泊まれる」

俺は運転手に行き先を告げた。

何も知らない無垢《むく》な子猫はスイートルームとジャグジーに思いを馳せて、ホテルへの道筋を車窓から眺めている。

俺は、にやりと口端を引き上げた。

計画通りだ。

瑞希はすっかり忘れているようだが、俺は足の指を舐めるという当初の目的を諦めたわけではない。

俺の執念を見くびるなよ。なにしろ俺は、四歳のおまえに出会ったときから二十一年間、虎視眈々《こしたんたん》と花嫁にするための周到な計画を練ってきた男だからな。

俺の昏《くら》い欲望に相反して空は晴れ渡り、街並みは賑《にぎ》やかさを見せていた。


チェックインを済ませてホテルの最上階に辿《たど》り着くと、瑞希は歓声を上げた。

「わあ……！　綺麗な眺め。天気が良いから遠くまで見えるね」

「ああ、そうだな」

ホテルの眺望は都内ならどこも似たようなものなので、特に感想はない。それよりも調度品だ。俺はざっと室内に目を走らせる。

このホテルは老舗《しにせ》だが、ソファは新品でダイニングテーブルは大理石だ。絨毯《じゅうたん》には染みひとつ付いていない。どこにも手抜かりはないな。合格だ。

懐《ふところ》から取り出した紙幣をバトラーに渡そうとすると、慇懃《いんぎん》な礼で返された。

「当ホテルでは、お客様からのお心付けは頂戴いたしておりません。お気持ちだけを、いただいていきます」

「そうか。ここは日本だったな」

ホテルに着くとチップを渡す習慣が身についてしまっている。懐《ふところ》に紙幣を仕舞ってから、バトラーにインルームダイニングの注文とジャグジーにお湯を張る時間を伝えておいた。

バトラーが退出したあと、寝室の扉を開けて室内を覗《のぞ》いている瑞希に近づく。

もう逃がさないぞ。

俺は心の中で舌舐めずりをする。

「スイートルームって、すごく広いんだね。テラスのジャグジーも見たけど、とっても大きいの！」

「ふたりで入れる。あとでバトラーがお湯を張ったら、一緒に入ろう」

「え……一緒に？」

瑞希は俺の欲望を敏感に察知したようで、訝《いぶか》しむように上目で見てきた。

以前、風呂でセックスするぞと直球を言ったときに、デリカシーがないだの、だからひとりで入りたいだの散々喚《わめ》かれたことがある。

俺は、すかさず野獣の牙を隠して畳みかける。

「夜景を眺めながら、シャンパンで乾杯しよう。海外のホテルでは、そういうふうにホテルライフを過ごすものなんだ」

「そうなんだ。お洒落《しゃれ》だね」

俺の言葉を鵜呑《うの》みにした瑞希は笑顔を見せる。

ホテルライフなんぞ人それぞれだろうが、瑞希は素直に信じたようだ。

こんなにも純真な瑞希が悪い男に騙《だま》されないよう、しっかりと捕まえておかなければならない。

俺はわざとらしい笑みを浮かべると、瑞希の背に軽く手を添えて促《うなが》した。

「今日は何度も靴を脱ぎ履きして疲れただろう。スリッパに履き替えさせてやるから、そこの椅子に腰かけろ」

「え。スリッパ履くくらいは自分でやるよ」

「海外のホテルでは、女性が自分で靴を脱いでスリッパを履くのはマナー違反だ」

「えっ、そうなの？」

「そうだとも。バトラーに聞いてみろ。もっとも、そんな常識を訊ねるのも恥ずかしいと思うが」

驚いた瑞希は、渋々と椅子に腰を下ろした。

優秀なバトラーはたとえ訊ねられたとしても、瑞希の背後に立った俺のひと睨《にら》みで、旦那様の仰《おっしゃ》る通りでございますという回答をすることだろう。それがプロというものだ。

紗の張られた猫足の椅子に腰かけた瑞希の足元に、俺は悠々と跪《ひざまず》く。

「まずは靴を脱がせないとな」

声が弾《はず》むのを抑えられない。

愛する女に自分がプレゼントした靴を脱がせるという行為は、とてつもなく官能を呼び覚ます。

「うん。お願い」

瑞希の声音に訝《いぶか》しげな響きは一切混じっていない。

これから足の指をしゃぶられるとも知らずに、呑気な子猫だ。

俺は伏せた顔に、企みを含んだ笑みを乗せた。相当な悪人顔になっている自覚はある。

ピンクのハイヒールに触れて、まずは片足を脱がせた。

もはや瑞希の足は俺の手中にある。

むしゃぶりつこうとした、そのとき。

とあることに気がついた俺は眉を寄せた。

「……ストッキングを穿《は》いているのか？」

「穿《は》いてるよ？　ふつうは素足でハイヒールは履かないよ。ミュールなら素足だけど」

「……ほう」

なんと瑞希の足がストッキングに包まれているではないか！

とんでもない誤算だ。靴によってストッキングを穿《は》くかどうかが変わるらしい。そういった知識は皆無だったな……

俺が衝撃と共にさらさらした手触りのストッキングを撫でていると、唐突に部屋の電話が鳴り響いた。ついと、瑞希は立ち上がってしまう。

「あ、電話。バトラーさんかな？」

「ちょっと待て。おまえは立たなくていい」

制止したときにはすでに、瑞希は受話器に手をかけていた。

どうやら相手はバトラーのようだ。インルームダイニングのメニューについて応答している声が聞こえる。

「瑛司。シャンパンの銘柄はいかがいたしますか、だって」

「……最高級の品を持ってこいと伝えろ」

くそ。

ストッキングの上からだろうと怯《ひる》むことなく舐めしゃぶるべきだった。完全に機を逸してしまったではないか。

額《ひたい》に手をやった俺は、通話を終えた瑞希の靴を脱がせると、ホテルの銘が入ったスリッパを履かせてやった。

西の空に夕焼けの残滓《ざんし》が消えれば、煌《きら》めく夜景が一面に広がる。

バトラーの手により、インルームダイニングの支度は調《ととの》えられた。俺と瑞希は豪勢な料理が並べられたテーブルに着いて、フルートグラスを掲げる。

「俺の花嫁の可愛らしさに、乾杯」

「かんぱーい……。瑛司ったら、いつも恥ずかしいこと言うんだから」

真実だろう。何を恥ずかしがることがあるのか疑問だ。

羞恥《しゅうち》に頬を染めた瑞希の顔をじっくりと眺めながら味わうシャンパンは極上。

ちらりと屋外に視線を遣れば、ジャグジーからは温かな湯気が立ち上《のぼ》っている。

準備は万端だ。先程はストッキングに敗北してしまったが、今度こそ足の指を舐めてやる。

俺の欲望を帯びた視線に全く気づく様子のない瑞希は、料理を見て歓声を上げていた。

「わあ、美味《おい》しそう。国産牛のロッシーニスタイルだって。フォアグラとトリュフも付いてるなんて豪華だね」

「そうだな。素材の味には文句はない」

淡々とナイフとフォークを操《あやつ》り、口に料理を運んで咀嚼《そしゃく》する。

俺は料理を食べるときに皿など見ていない。目線を瑞希から一瞬たりとも外さないからだ。彼女が喜んで料理を食べる姿のみを眺めている。料理の評価は、そのついでだ。

好きな女から目を離せるわけがない。瞬《まばた》きするのも惜しいくらいだ。

瑞希は嬉しそうに顔を綻《ほころ》ばせて、丹念に咀嚼《そしゃく》している。

あの口が、昨夜は俺の一物《いちもつ》を咥《くわ》えた。

そう思うと食事も進む。

食後のフルーツと珈琲《コーヒー》を堪能しながら、俺は最大のメインディッシュを前に喉を鳴らした。


コースディナーを楽しんだあとは、夜景を一望できるジャグジーに浸《つ》かる。

地上から遙か遠い天空のような最上階は、喧噪《けんそう》とは無縁の静かな世界だ。

星の瞬《またた》く音が聞こえるほどの静寂の中、泡立ったジャグジーに身を沈める。温度は熱くなく、温《ぬる》くもなく丁度良い。泡が少々くすぐったい。

「瑞希。まだか」

「ん……今行く」

室内に問いかけると、小さな返事があった。

屋外のジャグジーにふたりで浸《つ》かる前には、服を脱がなければならない。手を伸ばす俺の欲望を素早く察知した瑞希に部屋から追い出されてしまった。俺の前で服を脱ぐのは未だに抵抗があるらしい。毎晩、裸を見ているのに、なぜだ。

「……お待たせ」

飢《う》えた野獣の顔を隠して、平静を装《よそお》いながら振り返った。

間接照明の明かりが仄《ほの》かに瑞希の肢体を白く浮かび上がらせている。

……やけに白いと思ったが、体にバスタオルを巻いていた。

「言われなくてもわかっていると思うが、バスタオルのままでジャグジーには入れないぞ」

「知ってるよ」

瑞希は、バスタブの縁《ふち》に腰を下ろして、足先を浸《つ》けている。バスタオルの裾がちらりと捲《めく》れて、柔らかい腿《もも》が晒《さら》された。

むしゃぶりつきたい衝動を堪《こら》えるために、俺は傍《かたわ》らに置かれたシャンパンに目を向けた。銀盆にはワインクーラーに入った最高級のシャンパンと、フルートグラスがふたつセットされている。

ふたつのフルートグラスを片手に挟み、黄金色のシャンパンを注ぐ。流麗な泡を立ち上《のぼ》らせたシャンパンを夜景に透かせば、違う風景が見えるだろう。

「瑞希。シャンパンを……うっ」

振り返って瑞希にフルートグラスを差し出せば、彼女はすでに肩までジャグジーに浸《つ》かっていた。脱いだバスタオルはきちんと畳まれて置いてある。

「ん？　どうかしたの？」

「いや。なんでもない。グラスを掲げてみろ。夜景が映り込むぞ」

フルートグラスを受け取った瑞希の艶《なま》めかしい体は、すっぽりと泡に隠れていた。

くそっ……泡が邪魔だ！

「わあ、ほんとだ。夜景を捕まえたみたい。綺麗だね」

瑞希は無邪気にはしゃいで、フルートグラスを傾けている。

これだから目を離すと、ろくなことがない。

俺はムッとした表情で極上のシャンパンを喉に流し込んだ。

まあ、いい。瑞希が喜んでくれるなら、それがなによりの褒美だ。

しばらくの間、俺たちはフルートグラスを傾けながら、輝く街の灯《あかり》を静かに眺める。

たまにはこんなふうに、ゆっくり過ごすのもいいものだ。

やがて天空の星粒を眺めていた瑞希は、ぽつりと呟《つぶや》いた。

「不思議だね……。瑛司とこうしてふたりだけの時間を過ごせるようになるなんて、考えてもみなかったよ」

「そうか？」

「だって瑛司は姉さんの婚約者だったんだもの。大島家のお屋敷で初めて会ったときから、私は許嫁《いいなずけ》の妹なんだとわかってたよ」

「自覚があったのか。あのときのおまえは四歳だから、そういうふうには見えなかったけどな」

「瑛司、覚えてるの？　私と姉さんが初めてお屋敷に行ったときのこと」

「ああ、もちろんだ」

瑞希に会ったときの衝撃は今でも鮮明に覚えている。

◆◆◆◆◆

あれは俺がまだ六歳のとき。

大島家に招かれた許嫁《いいなずけ》の背後に隠れていた女の子に、一瞬で心を奪われた。

ふっくらした柔らかそうな頬、肩口で切り揃えた黒髪、大きな黒い瞳は上目で俺を見ている。臆病なのか、小さな身をさらに小さくして子犬のように震えていた。

ああ、俺は、この子と結婚するんだな。

絶対的な確信が胸に湧いた。

運命とやらは信じていないが、俺の縁はこの娘とある。

そんなことを考える俺に、おばあさまは嬉しそうに、手前の娘を紹介した。

「瑛司。彼女があなたの許嫁《いいなずけ》の葉月さんよ。赤ちゃんのときに会ったでしょう？　あなたは葉月さんに積み木を渡してあげたのよ」

生まれたときからの許嫁《いいなずけ》がいるということは、おばあさまから散々聞かされていたので知っている。赤ちゃんのときに会ったと言われても、俺たちの記憶に残っているわけはなかった。実質的に、許嫁《いいなずけ》に会うのはこれが初めてということになる。

葉月は理知的な顔立ちをしており、堂々と胸を張っている。だが、俺を映す瞳の奥は冷めていた。

葉月には何も感じない。

俺は大島家の跡取りとして教育されている通り、如才《じょさい》ない返事をした。

「はじめまして、大島瑛司です。よろしく、葉月さん」

「まあ、瑛司ったら。はじめましてじゃなくてよ。赤ちゃんのときに何度も会っているんですから」

早速おばあさまから指摘される。

俺は舌打ちを堪《こら》えて、苦笑しながら肩を竦《すく》めた。

「そうでしたね。こんにちは、でした」

赤ちゃんのときに何度も会っているだと？

そんなこと知るか。大人の都合を押しつけるなよ。

ちらりと後ろの子に目を遣れば、彼女は不思議そうな眼差しで俺をじっと見つめていた。

心の奥が甘くざわめく。

彼女は、俺をどう思ったのだろうか。

おそらく葉月の妹と思われるが、早く彼女の名前を知りたい。声を聞きたい。

俺はすぐさま実行に移した。

「彼女はどなたですか？　葉月さんの妹さんですか？」

突然話しかけられた彼女は怯《おび》えるように、葉月の背に顔を隠す。

隠れないでくれ。もっとよく、俺に顔を見せてくれ。

一心に祈る俺の心中など知る由《よし》もなく、おばあさまは咎《とが》めるような声音を出した。

「まあ、瑛司。それは礼儀がなっていませんよ。まだ葉月さんが名乗っていないではありませんか」

うるせえ、ババア。

そう叫びたい衝動を、口端を引《ひ》き攣《つ》らせながらからかろうじて堪《こら》える。

すると女の子たちに付いてきた母親らしき女性が、にこやかな笑顔で応じた。

「ふたりとも、十和子おばあさまと瑛司さんに挨拶《あいさつ》しましょうね。さあ、葉月から。お姉さんでしょ？」

おばあさまは大島家の実質的当主なので厳格だが、女性は母親らしい優しさと柔軟さをもって、ふたりに挨拶《あいさつ》をさせた。

「守谷葉月です。お久しぶりです、十和子おばあさま、瑛司さん。本日はお屋敷にお招きいただきまして、ありがとうございます」

流麗に述べて、きっちり礼をする葉月は合格以外の何ものでもないだろう。

おばあさまは感動の涙を浮かべて、葉月を賞賛した。

「まあ、なんて聡明なお嬢さんなのでしょう。さすが清蔵さんのお孫さんだわ」

清蔵というのは、おばあさまが若い頃に大島家で書生をしていた男の名だ。

おばあさまと恋仲になり、駆け落ちしかけたことがあると、両親が悩ましげに話していた。

もちろん俺は漏れ聞こえてきたその情報を、おばあさまに問《と》い質《ただ》すような愚か者ではない。

母親は背後に隠れていた女の子の脇をひょいと持ち上げると、葉月の隣に並ばせた。

突然俺とおばあさまの視線に晒《さら》された女の子は、うるうるした目をいっぱいに見開いた。

俺は歩み寄り、涙に濡れた彼女の美しい瞳を覗《のぞ》き込む。

そして、とびきりの笑顔で問いかけた。

「お名前を、教えてください」

「み……みじゅ……き……でしゅ」

舌足らずに、瑞希と名乗ってくれた。

地上に散らばる『可愛い』を結晶化させたような瑞希に、俺の胸は容易《たやす》く撃ち抜かれる。

この子を、もっと知りたい。

その柔らかそうな肌に触れたい。

咄嗟《とっさ》に握手を求めようとした俺を遮《さえぎ》るように、おばあさまの声が降る。

「瑛司と葉月さんは同い年ですからね。わたくしと清蔵さんも同じ年齢でしたけれど、それはもう話が合いましたのよ。それに清蔵さんも今の葉月さんのように、とても礼儀正しい方でした。やはりわたくしの目に狂いはなかったようです。ふたりが結婚すれば、末永く幸せになってくれるに違いありません」

逐一《ちくいち》、清蔵を持ち出されるたびに、俺の神経は敏感に反応する。

おばあさまはよほど清蔵への印象が良いようだが、礼儀正しい同い年の人間など世の中にいくらでもいるはずだ。

だが、おばあさまがここまでして葉月を推す理由は、そこではない。

おそらく、おばあさまは失恋した傷が癒《い》えていないのだ。

清蔵と恋仲になったが、なんらかの理由で別れてしまい、親の決めた許嫁《いいなずけ》と結婚した。その過去に未だ納得していない。

おじいさまは財閥《ざいばつ》の三男坊で、礼儀正しく穏やかな人物だ。おばあさまより二歳年上なので、同じような年齢である。

おじいさまと清蔵がどう違うのか、俺にはわからない。

きっと、恋愛という感情で共感しなければ理解できないのだろう。

おばあさまが俺の許嫁《いいなずけ》にと葉月を推す真の理由は、自分が成就《じょうじゅ》できなかった恋愛を別の形で叶えるためだ。

俺と葉月を、清蔵と自分になぞらえ、結婚して幸せになるという結末に導《みちび》きたいのだ。

両親が懸念を抱くのもわかる。

事情を知る者から見れば、無理があると思うのも当然だろう。

いくら孫とはいえ、別の人間なのだ。当人たちとは違う。孫同士だから自分たちと同じように恋愛感情が芽生えるはずだという論理は強引すぎる。

小さい頃から会わせていればそうなるはずと、おばあさまは目論《もくろ》んでいるのかもしれない。赤ちゃんのときから会っていることを、やたらと強調するのがその証拠だ。だが、おばあさまの計画は早々に頓挫《とんざ》してしまった。

なにしろ、俺はたった今、瑞希に恋したのだから。

そんなことを考えていると、葉月がおばあさまに目を向けながら、わざとらしい大きな声で母親に訊ねた。

「お母さん、清蔵ってわたしたちのおじいちゃんでしょ？　どうして十和子おばあさまは、おじいちゃんのこと知ってるの？」

「いい子にしましょうね、葉月」

葉月に聞かれ、おばあさまは咳払いを零《こぼ》した。浮かれて喋《しゃべ》りすぎたと自覚したようだ。

どうやら葉月は察したようだな。彼女の目には知る者の優越が滲《にじ》んでいる。

聡《さと》い女のようだが、今はまだ黙っていてもらおうか。今はな。

俺は葉月に向き直り、明るく爽《さわ》やかに誘いかける。

「葉月さん。お庭に行きましょう。綺麗なお花がたくさんあるんです」

「そうね。いいわよ」

どこか高飛車な態度で応じる葉月に何者かを見出したと思えば、自分だった。

俺もおばあさまの目が離れたところでは、高慢な物言いをしている。

端から見ると、偉そうで鼻につくものだな。

俺と似ているから、ある意味わかりやすい女だ。

「では、瑞希さんも一緒に……」

無論、瑞希も誘う。

目を向ければ、彼女は屈んで絨毯《じゅうたん》を弄《いじ》っていた。今までの話を全く聞いていないようで、小さな指で無心にペルシャ絨毯《じゅうたん》と遊んでいる。

何をしているんだ？

というか、スカートが捲《めく》れてパンツが丸見えなんだが……

白か。

俺は眼球の奥まで焼き付けようと、瑞希のパンツを凝視した。そしてあくまでもさりげなく、瑞希の傍《そば》に跪《ひざまず》く。

「瑞希さん、どうしたの？　虫でもいたのかな？」

「ううん。めいろ……」

唇がくっつきそうなほど顔を近づけるといい匂いがする。シャンプーの香りだろうか。ぎゅっと抱きしめたい衝動を堪《こら》えきれない俺は、可愛らしい瑞希の指に、指先でほんの少し触れた。

そのとき、満天の星を見たときのような感動が胸を覆い尽くす。

温かい瑞希の体温、柔らかな肌。

じんと、胸の奥深くにまでそれは染みていった。

好きな子に触れるのは、こんなにも尊《とうと》い感激に包まれるものだということを、俺は生まれて初めて知る。

「ああ、そうか。絨毯《じゅうたん》の模様が迷路のように見えるね。迷路、好きなの？」

ふと顔を上げた瑞希は、じっと俺を見つめる。

瑞希の瞳に、俺が映っている。もっとよく見ようと覗《のぞ》き込むと、彼女の息遣いが優しく鼓膜を撫でた。

「うん……好き……」

ぷるぷるの唇から『好き』という言葉が紡ぎ出された。

俺もだ。好きだ。きみを、好きになったんだ。

かつてない悦《よろこ》びが、俺の全身を震わせる。

もっと『好き』と言わせたい。さらに瑞希に話しかけようとした、そのとき。

「あら、瑛司さん。お庭を案内してくれるんじゃなくて？」

ふわふわとした天上の世界を、不躾《ぶしつけ》な言葉で薙《な》ぎ払われる。

嫌々振り返ると、葉月が意味ありげな視線を向けていた。

こいつ……気づいたな。察しの良い女だ。邪魔だな。

俺は爽《さわ》やかに微笑みながら立ち上がる。瑞希の手を取りながら。

「そうだったね。それじゃあ、お庭を案内しますね。今日はお天気が良いから気持ちいいよ」

いや、葉月を排除するのではなく、協力させるのだ。

瑞希を俺のものにするには、葉月の協力が不可欠だ。

どうにかして葉月を抱き込み、穏便に許嫁《いいなずけ》を解消して、瑞希と結婚する。

その未来に向けて、俺は動き出した。

瑞希と繋《つな》いだ手はそのままに、もうひとつの手で、紳士らしく葉月の背に手を添えてエスコートする。

大人たちは、そんな俺たちを微笑ましく見守っていた。

残念ながら、おばあさまの思い通りにはならない。

絶対に瑞希を、俺の許嫁《いいなずけ》にするんだ。

そして結婚する。俺だけの花嫁にする。

決意を固めた俺は、瑞希と繋《つな》いだその手に想いを込めて、ほんの少しだけ強く握った。

◆◆◆◆◆

あの日から約二十年が経ち、俺の願いは叶えられた。

俺が瑞希との結婚を宣言したあの日の夜、おばあさまはとても小さくなって俯《うつむ》いていた。やり込めるような形で説得したのは、大変申し訳なく思っている。

だが、終わってしまった恋を取り返せないことは、おばあさま自身がよくわかっていたはずだ。

たとえ俺と葉月が結婚したとしても、おばあさまの心中は満たされないだろう。なぜなら、おばあさまが実現しようとしたことは、自己満足のためだからだ。愛する人のためでなければ、心からの満足は得られない。

それでも、おばあさまには感謝している。当時の失恋があったからこそ、俺たちは生まれてくることができた。そして恋愛を成就《じょうじゅ》させることができたのだから。

空になったフルートグラスを銀盆に戻す。

懐かしい思い出は、つい昨日のことのように鮮やかによみがえる。

成人して瑞希と会う機会が得られなくなったときでも、彼女との出会いを記憶から取り出しては大切に眺めていた。

それは、『いつか俺の花嫁を迎えに行く』という決意を新たにさせた。勉強も仕事の結果を出すのもすべて、自分のためではない。ふたりの未来のためだ。そう思えばこそ、なんだってこなせた。

「あのとき俺は、瑞希に一目惚れした。いつか必ず瑞希と結婚すると誓ったんだ」

「……私も、瑛司に憧《あこが》れてたよ。でも姉さんの婚約者だから、好きにならないように気をつけてた」
辛い気持ちを思い返したのか、瑞希は苦しそうな表情をして目を伏せた。
だいぶ待たせてしまったようだ。年月をかけた分、彼女には葛藤を抱かせてしまった。
瑞希の額《ひたい》に、こつんと額《ひたい》をくっつける。
すると間近から覗《のぞ》き込んだ目は、驚きに見開かれた。
「今は？　どんな気持ちだ？」
「……好き。瑛司が大好き。今はとっても、幸せだよ」
こめかみにくちづけて、ぎゅっと抱きしめれば、瑞希は腕を回して縋《すが》りついてきた。
ふたりの間で泡が弾《はじ》ける。それは情事の始まりを色濃く告げていた。
夜景と星空が煌《きら》めく中で、くちづけを交わす。
優しく触れ合う互いの唇は、次第に濃密な熱を帯びた。
唇の間に舌を挿《さ》し入れれば、瑞希の肩がぴくりと跳ねる。
まだ舌を入れられる瞬間は驚きが走るらしい。そんな初心《うぶ》なところも可愛いが。
ちゅくちゅくと淫靡《いんび》な水音を奏でながら、舌を絡み合わせる。
搦《から》め捕《と》った舌を啜《すす》り上げ、官能を引き出していく。
「ん……ふ、ん……」
瑞希の甘い吐息がキスの合間から零《こぼ》れた。

抱きしめていた腕を解き、泡に包まれた乳房を、両手でやわやわと揉みしだく。

「あ……あ……んぅ……」

キスをしたまま、掌《てのひら》に包み込んだ膨らみを円を描くように愛撫する。

瑞希が膝を擦り合わせているのが、湯の揺れから伝わってきた。

つん、と硬くなった乳首をきゅっと摘まむ。

「あっ！　あ……っ、んん、だめ、瑛司……」

鋭い快楽を感じた瑞希は嬌声《きょうせい》を上げて仰け反った。その拍子に、くちづけが解かれる。

俺は顎《あご》から首筋にかけて、つうと舌で舐め下ろした。

「こうすると感じるからな」

「あぁ……ん、意地悪なんだから……」

「濡れたんじゃないか？　ここは、どうなっている」

腕を下ろして、脚の付け根に掌《てのひら》を這わせる。

脚を閉じていても膝を立てた状態では、無防備も同然だ。

ふっくらとした割れ目をなぞり上げ、蜜壺へ指を挿《さ》し入れる。

つぷりと、蜜口は指を包み込んで奥へと導《みちび》いた。

「ぐっちょり濡れてるな。キスだけでこんなに濡れるとは、いやらしい体だ」

「んん……そんなことない。お湯で濡れてるだけだよ」

顔を真っ赤に染めた瑞希は首を振る。

お湯と愛液では明らかに違うとわかるのだが、本人は濡れていることを認めたくないようだ。

「そうか。だったら俺のものを受け入れやすいように、もっと濡らさないとな」

指を引き抜くと、俺は息を止めて、温かなお湯の中に頭を沈めた。

「えっ⁉　ちょっと、瑛司⁉」

瑞希の膝を、両手で割り開いていく。突然潜《もぐ》ったので驚いたためか、閉じられていた両脚は呆気なく開いた。

彼女の膝裏を抱えて少し腰を浮かせると、俺は身を屈めて花襞に舌を這わせた。

「ひゃっ……あ、そんな……あぁ……」

ぬるぬると舐め上げ、肉芽も丁寧に舌先で突く。

蜜口を舌で辿《たど》れば、びくんと腰が大きく跳ねた。

達するまでもっと愛撫したいところだが、息が限界だ。

水中から顔を出して、大きく息を吸い込む。泡風呂に浸《つ》かったので顔中が泡塗《まみ》れだ。

「瑛司ってば……なんてことするの！」

慌てた様子の瑞希が、俺の顔に付いた泡を手で拭《ぬぐ》ってくれた。

「水中では息に限界があるな。だが蜜壺が濡れていることは確認できたぞ」

自信たっぷりに報告すれば、瑞希は唖然とした表情を見せる。

「そのために潜《もぐ》ったの……？　びっくりしたよ。お湯は熱いんだから、もう潜《もぐ》らないで」

「大丈夫なんだがな。そんなに潜《もぐ》ってほしくないか？」

こくりと瑞希は頷いた。

俺は口端に笑みを刻む。

「そうか……潜《もぐ》ってほしくないか。それなら、こうするしかないな」

そう言うと、俺は湯の中にある瑞希の足首を掴《つか》んで持ち上げる。

咄嗟《とっさ》のことにバランスを崩した瑞希は、ジャグジーの縁《ふち》に掴《つか》まった。

「きゃあっ⁉」

その体勢からは動けまい。

俺は、掲げられた足の甲にねっとりと舌を這わせる。

そして悠々と、瑞希の親指を口に含んだ。

「ひゃあああ！　だめ、瑛司、足の指、舐めちゃだめぇ……」

瑞希の制止を無視して、じゅぷじゅぷと舐めしゃぶる。

指の股を舌先で突《つつ》けば、びくりと大きく体が跳ね上がった。

「感じるだろう？　ここも性感帯なんだ」

次は人差し指、そして指の股と、順番に濃厚な愛撫を施《ほどこ》していく。

薬指に到達する頃には、瑞希は快感に身を震わせて動けなくなっていた。

「あぁ……あっ……ん、ぁん……」

ちゅぷちゅぷと卑猥《ひわい》な水音と、官能の色を帯びた甘い声が静かな夜に響き渡る。

すべてはこのための策謀だ。

念願だった足の指を舐めるという行為を叶えられた悦に入りながら、延々と小さな指を貪《むさぼ》り続けた。

右足を終えたら、次は左足。右足と同じように持ち上げて、また愛撫する。

「あぁっ、あっ、瑛司、すごい、かんじる……んんぅ」

瑞希が淫靡《いんび》に体を揺らすたびに、ぱしゃりぱしゃりと湯が跳ねた。

最後の小指までたっぷりと口腔《こうこう》に含んで舐めしゃぶり、唾液を塗り込める。

大満足だ。

ぐったりした瑞希は、凭《もた》れていたジャグジーの縁《ふち》からずるりと滑り落ちた。その背を抱いて、快楽に蕩《とろ》けた体を引き寄せる。

「どうした。まだ何もしていないぞ」

全く悪びれず耳元に囁《ささや》きかける。すると瑞希は力の入らない目で睨《にら》みつけてきた。

「ひどいよ……。初めからこうするために、お湯の中に潜《もぐ》ったんでしょ？」

甘いな。正確には、ベッドの中でデートするぞと言ったところからだ。

赤くなった彼女の耳朶《じだ》を甘噛みしながら、俺は抱きしめた体ごと立ち上がる。

「お湯で濡れていただけなら、もっと愛撫して濡らさないといけないだろう？　俺のものを受け入れるためにな。どれだけ濡れたか見てやる」

瑞希の体を返して、ジャグジーの縁《ふち》に手をつかせる。腰を突き出すような体勢にさせると、柔らかな尻を撫で下ろし、両手で割り開いた。

「あっ……ん」

くちゅりと淫《みだ》らな音を立てて割れた花襞から、とろりと愛蜜が滴《したた》り落ちる。

「とろとろだな。足の指をしゃぶられて、そんなに感じたのか」

「ん……感じちゃった……」

瑞希は珍しく素直に返事をする。

感じていないと否定すれば、また足の指を舐められてしまうからな。素直に認める瑞希も可愛いが、今はもっと煽《あお》りたい。

「ここはひどく涎《よだれ》を垂らしているな。何がほしいんだ？」

猛《たけ》った雄芯の先端を、濡れた蜜口に宛てがう。

ぐちゅりと、いやらしい音が鳴る。雌《め》しべが太い楔《くさび》を咥《くわ》え込もうとして、喜んでいる音だ。何度聞いても昂《たかぶ》らせてくれる。

「あっ、……あ、ぁ……瑛司が……ほし……あ、あぁん、すごい、奥まで……」

返事をすべて聞く前に、ずぶりずぶりと、濡れた蜜壺を貫《つらぬ》く。

温かくて、柔らかく包み込んでくれる膣内は何度挿入しても至上の楽園だ。

「この体勢だと、より奥まで届くだろう。ほら」

とんとん、と小刻みに奥を突いてやる。すると綺麗に背を反らせた瑞希は、もっとと言うように尻を突き出した。望み通り尻を撫で回しながら腰を使い、律動を刻む。

「あぁっ、あっ、だめ、とんとんしたら……だめぇ……っ」

だめと言いながら、淫《みだ》らに腰を振る瑞希はすでに快楽の波に溺れている。

このときが最高に可愛らしい。

「駄目か？　これはどうだ」

身を屈めて瑞希の背に覆い被さる。

つんと立った乳首を、きゅっと摘まみ、もう片方の手で肉芽を弄《いじ》る。

ぬるぬるに濡れた肉芽を指先で捏《こ》ね回せば、高い嬌声《きょうせい》が響いた。

「あぁあっ、あっ、あ、やぁ、そんなに……したら、あ、瑛司、いっちゃう……っ」

「いっていいぞ」

小さな芽を弄《いじ》りながら、激しい抽挿で体を揺さぶる。

ほしがりな花筒は、ずっぷりと楔《くさび》を咥《くわ》え込んでいる。さらに奥へ奥へと誘い込むように肉襞が蠢《うごめ》き、ズチュズチュと濡れた音を立てながら雄芯を美味《うま》そうに舐めしゃぶっていた。

「ああぁあん……あっ、ぁ……あ、いく……っ」

精の解放を促《うなが》すかのように、きゅん、と花壺が引き締まる。

「……っく」

ぶるりと腰を震わせ、精路を駆け上がった白濁を奥にぶちまける。

「あっ……あん……あっん……あ、あ……ぁ……っ」

瑞希の白い背が弓なりに撓《しな》る。楔《くさび》から残滓《ざんし》を貪《むさぼ》るかのように、淫《みだ》らに腰が揺れた。

達した彼女を背後から、きつく抱きしめる。

ふたりの荒い呼吸が夜に溶けていく頃、瑞希の頤《おとがい》を掬《すく》い上げ、こちらを向かせた。

「好きだ」

甘い吐息を零《こぼ》す唇に、ちゅ、とくちづける。

瑞希は恍惚《こうこつ》としてキスに応えた。

「私も……好き」

くちづけはやがて濃密に交わる熱に変わる。

まだ熱の冷めない体を引き寄せると、俺は再び昂《たかぶ》る雄芯で濡れた蜜壺を撫で上げた。

星の瞬《またた》きが静寂を迎える夜更け。

スイートルームの寝室で、安らかな寝息を立てる瑞希の顔を眺める。

ジャグジーからベッドに移動して延々と喘《あえ》がせたら、最後は腕枕の中で眠ってしまった。俺の性欲は無尽蔵なので五回では到底満足できないのだが、今夜はこのくらいにしておいてやるか。

赤ん坊のように無垢《むく》な寝顔を見るのも悪くない。

ぷるぷるの唇を突《つつ》いてみても、瑞希に起きる気配はなかった。

ちゅ、とくちづけてみるが、微《かす》かに睫毛《まつげ》が揺れた程度だ。

眠っているところを襲ったら怒られるだろうな。喧嘩《けんか》になると困るのでやめておくか。

今日のところは。

さて……次回はどんなデートにしようか。

今度は海外をクルーズ船で廻るのもいいな。買い取った南の小島で、ふたりきりのウェディングを挙げるというプランは喜んでくれるだろうか。近場で考えるなら、テーマパークを貸し切りにして乗り放題にするのもいい。子どもが生まれたら、もっと楽しめそうだ。瑞希と子どもがメリーゴーラウンドに乗って、俺は撮影係に徹する。そうなると動物園も外せない。いっそ大島家の敷地に動物園を作るか……

すうすうと熟睡する瑞希の顔を眺めて未来を想像し、幸せを噛み締める。

やっと手に入れた愛しい俺の花嫁。
次も最高のデートを用意してやるからな。そして思い出に残る結婚式を挙げよう。
微笑を零《こぼ》しながら、俺は愛する女を優しく撫でた。

書き下ろし番外編

溺愛シークレット

役員フロアのエレベーターの扉が音もなく開く。

書類を手にした私は緊張した面持《おもも》ちで、足を踏み出した。

商品企画部からの書類は今後すべて、妻である大島瑞希が持ってくること、と専務である瑛司が命令したから。

相変わらず強引で俺様な旦那様である。

婚約者だった瑛司と私は、つい先日結婚式を挙げて入籍したばかりだ。

盛大な結婚披露宴でみんなに祝福されたあと、プライベートジェット機に乗って、大島家の所有する海外の小島でハネムーンを過ごし、そこでもふたりきりの結婚式を教会で挙げた。

かつては身代わり花嫁だった私だけれど、初恋の人と相思相愛になり結ばれて、今は幸せいっぱいである。

ただし会社では専務である瑛司に対し、私は一介の平社員なので、公私の線引きはきっちりしたい。

……なのに、同じ部署の叶さんや東堂主任からは「専務夫人」と囃《はや》し立てられ、頬を染めてばかりいる。

そうなると、瑛司に書類を届ける役目を断るわけにもいかなくて。

役員フロアは手前に秘書課があり、そこには瑛司の第一秘書である蝶子さんが控えているはず。

私がおそるおそる顔を覗《のぞ》かせると、蝶子さんは華やかな巻き毛を揺らして現れた。

「あの、大島専務へ渡す書類があるんですが……」

蝶子さんにきつい言葉を浴びせられて、瑛司への面会を拒絶された過去を思い出す。

だが彼女は、すっと慇懃《いんぎん》な礼をした。

「どうぞ、奥様。お通りください」

『奥様』という響きに、きゅんとした感激を覚える。

確かに瑛司と結婚したので私は奥様なのだけれど。

蝶子さんの態度の豹変《ひょうへん》に戸惑ってしまう。

「え……いいんですか？　蝶子さん」

「はい。専務は役員室にいらっしゃいます」

蝶子さんが顔を上げないので、「では……」と言って私は役員室へ向かい、部屋の扉をノックした。

すぐに「入れ」と、鷹揚な声が響く。

入室すると、私の姿を目にした瑛司が相好《そうごう》を崩した。

「瑞希、来たのか」

「大島専務。商品企画部より企画書をお持ちしました」

「かしこまった言い方はしなくていい。ふたりきりのときは名前で呼べ」

椅子から立ち上がった瑛司は惚れ惚れするほど格好良いスーツ姿で私に近寄る。

両腕を広げた彼は、腕の檻《おり》の中に私を捕らえた。

ぎゅっと抱きしめられて頬にキスを落とされる。戸惑った私は身を引こうとするが、完全に搦《から》め捕られているので叶わない。

「ちょっと待ってよ。仕事中なのに……」

「いいぞ。企画書を読め」

「え、えっと……今回の新商品についてですが……」

悪戯《いたずら》な彼の手で、すうっと背筋をなぞられる。

ぞくりとして肌が粟立ち、快感めいたものが体をよぎった。

こんな状態で仕事の報告ができるわけがない。

意地悪な瑛司を唇を尖《とが》らせて見上げると、何を勘違いしたのか、ちゅっと彼は唇へキスした。

「殊勝《しゅしょう》な心がけだ。俺の欲しいものを自《みずか》ら進んで差し出すとは。さすが俺の妻だな」

「違うから……」

横暴な瑛司に反抗を示したのだが、傲慢《ごうまん》な彼には通じない。

しかもキスだけで終わる気配がなく、彼は私を軽々と横抱きにすると、ソファに座らせた。瑛司が覆い被さってきたので、諦めた私はテーブルに書類を置く。

額《ひたい》や瞼《まぶた》、そして唇にキスの雨を降らせる彼は、甘く掠《かす》れた声で囁《ささや》いた。

「抱きたい。今の俺には瑞希が足りない。干上がりそうだ」

劣情を帯びた双眸《そうぼう》で懇願されてしまえば、逆らう術《すべ》はない。

けれど社内で淫《みだ》らなことをしていいものだろうかという迷いが生じる。

「でも、誰か来たら……」

「問題ない。おまえが訪ねてきているときは、誰も通すなと蝶子に命じている。誰よりも、おまえを優遇しろともな」

「そ、そうなの？」

どうりで蝶子さんの態度が以前とはまるで変わっていたわけだ。

私のジャケットを脱がせ、ブラウスの釦《ボタン》をひとつひとつ外しながら、瑛司は淡々と語る。

「おまえは専務夫人なのだから、誰よりも優遇されて、大切にされるべきだ。そうだろう？」

きゅんと私の胸が甘く弾《はず》む。

瑛司はいつも俺様で強引だけど、私を大切にしようという彼の優しさが見えるときがある。その優しさをとても愛しく思っているし、私は結局、強引なところも含めて彼のすべてが大好きなのだ。

けれど口では素直に言えなくて、視線を彷徨《さまよ》わせた。

「もう、瑛司ったら、本当に俺様なんだから。しょうがないなぁ……」

「だが、好きなんだろ？」

にやりと口端を引き上げて、悪辣《あくらつ》な笑みを見せる男は、はだけたブラウスから覗《のぞ》いたブラジャーをずらす。

そうすると、ふるりと両の乳房がまろび出た。

「あっ……」

瑛司が大きな掌《てのひら》で膨らみを包み込む。ゆるゆると、円を描くように丹念に揉み込まれた。

「俺は、好きだぞ。おまえの体も心も、すべてな」

「そんなこと、はっきり言うなんて……恥ずかしい」

社内で着衣のまま抱かれている最中に純粋な愛情を告げられるなんて、恥ずかしくてたまらない。嬉しさと背徳感が綯《な》い交《ま》ぜになり、体の芯が熱くなってくる。

瑛司の硬い掌《てのひら》に当たっている胸の尖《とが》りは、ぴんと張りつめた。

その紅《あか》い突起を、瑛司はためらいもなく唇に含む。

チュウッ……と吸われて、甘い芯が貫《つらぬ》いたかのような官能に、私は肩をびくりと跳ねさせた。

「んっ……あん……」

はっとした私は口元に手をやる。

ここは社内なのだ。嬌声《きょうせい》を上げたら、部屋の外にまで漏れ聞こえてしまう。

我慢しようとした私に、瑛司は追い詰めるようなことを告げた。

「声を出せ。俺の愛撫で、あんあん啼《な》いてみろ」

「そ、そんなわけにいかないいじゃない……」

「フッ。そうか。どこまで耐えられるかな?」

家ではないのだから、いつもみたいに声を出すわけにはいかない。それなのに瑛司は、まるで挑発するかのように煽《あお》る。

獰猛《どうもう》な猛禽類《もうきんるい》のごとく双眸《そうぼう》を細めた瑛司は、乳首にむしゃぶりついた。

乳暈《にゅううん》ごと口腔《こうこう》に含み、舌と唇を蠢《うごめ》かせて、ねっとりと紅《あか》い突起を舐《ねぶ》る。

もう片方の乳首も、彼の指先で弾《はじ》かれ、捏《こ》ねられて、惜しみない愛撫を加えられた。

「……んっ、ん……ふ……っ」

私は両手で口元を覆い、声が漏れないよう必死に抑える。

けれど、それすらも瑛司の策略のうちだったと、私は気づかされた。

手が使えない私の膝頭を、彼は悠々と開いたのだから。

「あ……」

スカートを穿《は》いている脚を大きく開かされる。瑛司は両の掌《てのひら》で、捲《まく》れ上がったスカートをさらに押し上げた。

すると、ストッキングを吊り下げている純白のガーターベルトとショーツが丸見えになってしまう。

双眸《そうぼう》を細めた瑛司は、愛しげに私の下着に目を注いだ。

「真紅も扇情的だが、純白も清純でそそられるな。乱したくなる」

華やかなガーターベルトは、瑛司の要望で身につけている。腰まで穿《は》くストッキングは色気に欠けるとか言っていたけれど、まさかこのために色気のある下着を推奨したなんて、思いもよらなかった。

ガーターベルトの上にショーツを穿《は》くスタイルなので、脱ぎ着が楽なのだ。

けれどそれは、脱がせやすいということでもある。ストッキングを脱がなくても、ショーツを剥《は》ぐことができる。

　想像しただけで、私の頬が熱くなった。

「瑛司、もしかして、このためにガーターベルトを用意したの？」

「そう。このためだ。ようやく気づいたのか？」

　唖然とする私に、艶然《えんぜん》と微笑んだ彼は、ショーツの割れ目に指先を滑らせた。

「濡れてるじゃないか。いやらしい妻だな」

「い、言わなくていいから！　恥ずかしい……」

「恥ずかしがるおまえは最高に可愛いぞ。もっと濡らしてやろう」

　口元を覆っていた手が外され、瑛司の精悍《せいかん》な顔が迫ってくる。

　唇が重ね合わされて、ぬるりと歯列を割られた。怯《おび》える舌根《ぜっこん》を掬《すく》い上げられ、搦《から》め捕られる。ぬるぬると敏感な粘膜を擦り合わせると、ずくんと体の芯が疼《うず》いた。

「ん……ん……んくっ……」

　濃厚なディープキスの合間にも、瑛司の指はショーツの割れ目を擦り上げている。

　じわりと、奥から滴《したた》る愛蜜で濡れた感触が伝わった。

「んくぅ……あ、はぁ……っ……」

　キスが解放されると、互いの唇を銀糸が繋ぐ。

　瑛司は淫猥《いんわい》な仕草で自《みずか》らの唇を舌で舐めた。

「びしょ濡れだな。深いキスはそんなに感じたか？」

「え……っ⁉」

彼が掲げた指先は、しっとりと愛液に濡れていた。

かぁっと頬を熱くしていると、身を屈めた瑛司はショーツのクロッチを指先で掻き分ける。ぬるりとした感触が濡れた花襞に広がった。

「あ、瑛司……舌が……」

「美味《うま》い花の蜜だ。奥まで味わうぞ」

肉厚の舌が花びらをたっぷり舐め尽くすと、蜜口にまで挿《さ》し入れられる。感じる入り口を出し挿《い》れされて、ぐるりと襞を舐《ねぶ》られると、たまらない快感が湧き上がってしまう。

「あ、あ……ん……」

私はまた両手で口元を覆い、声が出るのを必死に我慢した。

すると意地悪な瑛司は、するりとショーツを脱がせて私の秘所を剝《む》き出しにする。

着衣のまま秘部のみを露出しているなんて、なんという淫《みだ》らな格好だろう。自分が痴女にでもなったような羞恥《しゅうち》が込み上げてきて、頬を朱に染めてしまう。

「や、やだ、はずかし……」

「雄をそそる、いい格好だ。だがあとで口を利いてもらえないのは困るからな。おまえに免じて、少し体勢を変えてやろう」

傲岸不遜《ごうがんふそん》にそう言った瑛司は、私の背を支えると、ソファに寝かせた。

ソファに横になれたので、ひとまず脚を閉じることができ、ほっとする。

だが安堵したのも束の間、私の片脚を軽々と抱え上げた瑛司は、晒《さら》された花芽に唇を寄せる。

「きゃ……瑛司……っ」

「花の芽も愛《め》でてやらないとな。達していいぞ」

淫芽を口腔《こうこう》に含まれ、肉厚の舌でぬるぬると舐めしゃぶられる。

腰の奥に溜まっていた熱い疼《うず》きが、体中を駆け抜けて官能を撒き散らした。

「ふぅ……ん、ん、あ……ぁ……んぁ――……っ……」

口元を押さえながら、腿《もも》を小刻みに震わせて、背をしならせる。

絶頂へ達した私は、ストッキングに包まれた爪先《つまさき》を、ぴんと伸ばした。

ややあって浮遊していた体が感覚を取り戻す頃、ソファに乗り上げた瑛司が私の片脚を剛健な肩に担《かつ》ぎ上げる。

「挿《い》れるぞ」

「あ……ふ……」

達した私の胎内からは、とろとろに蜜が溢れている。

瑛司が極太の雄芯を、ぐっと壺口に宛てがうと、くちゅりと濡れた音が響いた。

散々舐《ねぶ》られた蜜口がいっぱいに口を開けて、硬い切っ先を呑み込んでいく。

ずくりずくりと媚肉を舐《ねぶ》りながら、肉棒は濡れた花筒に収められていった。

「あ……あぁ、ん……んっ……」

顔を熱くした私は獰猛《どうもう》な楔《くさび》に犯される感覚に、唇の隙間から小さな嬌声《きょうせい》を漏らすことしかできない。

ずんっと、最奥を突かれた衝撃に、大きな声が出そうになったけれど、息を呑み込んで耐える。

「全部、入ったぞ。声を我慢しているせいか、きゅうきゅうに締めつけてくるな」

肉襞はやわやわと雄芯を包み込んでいる。

瑛司が腰を引くと、逃すまいとするかのように濡れた襞が絡みついた。

ずぷんっと、また奥まで鋭く穿《うが》つ。ずっぽりと楔《くさび》を咥《くわ》え込んだ蜜壺は、さらにぎゅうっと引き絞られた。

「ん、んんっ、あ、んぅ、ぁ……ん」

ズチュズチュと淫《みだ》らな音色を奏でながら、抽挿を繰り返す。

瑛司の荒い息遣いが鼓膜を揺さぶり、逞《たくま》しい律動は官能を煽《あお》り立てる。

一度達した体は、容易に頂点を掴《つか》もうとした。

「ふ……も、もう……んっ、いく……いくぅ……」

「いっていいぞ」

ぎゅうっと雄芯を引き絞り、体が甘い芯に貫《つらぬ》かれる。

白い紗幕《しゃまく》に覆い尽くされると、瑛司が低い呻《うめ》き声を上げた。

爆《は》ぜた先端から、濃厚な白濁が子宮へ注ぎ込まれる。

きつく抱き合った私たちは、荒い息を整えた。

「あ……ん……はぁっ、はぁ……」

「……最高だ。愛してるぞ」

「ん……私も、好き」

ちゅ、とくちづけを交わし、ふたりの愛情を確かめ合う。

ふわふわと快楽の名残《なごり》にたゆたう時間は、とても幸せに満ちている。

体を離すと、瑛司は後始末をして、私の服を整えてくれた。

そうしてから、ソファに並んで座った彼は、力の抜けた体をぎゅっと抱きしめる。私の肩に頭を預けた彼の瞼《まぶた》は、すでに閉じていた。

「五分、寝かせろ」

微笑んだ私は、瑛司の腕に手を添えて、彼に身を委《ゆだ》ねた。

私は瑛司の妻であると同時に、彼の抱き枕でもあるのだから。

「……おつかれさま」

小さく呟《つぶや》いた言葉は、淫蕩《いんとう》さが薄らいできた室内に溶けて消えた。
瑛司は夢の中で聞こえていたのか、目を閉じながら口端を引き上げていた。

本書は、2019年11月当社より単行本として刊行されたものに、書き下ろしを加えて文庫化したものです。


この作品に対する皆様のご意見・ご感想をお待ちしております。

おハガキ・お手紙は以下の宛先にお送りください。

【宛先】

〒150-6008 東京都渋谷区恵比寿4-20-3 恵比寿ガーデンプレイスタワー 8F
（株）アルファポリス　書籍感想係

メールフォームでのご意見・ご感想は右のＱＲコードから、
あるいは以下のワードで検索をかけてください。

アルファポリス　書籍の感想　検索

ご感想はこちらから

エタニティ文庫

身代《みが》わり花嫁《はなよめ》は俺様御曹司《おれさまおんぞうし》の抱《だ》き枕《まくら》

沖田弥子《おきたやこ》

2022年10月15日初版発行

文庫編集－熊澤菜々子
編集長－倉持真理
発行者－梶本雄介
発行所－株式会社アルファポリス
〒150-6008 東京都渋谷区恵比寿4-20-3 恵比寿ガーデンプレイスタワー8F
TEL 03-6277-1601（営業） 03-6277-1602（編集）
URL https://www.alphapolis.co.jp/
発売元－株式会社星雲社（共同出版社・流通責任出版社）
〒112-0005 東京都文京区水道1-3-30
TEL 03-3868-3275
装丁イラスト－小路龍流
装丁デザイン－AFTERGLOW
（レーベルフォーマットデザイン－ansyyqdesign）
印刷－株式会社暁印刷

価格はカバーに表示されてあります。

落丁乱丁の場合はアルファポリスまでご連絡ください。

送料は小社負担でお取り替えします。


ISBN978-4-434-31047-8 C0193